D1875443

Hans Ernst

Zwischen Sturm und Stille

Hans Ernst

Zwischen Sturm und Stille

Roman

rosenheimer

5., überarbeitete Auflage 1999
© Rosenheimer Verlagshaus GmbH & Co. KG, Rosenheim
Titelbild: Michael Wolf, München
redaktionelle Bearbeitung: Petra Schnell, Stephanskirchen
Satz: Buch-Werkstatt GmbH, Bad Aibling
Druck und Bindung: Ebner Ulm
Printed in Germany

ISBN 3-475-52220-9

– 1 –

Die Sonne steigt über den Bergen. Freilich ist sie nun, gegen Ende Oktober, nicht mehr so stark, dass sie die Nebel, die über dem Tal liegen, mit einem Male zerreißen könnte. Nur stückweise geben die weißen Schleier Hof um Hof, Weiler um Weiler frei und zum Schluss auch das Pfarrdorf Follnstein mit seinen etwa fünfhundert Seelen. Langsam steigen sie hoch, ziehen über den Bergwald hinauf und verlieren sich dann in den Schluchten der Berge, deren höchste Gipfel schon weiße Schneekappen tragen.

Nun ist auch der Erlengrund von allen Nebeln frei geworden, und man weiß plötzlich, wo der Lärm, der vorhin schon unbestimmt in der Luft gelegen hat, herrührt. Er kommt von der Stuhlfabrik Fontano, die gleich eingangs vom Erlenwinkel steht. Hoch sind auf der einen Seite die schweren Baumstämme aufgestapelt. Auf der anderen Seite liegen die Stöße der frisch geschnittenen Bretter und Kanthölzer.

Dieser Erlenwinkel ist schon fast ein kleines Dorf für sich. Hinter dem modernen Sägewerk erheben sich drei mächtige Werkshallen mit einem Kamin, der nur deshalb das Bild der Landschaft nicht stört, weil in seiner nächsten Umgebung hohe Fichten stehen. Rollgeleise führen von einer Halle zur anderen. Dahinter dehnt sich eine Arbeitersiedlung mit einem Dutzend zweistöckiger Häuser, die man die »Zwölf Apostel« nennt, und dann beginnt das weitgedehnte Acker- und Wiesenland des Gutshofes Fontano, dessen weiße Mauern soeben in der Morgensonne aufleuchten.

Das eigentliche Wohnhaus dieser Familie, deren Vorfahren aus Italien stammten, steht auf einem sanft geschwungenen Hügel, von dem aus man weit über das Moor hinaussieht ins Flachland.

Wohnhaus kann man es eigentlich nicht nennen. Es ist schon eher eine imposante Villa, vom Vater des jetzigen Besitzers erbaut. Mit der Freitreppe und dem Park aus alten Lindenbäumen, sieht es schon fast wie ein Schloss aus. Der Stil will gar nicht recht in die Landschaft passen, aber es wurde vor etwa fünfzehn Jahren nach dem Willen der Helene Fontano, die eine geborene von Stein ist, so renoviert und umgebaut, dass nun alles fremd wirkt.

Nein, dieses Mischmasch verschiedener Baustile passt nicht in diese Landschaft, so wenig, wie auch Frau Helene nie hierher gepasst hat. Vielleicht hat sie auch nie zu ihrem Mann gepasst, zu diesem Thomas Fontano, der trotz allem Reichtum dem Land im Schatten der hohen Berge verhaftet geblieben ist. Dieser Mann ist auch viel lieber drüben auf dem Gutshof und spielt Bauer. Nein, er spielt ihn nicht, er lebt sein Bauerntum mit Bedacht und Würde, wenn er auch überall der »Herr« genannt wird. Und er isst auch viel lieber drüben in der Gutsküche Schweinefleisch mit Kraut und Knödeln, als in seiner weißen Villa ein Diner mit fünf Gängen, wozu mit einer Glocke im kleinen Erkerturm gerufen wird.

Mit der Fabrik hat er nicht mehr viel zu tun. Er macht am Tag zweimal seinen Rundgang, sonst wird sie von seinen Söhnen Robert und Anton geleitet. Vor allem ist Dr. Robert Fontano als die treibende Kraft anzusehen. Anton befasst sich mit dem Export, denn die Polstermöbel der Firma Fontano gehen in alle Welt. Der jüngste Sohn, Philipp, hat gerade seine Militärzeit hinter sich und erlebt im Augenblick noch so etwas wie einen Urlaub von den Strapazen seiner Leutnantszeit, die er wohl mehr außerhalb der Mauern der Kaserne in den Bars und sonstigen Vergnügungsstätten hat ertragen müssen.

Thomas Fontano steht gerade mit Inspektor Möller vor der Stalltüre und bespricht mit ihm eine Fahrt nach Miesbach zur großen Stierprämiierung, auf der man einen neuen Zuchtstier erwerben will, als er plötzlich die Augen schmalklemmt und den Hang hinaufspäht, von dem sechs Gestalten herunterkommen.

»Was ist denn da los?«, fragt er. »Warum kommen die schon wieder?«

Es sind die Gutsknechte, die am frühen Morgen hinaufgezogen waren zur großen Sumpfwiese, um Seegras zu mähen, das er für die Polsterstühle braucht.

Der Inspektor schüttelt ebenfalls den Kopf.

»Das verstehe ich auch nicht.«

Die weißen Brauenbüschel Fontanos schieben sich eng zusammen. Er hat so eine dumpfe Ahnung, was da los sein könnte, wagt aber nicht, es auszudenken.

Mittlerweile sind die Knechte herangekommen und berichten, dass das Seegras bereits gemäht würde und zwar von den Knechten der Hanniterin.

Also doch! Seine Ahnung hat ihn nicht getrogen! Zorn erfasst ihn, weniger gegen die Hanniterin als gegen die Knechte, die sich einfach haben weiterschicken lassen.

»Und da lasst ihr euch einfach fortjagen?«

»Was hätten wir denn machen sollen?«, fragt der Altknecht. »Sie gingen mit den Sensen auf uns los.«

»Da schau her! Gewalt also!« Fontano blickte auf den anderen Hang, wo sich in sanften Serpentinen eine Straße hinaufschlängelt zum Hanniterhof, dem höchstgelegenen Hof des Tales. Dann nickt er grimmig. »Also gut dann – Gewalt gegen Gewalt!«

Er dreht sich um und geht zur Villa hinüber, schreit dem Stephan, einem Mann in den dreißiger Jahren, der hier die Stelle eines Gärtners, Hausmeisters und Chauffeurs zugleich einnimmt, den Befehl zu, den Wagen vorzufahren. Dann geht er ins Haus und zieht sich um.

Stephan Matizek fährt den schwarzen Mercedes in einem Bogen um das Haus herum und hält vor der breiten Steintreppe. In diesem Augenblick erscheint Thomas Fontano unter der Doppeltüre, begleitet von seiner Frau und Philipp. Er trägt nun einen dunkelgrauen Lodenanzug nach steyrischer Art. Die Frau neben ihm wirkt zierlich wie ein Mädchen, obwohl auch sie nicht klein ist. Aber Thomas Fontano misst ohne Schuhe einen Meter neunzig.

Seine grauen Augen mustern kurz den Wagen und den Mann daneben, der den Schlag offenhält.

»Der Tank ist voll?«

»Ja, Herr. Ich habe vorhin getankt.«

Fontano nickt, dann besinnt er sich plötzlich.

»Wieso? Du hast doch gestern den Tank erst voll gemacht, und meines Wissens fasst er sechzig Liter.«

»Jawohl, Herr. Gestern hatte ich auch vollgetankt.«

Thomas Fontano runzelt die weißen Brauen. Dann wendet er das Gesicht über die Schulter und sieht Philipp an, der im Reitdress neben seiner Mutter steht.

»Wo zigeunerst denn du nur umeinander? Denkst du, das Benzin kostet nichts? Ich werde mir in Zukunft den Kilometerstand aufschreiben müssen, wenn du den Wagen in die Hand nimmst.«

»Sofern du ihm nicht selber einen Wagen kaufst«, sagt Frau Helene herablassend. »Wie sagtest du doch gestern, Philipp, dass der Wagen heißt, der so rasant sein soll?«

»Ferrari, liebe Mama. Läuft seine zweihundert spielend und kostet bloß so um die hunderttausend herum.«

»Bloß?« fragt der Alte, und ein spöttisches Lächeln zuckt um seine schmalen Lippen. »Du musst viel Geld haben.« Dann geht er die Steinstufen hinunter und besteigt den Wagen.

»Bitte, ärgere dich nicht, Thomas«, ruft ihm Frau Helene nach.

Ein kurzes, trockenes Lachen. Der Blick des Stuhlfabrikanten geht wieder hinauf zum Hanniterhof.

»Wegen der da oben soll ich mich ärgern? Ich wüsste nicht, warum. Ich bin im Recht, und Recht muss Recht bleiben. Das werde ich ihr schon beibringen!«

Vorsichtig gibt er Gas, und langsam rollt der Wagen auf die Straße hinaus zum Dorf, wo er beim Kreuzwirt abbiegt zum Weg, der zur Hanniterhöhe hinaufführt.

Mutter und Sohn sehen ihm schweigend nach. Die Morgensonne fällt jetzt in breiten Strahlen über die Lindenkronen und bescheint die zwei Gestalten. Jetzt sieht man erst so richtig, wie sehr dieser Sohn das Ebenbild seiner Mutter ist, die ihn abgöttisch liebt. Er hat das schmale, gutgeschnittene Gesicht mit den blauen Augen und dem schöngeschwungenen Mund. Und früher wird auch das Haar der Mutter so dunkelblond gewesen sein wie seines. Vielleicht ist es jetzt nur seinetwegen von so vielen Silberfäden durchzogen, denn Philipps leichtlebige Art ist dazu angetan, Kummer gerade den Menschen zu machen, die ihn lieben.

»Warum Papa sich selbst bemüht und sich nicht einfach einen Rechtsanwalt nimmt?«, fragt er.

Da lächelt Frau Helene, und dieses Lächeln macht sie um zwanzig Jahre jünger. »Du kennst deinen Vater nicht. Er dreht doch ein Markstück dreimal um, bevor er es ausgibt.«

»Lächerlich«, meint Philipp und nimmt eine Zigarette aus seinem Etui.

Frau Helene aber hat schon Recht. Philipp kennt die Eigenarten seines Vaters wirklich nicht. Man hatte ihn bereits mit zehn Jahren in ein Institut gegeben nach Bern. Später ist er dann in München aufs Gymnasium gegangen, hat dort sein Abitur gemacht, und dann hat er einrücken müssen. Jetzt ist er dreiundzwanzig.

Seine beiden Brüder, die um siebzehn und zehn Jahre älter sind als er, stecken seit Jahren in der Firma. Beide sind längst verheiratet, und der Ältere hat bereits eine Tochter mit fünfzehn Jahren, die Regina. Sie kennen ihren Vater genau und respektieren ihn, denn immerhin hat Thomas Fontano die Firma zu Weltgeltung gebracht.

Nein, Philipp kennt seinen Vater nicht richtig. Er gibt sich auch nicht die geringste Mühe dazu. Er findet keinen rechten Sinn in nützlicher Arbeit und denkt, dass es auf der Welt so eingerichtet sei, dass die älteren Brüder für ihn sorgen. Er reitet lieber, er geht auf die Jagd (dass er davon etwas versteht, gibt sogar sein Vater zu) und er liebt die Mädchen des Dorfes. Einmal die, einmal jene. Blond oder schwarz, wie es sich gerade ergibt. Und die Mädchen lieben ihn, obwohl er immer in verblüffender Offenheit zugibt, dass ihm an einer ernsthaften Bindung nichts liegt.

Am Anfang, als er heimgekommen war, ist er auch einige Male die Reihe der Apostelhäuser entlangspaziert und hatte da oder dort zu einem Fenster hinaufgegrüßt. Bis ihm die Mutter dann gesagt hat, dass von allem, was er tut, sich dies am wenigsten schicke, denn in den Apostelhäusern wohnen nur die Familien des Werkes, und er sei doch immerhin der Sohn des Herrn, der aus den Apostelhäusern heraus immer ehrerbietig gegrüßt wird.

»Übrigens, Mama«, sagt Philipp jetzt, »es müsste nicht gerade ein Ferrari sein. Ein BMW-Cabriolet würde es zur Not auch tun.«

Dann schlendert er zum Gutshof hinüber und will sich den Grauschimmel satteln. Aber ein Knecht sagt ihm, dass mit dem Grauschimmel Fräulein Regina bereits vor einer Stunde ausgeritten sei. So ist er gezwungen, den Rappen zu satteln, wenn auch mit Widerwillen, denn der Rappe hat nicht mehr das Feuer wie der dreijährige Grauschimmel.

Wenig später reitet er über die Wiesen davon.

– 2 –

Mit leichtem Surren nimmt der schwere Wagen die Serpentinen zur Hanniterhöhe hinauf. Die Straße ist nicht für den öffentlichen Verkehr gedacht, es ist ein grobbekiester Weg für Bauernfuhrwerke, und da auch nur wieder für die Fuhrwerke des Hanniterhofes, weil außer dem Tierarzt oder einem Viehhändler sich kaum jemand mit einem Wagen dort hinauf verirrt.

Als Fontano wieder einmal um eine Kehre biegt, muss er plötzlich halten und die Handbremse ziehen, weil ihm eine stattliche Viehherde entgegenkommt. Sofort erwacht wieder der Bauer in ihm. Mit Kennerblick mustert er jedes Stück, das mit bimmelnder Glocke links oder rechts an seinem Wagen vorbeizieht, und ohne dass er es will, nickt er anerkennend vor sich hin und murmelt:

»Donnerwetter, ist das eine Pracht!«

Am Ende der Herde geht ein junges, etwa zwanzigjähriges Mädchen, und für Sekunden geht ein leises Erschrecken durch Fontano. Er meint, dass ihn ein Spuk narrt, oder dass die Zeit sich um fast vierzig Jahre zurückgedreht hat.

Das Mädchen ist schwarzhaarig. Das schmale, hübsche Gesicht ist von der Sonne dieses Sommers gebräunt, ebenso der schlanke Hals. Ihr Schritt ist stolz und aufrecht. In der einen Hand trägt sie einen derben Stecken, in der anderen eine gebauschte Tasche, aus der der Hals einer Flasche herausragt.

Thomas Fontano dreht das Fenster herunter und fragt: »Wem gehört das Vieh?«

Das Mädchen dreht den Kopf ein wenig und streckt das Kinn zur Höhe hinauf, um zu bedeuten, dass es die Herde vom Hanniterhof ist.

»Aha. Und wer bist du?«

»Ich bin die Verona Steinbrecher.«

Über die Brauen des Mannes zuckt es ganz kurz hin. »Ist deine Mutter daheim?«

»Ich denk schon«, antwortet Verona und zwängt sich an dem blitzenden Lackungetüm vorbei. Sie weiß, wer dieser Mann ist, und sie weiß um den Hass, den ihre Mutter gegen diesen Mann hegt. Was er nur von ihr will? Seit sie denken kann, ist der Gutsherr und Stuhlfabrikant Fontano noch nie auf den Hanniterhof gekommen. Schade, dass sie jetzt nicht daheim sein und hören kann, was die zwei sich zu sagen haben.

Langsam fährt Fontano weiter und hält nach kurzer Zeit im Geviert des Berghofes, der wie ausgestorben schien. Nur ein Pfau stolziert mit geschlagenem Rad an der Hausmauer entlang und verschwindet dann hinter dem offenen Tennentor.

Thomas Fontano steigt aus und schlägt die Wagentüre ziemlich heftig zu, in der Hoffnung, dass das Geräusch jemanden herbeirufen würde. Aber es kommt niemand. Er streckt den Rücken gerade und schaut auf die Gebäude hin. Das obere Stockwerk ist aus Holz. Auf der Altane stehen noch schwer und in voller Blüte die Blumen des Sommers, Geranien und Hortensien. Vor der Haustüre plätschert ein Brunnen, auf der langen Bank an der Hauswand stehen ein Dutzend umgestülpte Milchkübel, die in der Sonne wie Silber schimmern.

Bedächtig und vorsichtig, um nicht in einen der vielen Kuhfladen zu treten, geht jetzt Fontano auf das Haus zu. Für einen Moment ist ihm, als habe er hinter einem Fenster ein Gesicht gesehen. Aber es kommt ihm niemand entgegen, es bleibt ihm nicht erspart, dass er in den Flur hinein und an die Stubentüre klopfen muss, um das loszuwerden, was er am liebsten im Freien abgemacht hätte.

»Herein«, tönt hinter der Türe eine dunkle, klangvolle Stimme. Und als Fontano daraufhin eintritt, steht die ganze jahrelange Feindschaft zwischen ihm und dieser Frau, die sich vornimmt, ihn so zu behandeln, wie es ihr die jahrelange Feindschaft gebietet.

Dieser Fontano soll es nicht erleben, dass sie klein beigibt vor seinem dünkelhaften, nach ihrer Meinung eingebildeten Stolz. Schließlich ist sie ja auch jemand. Nicht soviel zwar wie er, aber immerhin die reiche Bergbäuerin Rosina Steinbrecher, deren Nasenflügel beim unverhofften Anblick des alten Feindes leise beben. Sie weiß ja, was er will, hat nur nicht damit gerechnet, dass er selber käme. Sie hat gedacht, dass er einen seiner Söhne, den Dr. Robert Fontano vielleicht schicken würde. Darum sagt sie jetzt langsam und wie in einer leisen Enttäuschung:

»Ach, du bist es?«

Ruckartig hebt er den Kopf und schaut sie an. Herrlich und makellos, nur wenige Falten um die Augenwinkel und noch keine graue Strähne im schwarzen Haar, so steht sie da. Das völlig ausgereifte Ebenbild des Mädchens, das vorhin hinter der Herde gegangen ist.

»Ja, ich bin es«, sagt er endlich. »Ich muss mit Ihnen –«

»Oh!«, unterbricht sie ihn. »Wie förmlich, Herr Fontano! Also gut, bleiben wir beim Sie. Es wird sich in dieser Form vielleicht auch leichter sprechen.«

»Den Spott kannst du dir sparen«, fährt er barsch auf, worauf die Hanniterin sofort die Hand hebt und ihn belehrt:

»Wenn hier herinnen jemand schreit, bin ich es. Merke dir das, Fontano!« Dann deutet sie auf die Bank, die sich zuerst um den ganzen Tisch herumzieht und dann noch die ganze Wand entlangläuft, bis zu dem wundervoll geschnitzten Schrank aus Nussbaumholz.

Sofort, nachdem er sich gesetzt hat, merkt er, dass er einen Fehler gemacht hat, denn ihm scheint das grelle Sonnenlicht ins Gesicht. Sie aber setzt sich so, dass sie die Sonne im Rücken hat.

Er legt den Hut, den er bisher in der Hand gehalten, neben sich auf die Bank, schluckt ein paar Mal und beginnt:

»Du weißt vielleicht, warum ich komme?«

»Ja! Ich wundere mich nur, dass du selber kommst.«

»Weil ich derlei Dinge selber auszumachen pflege. Darum. Und weil dir ein anderer gar nicht so sagen kann, was für eine Frechheit du dir herausgenommen hast.«

Einen Augenblick ist sie verwirrt von seinem Ton. Aber dann lacht sie und schüttelt damit alle Befangenheit ab.

»Frechheit?«

»Du hast deine Knechte hinausgeschickt, das Seegras zu mähen!«

»Das ist ja wohl auch mein Recht!«

»Recht? Was Recht? Hab ich nicht deinem Mann damals das ganze Bauholz geliefert, als ihr abgebrannt seid? Dafür habe ich keinen Pfennig verlangt. Es war ausgemacht, dass ich dafür das Seegras von eurer Waldwiese haben soll auf Lebzeiten.«

Die Hanniterin beugt sich zur Seite, damit ihm das volle Sonnenlicht die Augen blendet. Dann sagt sie:

»Hast du das schriftlich? Ich kann über diese Abmachung nämlich nirgends etwas finden.«

Ja, das ist es eben. Er hat genausowenig etwas Schriftliches. Es ist eine Abmachung auf Treu und Glauben gewesen, und er hat auch einige Male daran gedacht, dass man zum Notar gehen müsste. Aber dann war der Hanniter in einem Winter beim Holztriften tödlich verunglückt. Er hat weiterhin die Seegraswiese gemäht, die Hanniterin hat auch niemals Einspruch dagegen erhoben – bis jetzt.

»Es war eine Abmachung zwischen mir und dem Hanniter«, sagt er dann und schaut dabei an die Wand, wo zwischen zwei Hirschgeweihen das Bild des verunglückten Hanniters hängt. Ein gutmütiges, breites Gesicht mit einem zerzausten Schnauzbart auf der Oberlippe und leisem Schalk in den Augenwinkeln.

»Mein Mann ist – das dürftest du ja wissen – seit fünfzehn Jahren tot. Zwischen uns beiden besteht keine Abmachung.« Die Stimme der Bäuerin ist ruhig und fest, und nichts ist ihr anzumerken, dass ihr im ersten Augenblick der Begegnung das Herz vor Aufregung bis zum Hals herauf geschlagen hat. »Dass ich es bisher stillschweigend geduldet habe, kommt daher, weil ich von dir nichts geschenkt haben will. Seit zwanzig Jahren mähst du nun das Seegras. Jedes Jahr an die zweihundert Zentner. Das sind in zwanzig Jahren zwanzigtausend

Zentner. Ich habe mich erkundigt, wie Seegras im Preis steht, und bin daraufgekommen, dass unsere Schuld für das Bauholz abgeglichen ist. Das musst auch du wissen, denn du bist ein viel zu guter Rechner, um das nicht schon kalkuliert zu haben. Ganz genau genommen hätte ich eigentlich im Vorjahr das Seegras schon für mich mähen sollen.«

Über seine Stirne huscht eine leichte Röte. Ihre Rechnung ist nicht ganz falsch, wenn sie auch vielleicht nicht genau auf den Pfennig stimmen mochte. Das Peinliche ist nur, dass er das Seegras dringend braucht. Er wird nun daheim einmal genau feststellen, wieweit sie mit ihrer Rechnung Recht hat.

»Du weißt, dass ich das Seegras brauche«, sagt er dann. »Ich lasse einmal alles genau nachrechnen, und wenn du im Recht bist, gut, dann bin ich bereit, dir das Seegras abzukaufen.«

Um ihre Mundwinkel zuckt ein spöttisches Lächeln.

»Das kannst du nicht kaufen.«

»Du hast doch keine Verwendung dafür.«

»Nein, aber ich habe ein paar gute Abnehmer dafür. Die Firma Lohwinkl hat mir ein sehr gutes Angebot gemacht.«

Wieder färbt sich die Stirne des Mannes rötlich. Ausgerechnet seine schärfste Konkurrenz in Stuttgart!

»Ich bezahle dir den gleichen Preis.«

»Ich will aber an dich nicht verkaufen.«

Fontano steht auf und greift nach seinem Hut.

»Dann hat es ja gar keinen Zweck, wenn ich noch weiterrede.«

»Es hatte überhaupt keinen Zweck, dass du gekommen bist.«

Er dreht seinen Hut in den Händen, hebt dann plötzlich den Kopf und sieht sie durchdringend an.

»Ich habe gedacht, dass die vielen Jahre deinen Hass gemildert hätten.«

Die Hanniterin steilt den Nacken und sieht den Mann vor sich aus schmalen Augen an.

»Du tust dir zuviel Ehre an, wenn du glaubst, dass ich dich jemals gehasst hätte. Von einem gewissen Tag ab warst du für mich vergessen.«

Dieses offene Wort verletzt seine Eitelkeit. Und – er glaubt ihr nicht. Ihre steinerne Ruhe ist nicht echt. Es hat sich in den vielen Jahren nicht ganz vermeiden lassen, dass sie einander da oder dort begegnet sind. Immer hat sie dann über ihn hinweggeschaut, als sei er gar nicht vorhanden. Er will noch versuchen, ihr den Grund seines heutigen Kommens verständlich zu machen, beginnt es aber verkehrt, indem er sagt:

»Wenn man mit dir bloß vernünftig reden könnte!«

»Es hat eine Zeit gegeben, da hast du mit mir ganz vernünftig reden können. Ich habe dir sogar alles geglaubt, habe alles für bare Münze genommen.«

Ärgerlich stampft er mit dem Fuß auf.

»Du kommst mit den alten Zeiten daher! Es war doch schon oft so, dass zwei nicht zusammengekommen sind! Schließlich hast du es ja auch nicht schlecht erraten. Du bist die reiche Hanniterin geworden und –«

»Das hat mit dem gar nichts zu tun«, unterbricht sie ihn. »Du tust ja gerade so, als ob es dein Verdienst wäre. Und wenn du sagst, dass öfter einmal zwei Menschen nicht zusammenkommen, so mag das schon seine Richtigkeit haben. Aber du hast mich ja im Dunkeln tappen lassen. Bist noch zu mir gekommen, obwohl du mit einer andern bereits die Hochzeit abgesprochen hattest. Du bist zu feig gewesen, mir die Wahrheit zu sagen, bist mit mir noch übers Moor gegangen, und am nächsten

Tag hat der Pfarrer dein Aufgebot mit einer anderen von der Kanzel verlesen.«

Thomas Fontano kneift die Lippen schmal zusammen. Vierzig Jahre sind seitdem vergangen. Aber nichts, gar nichts hat sie vergessen. Wenn sie das vorhin behauptet hat, so straft sie sich jetzt Lügen.

»Du magst es halt so ansehen«, versucht er jetzt, eine Entschuldigung anzubringen. »Vielleicht war ich auch wirklich zu feig, aber es hing ja nicht von mir allein ab, es hing vielmehr alles mit dem Werk zusammen.«

»Na ja, so ganz auf der Brennsuppe wäre ich ja auch nicht dahergeschwommen gekommen. Ich habe dem Hanniter seinerzeit immerhin dreißigtausend Mark mitgebracht.«

Ein mitleidiges Lächeln zuckt um seinen Mund. Die Hanniterin sieht es und spricht gleich weiter:

»Ich weiß, das ist nur ein Trinkgeld gegen das, was die andere dir eingebracht hat. Man sprach damals von einer Million. Vielleicht waren es auch zwei. Auf alle Fälle hast du dich gut verkauft, und man nennt dich heute den ›Herrn‹. Damals aber war es nur ein kleines Sägewerk mit einer Schreinerei, und dein Hof war verschuldet.«

»Wie genau du das noch alles weißt, wo du doch alles vergessen und begraben hast!«

»Den jungen Thomas Fontano hab ich begraben. Der Lügner lebt weiter und hat sogar die Frechheit, hier heraufzukommen, um von mir etwas zu fordern!«

»Hätte ich um mein Recht vielleicht bitten sollen?«

»Bitten kannst du ja gar nicht, oder nicht mehr. Dich hat das Leben zu sehr verwöhnt, dir ist alles nach Wunsch hinausgegangen, und du kannst nicht glauben, dass sich dir jemand in den Weg stellen könnte!«

»Von dir hätte ich es wenigstens nicht erwartet«, sagt

er und greift nach dem Türgriff. »Aber ich lasse es erst einmal nachrechnen, und dann werden wir es eben gerichtlich aushandeln.«

»Bitte, wie du wünscht. Ich bin zwar mit den Gesetzen nicht so vertraut wie du oder dein gelehrter Herr Sohn, aber ich werde mein Recht zu verteidigen wissen.«

Er öffnet die Tür, ist einen Augenblick verwirrt, weil er nicht weiß, was er nun sagen soll, auf Wiedersehen oder guten Tag oder Mahlzeit. Das Letzte wäre vielleicht noch am passendsten, denn es geht bereits auf Mittag zu. Dann aber sagt er gar nichts, schließt nur die Türe hinter sich und geht zu seinem Wagen hinaus.

Rosina Steinbrecher, die Hanniterbäuerin, tritt nicht etwa ans Fenster, um dem Manne zuzusehen, wie er in seinen Wagen steigt. Das bildet er sich nur ein. In Wirklichkeit steht sie noch immer inmitten der Stube und blickt nachdenklich zur Türe, die sich hinter ihm geschlossen hat. Es will ihr immer noch nicht in den Kopf, dass Thomas Fontano in ihr Haus gekommen ist. Derselbe Thomas Fontano, dem ihre erste große Liebe gehört hat, dem sie blind vertraut hat. Alles hat sie geglaubt, was er ihr erzählte und versprach – und dann hat er nichts davon gehalten.

Achtzehn Jahre war sie alt, die zweitgeborene Tochter des Bauern Tobias Ambacher von Grub, einem Einödhof außerhalb Follnstein, als sie ihn kennenlernte. Zwanzig ist sie gewesen, als er den Treubruch an ihr beging. Seitdem sind über vierzig Jahre vergangen. Ein halbes Menschenalter. Aber in diesem halben Menschenalter hatten sie nie mehr ein Wort miteinander gesprochen bis heute. Und wenn sie vorhin sagte, dass sie ihn nie gehasst hatte, so hat sie sich damit selber etwas vorgelogen, denn noch nie ist sie sich so klar über ihren Hass gegen ihn gewesen wie jetzt. Nur hat sie das immer mit sich selbst ausgemacht. Darüber hat ihr auch der Trotz nicht weghelfen können, mit dem sie dann dem Hanniterbauer Jochen Steinbrecher auf seinen Hof als Bäuerin gefolgt ist. Es ist eine gute Partie gewesen, gewiss. Der Hanniterhof gehört zu den schönsten im ganzen Tal. Die Ehe mit dem Jochen Steinbrecher schien allen vorbildlich zu sein, doch eine glückliche Ehe ist es nicht gewesen. Aber das hat außer ihr niemand gewusst, nicht einmal der Mann, der in einer geradezu närrischen Glückseligkeit all das für Liebe genommen hat, was ein anderer übriggelassen hatte. Sie ist eine zutiefst enttäuschte Frau gewesen, die ihrem Mann zwei Kinder geboren und nach seinem Tode den Besitz gehütet und vermehrt hat.

Der Wagen ist längst fort. Als die Hanniterin hinaustritt in die leuchtende Sonne, hört sie noch aus der Tiefe herauf das leise Brummen des Motors. Dann wird es still. Verschwommen hört man die Glocken der Herden aus dem Tal herauf läuten, das Apfellaub steht in leuchtender Färbung den ganzen Hang hinunter, dazwischen blühen auf den braungewordenen Wiesen die Herbstzeitlosen, die Boten des nahenden Winters.

– 3 –

Am nächsten Vormittag treibt Verona Steinbrecher die Kühe wieder zum Christlgrund hinunter. Dort ist noch saftiges Drittgras vorhanden, und die dreißig Kühe weiden eng beieinander.

Das Mädchen sitzt an der Böschung eines kleinen Baches, der die Wiese durchzieht. Auf der anderen Seite ist ein abgeernteter Kartoffelacker. Die Kartoffelstauden sind zu großen Haufen zusammengetragen, und es wäre eine Lust, sie anzuzünden. Aber Verona hat keine Streichhölzer dabei, und außerdem muss sie stricken. Fingerhandschuhe für die Mutter, Fäustlinge für sich und den Bruder.

Die Nadeln klappern emsig. Die Sonne umschmeichelt ihr dunkles Haar und die Schultern. Schlank hebt sich der braune Hals aus dem Spenzer auf. Die Füße stecken in derben Schuhen, in leichten Falten schmiegt sich der braune Rock um die aufgezogenen Knie.

Alle Viertelstunde hört sie die Schläge von der Kirchenuhr herüber, dann und wann auch das Knarren eines Bauernfuhrwerks. Sonst dringt kaum ein Geräusch in diese Abgeschiedenheit, weil das Lärmen aus der Stuhlfabrik von dem Steilhang abgefangen wird.

Der weiche Boden saugt jeden Laut auf. So hört Verona auch nicht den Hufschlag eines Pferdes, aber das leise Klirren eines Zaumzeuges lässt sie aufblicken.

Sie sieht einen Reiter auf einem Grauschimmel daherkommen. Und der Reiter sieht sie. Er reitet zunächst langsam an ihr vorbei, will schon über das schmale Bachbett setzen, besinnt sich aber und wendet das Pferd zurück. Von seiner hohen Warte aus sieht er auf das Mädchen nieder und zieht dann die markant geschwungenen Brauen hoch. Donnerwetter, denkt er, die ist schön …

»Störe ich?«, fragt er.

Verona lacht ihn unbekümmert an. Sie kennt ihn nicht, meint aber, dass es einer von den vielen Besuchern sein müsste, die man in der Villa Fontano das ganze Jahr über hat.

Philipp Fontano schwingt sich aus dem Sattel. Der Gaul beginnt sofort zu grasen. Spielerisch schlägt Philipp mit der Reitpeitsche gegen die glänzenden Schaftstiefel. Dann steht er still, wie in Gedanken versunken.

»Das ist ja das reinste Märchen!«, sagt er. »Ich reite so ziellos dahin, und auf einmal sitzt da ein Mädchen am Rande des Baches. So wie man es manchmal auf Bildern sieht. Es fehlt nur noch, dass eine Nachtigall schluchzt, oder dass Sie sich das Haar mit einem goldenen Kamme kämmen.«

»Ach so?«, fällt Verona ein. »Sie meinen wie die Loreley?«

»So ähnlich, ja«, gesteht er und beugt sich zu ihr nieder. »Ich meine nur, dass die Loreley nicht so schön gewesen sein dürfte wie Sie.«

Verona spürt, wie ihr das Blut in die Wangen steigt. Man hat ihr schon oft gesagt, dass sie schön sei. Aber auf diese Weise hat es noch niemand getan. Und es hat auch noch keiner so in ihre Augen hineingesehen. Sein Blick verwirrt sie auf merkwürdige Weise. Er macht ihr so zu schaffen, dass sie ihre Augen niederschlagen muss. Sie merkt, dass er sich neben sie ins Gras setzt. Die Sonne spiegelt sich im Lack seiner Stiefel. Die Reitpeitsche mit dem Silberknopf liegt neben ihm im Gras. Plötzlich wendet er sein Gesicht.

»Sie gestatten doch«, fragt er, »dass ich mich so einfach neben Sie setze?«

Bauernmädchen gegenüber kennt er solche Höflichkeit sonst nicht. Meist duzt er die Mädchen auch. Hier aber ist es etwas anderes, hier empfindet er Hemmungen. Irgendwie fühlt er, dass er hier mit seinen leichtfertigen Sprüchen nicht landen kann.

Von der Seite her schaut sie nun in sein Gesicht und antwortet dann:

»Wenn Sie doch schon sitzen, brauchen sie nicht mehr zu fragen.«

»Natürlich, ja. Aber – es könnte Ihnen vielleicht nicht recht sein.«

»Warum nicht? Es ist ja Platz genug da.«

Verona ist den ganzen Sommer auf der Hochalm gewesen. Es sind so manche Männer bei ihr zugekehrt, der Hildberger Sepp zum Beispiel oder der Maler Dimrot. Aber keiner hat sie jemals so unruhig werden lassen wie dieser junge Reiter mit dem braungebrannten Gesicht und den schönen, schlanken Händen.

Er nimmt jetzt ein Zigarettenetui heraus und hält es ihr hin.

»Bitte, bedienen Sie sich.«

»Nein, wo denken Sie hin!«, lacht sie. »Ich und rauchen?«

»Aber Sie gestatten doch, dass ich rauche?«

»Da brauchen Sie mich doch nicht zu fragen!«

»Doch, doch, muss man schon. Wenn jemand so schön ist wie Sie, zwingt das zur Höflichkeit, Maria.«

Verona wendet schnell den Kopf.

»Maria? Wie kommen Sie auf den Namen? Sie verwechseln mich anscheinend mit einer anderen.«

Philipp beschaut gemütlich seine Zigarette, blickt dem Rauch nach und wendet ihr plötzlich sein Gesicht zu.

»Ich verwechsle Sie mit niemandem. Aber Sie könnten Maria heißen, Angelika oder Benedikta. Irgend etwas klingendes, das zu Ihrem Wesen passt. Schließlich muss man ja irgendeinen Namen sagen, um auf die Spur zu kommen, wie Sie heißen.«

Sie hat die Hände auf den Schoß sinken lassen und blickt ihn nachdenklich an.

»Machen Sie das immer so?«

»Eigentlich nicht. Aber Spaß beiseite – wie heißen Sie wirklich?«

Verona beginnt plötzlich wieder zu stricken. Nicht mit Hingabe oder großem Eifer, sondern weil sie in ihrer Verlegenheit sonst nichts anderes zu tun weiß.

»Raten Sie halt mal«, sagt sie, ohne aufzublicken.

»Das ist aber schon recht schwer! Sagen Sie mir wenigstens den Anfangsbuchstaben.«

»Gut«, lacht sie und zeigt dabei die zwei Reihen herrlicher weißer Zähne. »Mit V fängt er an.«

»Mit V? Franziska vielleicht?«

»Schreibt man doch mit F!«

»Ach ja, natürlich. Habe ich mir also schon einen Vierer verdient. Bitte helfen Sie mir doch ein wenig. Die erste Silbe wenigstens.«

Sie legt ihr Strickzeug weg und verschränkt die Hände um die aufgezogenen Knie.

»Also gut, weil Sie so schön bitten können. Die erste Silbe heißt Ver –«

Angestrengt blickt er zum Himmel hinauf, in dessen tiefem Blau nur ein paar flockige Schäfchenwolken schwimmen.

»Ver – Vero – Verona –« murmelt er vor sich hin, um sich sofort zu verbessern. »Nein, das ist ja eine Stadt in Italien. Aber jetzt habe ich es. Veronika?«

Sie schüttelt den Kopf.

»Bleiben Sie nur bei der italienischen Stadt. Ich heiße nämlich Verona.«

»Und ich heiße Philipp Fontano.«

Ihre Hände zucken erschrocken auf.

»Was? Wer sind Sie?«

»Ach, Mädchen«, lächelt er nun etwas überlegen. »Du weißt doch längst, wer ich bin.«

»Wie soll ich das wissen? Ich habe Sie noch nie gesehen.« Dann lacht sie plötzlich belustigt auf. »Ach, wenn das meine Mutter wüsste, dass ich hier mit Ihnen sitze!«

»Und wer ist das?«

»Die Hanniterin.«

Da lacht auch Philipp aus vollem Halse.

»Du mein Schreck! Die Hanniterin und mein Vater – haben die nicht irgendeinen Streit miteinander?«

»Ja, wegen der Seegraswiese.«

Philipp Fontano legt sich jetzt der Länge nach ins Gras und verschränkt die Hände hinter dem Kopf. Es fällt ihm gar nicht ein, jetzt etwa wegzureiten, weil dieses Mädchen zufällig die Tochter der Hanniterin ist, die mit seinem Vater in Fehde liegt. Ihn kümmert das nicht. Mag die Hanniterin vielleicht so ein starrköpfiges Frauenzimmer sein, wie sein Vater gestern in seiner Wut geschrien hat, so muss er, der Sohn, ihr wenigstens zugute halten, dass sie eine verteufelt schöne Tochter hat. Ein Mädchen, wie es ihm noch selten begegnet ist. Was kümmert ihn der ganze Streit? Er ist jung, er will sich mit diesem Streit nicht befassen und nicht belasten. Er liegt hier neben Verona im Gras und denkt gar nicht daran, die Stunde dieser seltsamen Begegnung ungenützt verstreichen zu lassen.

Und Verona ist so dankbar, dass er neben ihr liegenbleibt und nicht davonreitet. Sie betrachtet ihn von der Seite und empfindet eine wunderbare Seligkeit dabei. Wie ein Bub, denkt sie, liegt er da, wie ein Bub, der träumt...

Philipp ist sonst eigentlich nicht so sanft und still. Er weiß selber nicht, was das mit dem Mädchen ist, begreift nicht, weshalb er bei ihr Hemmungen hat, und warum er nicht ansetzen kann zu Liebeserklärungen, die ihm sonst so leicht über die Lippen fließen. Langsam streckt er die Hand zu ihr hinüber.

»Ach, Mädchen«, flüstert er, ohne die Augen zu öffnen, in der stillen Hoffnung, dass sie seine Hand ergreift.

Ja, das tut sie. Ihre Hand ist warm, aber rauh in der Innenfläche. Sie beugt sich vor, um ihn besser betrachten zu können.

»Was ist denn?«, fragt sie leise.

»Nichts, Mädchen. Nur schön ist es, so neben dir zu sein«, antwortet er, öffnet die Augen und lächelt. Lange schaut er auf ihren Mund und dann in ihre Augen. Seine andere Hand hebt sich, streicht über ihr Haar und bleibt in ihrem Nacken liegen.

Ganz still ist es ringsumher. Nur die Vögel singen, und der Bach plätschert leise. Einmal hört man aus der Ferne ein leises Klingen.

»Ist es denn schon Mittag?«, fragt Philipp.

»Nein, das kommt aus der Schlosserwerkstätte von Follnstein«, antwortet Verona.

Philipp zieht schmerzlich die Brauen zusammen, als hätte er irgendeine peinliche Erinnerung an die Schlosserei zu Follnstein. Aber dann lächelt er wieder und zieht den Kopf des Mädchens zu sich herab.

– 4 –

Ein wolkenloser Sternenhimmel liegt über dem Hanniterhof. Warum streicht der Wind von den Bergen nieder und lässt das Laub rascheln. Dann und wann plumpst ein vergessener Apfel ins Gras.

Alle Lichter im Haus sind längst erloschen. Verona aber liegt noch hellwach und denkt nach. Sie kommt noch nicht ganz zurecht mit allem, zu neu ist das, zu gewaltig ist es über sie hereingestürzt. Die Hände über der Brust gefaltet, liegt sie regungslos da und beschwört sich jedes Ereignis vor die Augen, den ersten Kuss, den er ihr gab, und den Augenblick, da sie in seltsamer Bereitwilligkeit die Arme um seinen Nacken schlang.

So wirklichkeitsnah erlebt sie alles wieder, als sei Philipp auch jetzt noch bei ihr. Sie hört seine dunkle, schmeichelnde Stimme, ihr Mund ist hungrig nach seinem Kuss. Es glüht ein Licht in ihr, und dieses Licht hat Philipp in sie hineingezaubert. Wie verwandelt kommt sie sich vor, bestrahlt von einem seltsamen Glanz, der keine Schatten duldet, obwohl genügend da sind. Sie braucht nur an die erbitterte Feindschaft zwischen ihrer Mutter und Herrn Fontano zu denken. Aber diese Gedanken will sie gar nicht aufkommen lassen. Philipp hat ja auch gesagt, dass es sie beide nichts anginge, wenn die »alten Herrschaften« sich wegen einer Seegraswiese stritten. Mit Leichtigkeit hat er ihre Bedenken zerstreut und hat gemeint, es müsse doch nicht gleich so sein, dass sie ihrer Mutter schon am ersten Abend erzähle, dass er bei ihr gewesen ist.

Mittags war er schnell heimgeritten. Ein paar Stunden später ist er dann zu Fuß wiederkommen. Sie haben das Kartoffelkraut am anderen Bachufer angezündet und sich die Erdäpfel in der Glut gebraten. Noch nie hat ihr etwas so gut geschmeckt. Sie haben sich erst getrennt, als die Abendnebel schon aufstiegen. Und morgen wird er wiederkommen. Jeden Tag, solange sie die Herde noch auf die große Breite hinuntertreiben kann.

Auf jeden Tag wird sie sich jetzt freuen, jeden Tag wird jetzt etwas Neues auf sie zukommen, und jeder Tag wird sie mit einem neuen Glück erfüllen, mit dem Glück, zu wissen, dass sie geliebt wird. Philipp sagt wenigstens, dass er sie liebt. Und darum muss es wahr sein.

Wenn sie den Kopf ein wenig dreht, sieht sie durchs Fenster ein paar Sterne blinzeln. Sie hört den Brunnen drunten plätschern und hört den Geigengesang des Windes, der durch das welkende Laub geht.

Tausendmal hat sie diese Laute schon vernommen. Aber heute meint sie, dass alles einen anderen Klang habe.

»Es wird sehr schön werden mit uns beiden«, hatte Philipp gesagt. Und: »Von einem Mädchen wie dir habe ich oft geträumt. Aber ich habe meinen Träumen misstraut, weil ich nicht glauben konnte, dass es so etwas gibt ...«

Jedes Wort fällt ihr wieder ein, und dass sie nicht den Mut gehabt hat, ihn zu fragen, ob er dies auch schon anderen Mädchen gesagt habe. Ihm nicht zu glauben, das wäre gleichbedeutend mit einem Misstrauen gewesen, das er nicht verdient. Denn was Philipp sagt, kann doch unmöglich eine Lüge sein.

Wie langsam doch die Zeit vergeht, wenn man so schlaflos daliegt und alles bedenkt, das Neue und das Bisherige! Und wenn man dann erkennt, mit wie wenig Liebe man bisher durchs Leben gegangen ist, dann sehnt das Herz sich um so mehr nach Zärtlichkeit. Die Mutter hat mit Zärtlichkeiten gegeizt. Das liegt ihrem Wesen nicht. Die Mutter hatte lieber geschlagen, manchmal zu Recht und manchmal zu Unrecht. Das hat sie mit der Zeit verbittert, und nun ist auf einmal ein Mensch gekommen, der gütig und zärtlich zu ihr ist. Ein Mensch ist plötzlich gekommen, der ihre Einsamkeit gesprengt hat. Und es ist seltsam, dass Verona in dieser Stunde ihrer Mutter gegenüber etwas wie Genugtuung empfindet, weil sie sich ohne deren Hilfe aus dem Gitter befreien konnte, das die Hanniterin unbewusst oder in irgendeiner Berechnung um ihre Tochter gezogen hat. Verona ist nie dahintergekommen, obwohl sie viel darüber nachgegrübelt hat. Jetzt braucht sie nicht mehr zu grübeln. Mag die Mutter in ihrer strengen Welt weiterleben. Sie aber ist mit dem heutigen Tage herausgestiegen aus dieser Enge und will ihr eigenes Leben leben.

Die Gedanken kommen und gehen, so wie die Stunden gehen. Vielleicht ist es schon elf Uhr, vielleicht schon Mitternacht, als ihr mit einmal doch die Augen zufallen wollen. Aber bevor sie ganz in die Tiefe des Schlafes versinkt, ist ihr, als säße Philipp auf der Kante ihres Bettes und streichle, so wie am Nachmittag schon, über ihr Haar, mit ganz zarten Händen, als hätte er Angst, sie zerbräche unter seiner Berührung. Dabei hörte sie seine Stimme, und seine Worte sind wie Blüten aus einem großen Strauß:

»Du musst nun fühlen, Verona, dass alles verändert ist, in dir und um dich, denn ich liebe dich. Und du sollst weiter spüren, Verona, dass du nur Gutes tust, wenn du mich wiederliebst …«

»Ja, ja«, murmelt sie, nun schon völlig in ihrem Traum verfangen. »Ich liebe dich auch mit meinem ganzen Herzen und mit tiefer Dankbarkeit, denn ohne dich wäre alles dunkel und finster geblieben…«

Dann schläft sie endlich ganz tief, während draußen der Wind weiterhin sein Lied durch die Nacht singt und das Quellwasser aus seinem Eisenrohr in den vermoosten Bottich rinnt.

– 5 –

Drunten in Follnstein schlägt es vom Kirchturm die elfte Nachtstunde. Mit dem letzten Schlag knarrt beim Schlossermeister Wimmer das hintere Stadeltor, und Anna Wimmer schlüpft durch den schmalen Spalt hinaus in die Nacht. Sie lauscht zur Straße, auf der sie Schritte hört. Sie gehen vorüber. Anna zieht das Schultertuch straffer um den Hals und geht dann schnell durch den Obstgarten davon, zum kleinen See hinüber, hinter dem sich die braunen Moorwiesen dehnen. Immer schneller geht sie, zum Schluss läuft sie, um ja pünktlich genug zu der kleinen Bank zu kommen, auf der ihr Liebster wartet.

Aber die Bank ist leer. Die Zeiten sind vorbei, da Philipp Fontano hier auf sie gewartet und in die Arme geschlossen hat. Für ihn ist es nur ein kleines, nettes Erlebnis gewesen. Er hat es längst vergessen, und darum wartet Anna, die zierlich und schmal ist wie ein Reh, jede Woche einmal vergebens hier auf der Bank am See und horcht in das Schilf hinein, in dem es rauscht und raschelt, als hebe sich im nächsten Augenblick das Vergangene wieder heraus und begänne das Märchen aufs Neue, wo sie die Jungfrau Tausendschön ist und sich mit dem Herzog Silberglanz trifft.

Niemand weiß um ihre nächtlichen Gänge, aber die Menschen fangen an, sie zu belächeln, seit sie beginnt, im Metzgerladen zwei Kalbsschnitzel für den Herzog Silberglanz und sein Liebchen Tausendschön zu verlangen. Die Metzgermeisterin lächelt mitleidig und wickelt dem Mädchen ein Pfund Rindfleisch ein, weil sie weiß, dass sie bei dem Schlossermeister Wimmer mit zwei Kalbsschnitzel nichts anfangen können, weil es ja sechs sind, die satt werden wollen. Anna bezahlt und regt sich nicht auf. Sie ist ein gutmütiges Ding, nichts Böses geht von ihr aus, man braucht keine Angst vor ihr zu haben, sie ist nur zeitweise von einem leisen Wahn befangen, der erkennbar ist an der Stumpfheit ihres Blickes. Dann hat sie auch wieder Zeiten, in denen sie vollständig normal erscheint, ihre Welt ist dann von stiller Heiterkeit erfüllt.

Neunzehn Jahre ist sie jetzt alt, und noch nie vorher hat man bei ihr etwas von einem Wahn bemerkt. Das ist erst seit dem letzten Sommer, und es gibt Leute, die sich ihren Reim darauf machen, weil sie Anna und Philipp Fontano oft beisammen gesehen haben. Beim Baden zum Beispiel oder auch im Wald, wenn Anna auf dem Weg zur Jagdhütte gewesen ist.

Annas Eltern wissen davon nichts. Sie sind bestürzt, als sie die Veränderung bemerken, und holen den Doktor. Es ist in der ganzen weitläufigen Verwandtschaft kein Fall von Irrsinn zu verzeichnen, und der Doktor sagt, dass auch dies kein Wahnsinn im eigentlichen Sinne sei, sondern nur eine Auffälligkeit, die vielleicht mit der zu raschen Entwicklung zusammenhängt, oder aber sie habe eine schwere seelische Erschütterung erlebt, mit der sie nicht fertig würde.

Die Eltern wissen nichts davon, und Anna, darüber befragt, lächelt nur und denkt: wie könnte ich jemals mein Geheimnis preisgeben!

»Eine schwere Enttäuschung vielleicht?«, bohrt der Doktor weiter und sieht, wie nach dieser Frage Annas Augen zu flackern beginnen.

»Vielleicht geben wir sie einmal zur Beobachtung in eine Klinik fort«, meint der Arzt. Darüber erschrecken Anna und die Eltern. Sie sind arm und wissen, was das kostet.

So bleibt es, wie es ist. Anna geht einmal in der Woche heimlich zum See, tut sonst still ihre Arbeit und ist wie ein kleiner Stern, der leuchten will und immer mehr erlischt.

Die Menschen – in so einem kleinen Dorf ist das nicht schwer – beginnen die Zusammenhänge zu ahnen und blicken dem jungen Fontano, wenn er so selbstgefällig durchs Dorf reitet oder gar mit dem Wagen seines

Vaters durchrast, missbilligend nach, oder sie machen auch einmal drohend eine Faust zum Erlenwinkel hinüber, wo dieser schlaksige Bursche sein liederliches Leben lebt, ganz im Gegensatz zu seinem Vater, dem »Herrn«, und seinen strebsamen Brüdern, von denen besonders der älteste ein geachteter Bürger ist, weil er als Abgeordneter im Landtag sitzt und offensichtlich die Interessen seiner engeren Heimat mit Nachdruck vertritt.

Nur dieser Philipp ist so ein Taugenichts, und manchmal wird der alte Fontano nicht mehr verstanden, weil er seinem Jüngsten so durch die Finger sieht und ihn faulenzen lässt, während andere in seinem Alter hinter dem Pflug hergehen oder in der Stuhlfabrik arbeiten. Aber man lebt in einer gewissen Ehrfurcht vor dem alten Herrn, und es steht niemandem zu, öffentlich an ihm Kritik zu üben. Aber die Mütter sind wach geworden am Beispiel der Schlosser-Anna und warnen ihre Töchter vor dem jungen Fontano, den sie mit einem Habicht vergleichen, der aus einem heiteren Himmel herunterstößt auf seine ahnungslosen Opfer.

– 6 –

Es ist bereits November. Auf den Bergen liegt schon Schnee, grauer Nebel hüllt die Landschaft ein. Verona kann nun nicht mehr die Kühe zum Grund hinuntertreiben, es ist keine Weide mehr da. Sie trifft Philipp jetzt nicht mehr jeden Tag und verzehrt sich in Sehnsucht nach ihm. Es ist genauso gekommen, wie es hat kommen müssen. Verona ist hellauf in Liebe entflammt. Sie hätte nie geglaubt, dass die Liebe eine solche Macht sein könnte, dass man sich ihr unterordnen müsste, dass jeder Wille erlahmt, und dass man gehorsam aufsteht, wenn ein kleines Steinchen ans Fenster klirrt. Dann zieht sie sich an, schleicht leise hinunter in den Stall und tritt in die Nacht hinaus.

Nur zu einem hat sie sich noch nicht entschließen können. Sie hat ihn noch nicht aufgesucht in der Jagdhütte, so wie er es immer wünscht. Soweit hat sie sich noch in der Hand, dass sie ihm nicht nachläuft.

Aber das ist wohl auch nur noch eine Frage der Zeit. Philipp kommt in einer Woche einmal nicht, und das bringt Verona fast zur Verzweiflung. Sie weiß nichts von ihm und quält sich mit den düstersten Gedanken ab. Ist er krank, oder ist er ihr böse?

Aber dann klirrt das Steinchen wieder, und Philipp sagt ihr, dass er tatsächlich ein wenig böse gewesen sei, weil er nicht begreifen könne, dass sie ihm den Wunsch nicht erfülle, wenigstens einmal zur Jagdhütte zu kommen. Es sei doch höchstens eine Stunde Weg dort hinauf.

»Aber Philipp«, sagt sie, »es geht doch nicht darum, dir einen Wunsch zu erfüllen oder nicht. Ich kann mich einfach nicht dazu überwinden, dir nachzulaufen.«

»Ach, so siehst du es an«, meint er und küsst sie anschließend nicht auf den Mund, sondern nur auf die Stirne. Dabei ist er gar nicht einmal gekränkt, sondern nur maßlos verwundert, dass sich ihm hier ein eigener Wille entgegenstellt und nicht nur blinder Gehorsam. Dann überlegt er angestrengt.

»Wenn du einen kleinen Besuch bei mir an einem Sonntagnachmittag als Nachlaufen ansiehst, ist das freilich etwas anderes. Demnach laufe ich dir schon seit dem Herbst nach.«

»Das ist doch ganz was anders! Du bist doch ein Mann.«

»So? Das gestehst du mir doch zu?«, fragt er und rüttelt sie scherzhaft an den Schultern. »Schau, Herzerl, du erzählst mir so oft, wie du über uns beide denkst, und wie schön es einmal werden wird. Genau so mache ich mir auch meine Gedanken und stelle es mir vor, wie schön es wäre, wenn du mich einmal da oben besuchen würdest. Ganz allein sind wir, nur die Bäume des Waldes sind um uns und der Wind.«

Verona merkt, wie ihr Widerstand brechen will. Seine schmeichelnde Stimme rührt an ihr Herz. Die Arme um seinen Hals legend, schmiegt sie ihre Stirne an die seine.

»Du bist doch ein furchtbares Mannsbild«, scherzt sie.

»Sei so gut.«

»Ja, ist schon wahr. Wenn ich dich so reden höre, dann merke ich, dass ich doch eines Tages in der Jagdhütte erscheine!«

»Wann, am nächsten Sonntag? Schieb es nicht zu lange hinaus, Verona. Über Nacht kann Schnee fallen, dann –«

»Ich weiß, ich weiß«, unterbricht sie ihn. »Also gut dann, am Sonntagnachmittag.«

»Du brauchst wirklich keine Angst zu haben«, sagt er.

»Angst?« Sie sieht ihn fragend an und schüttelt dann heftig den Kopf. »Warum sollte ich denn vor dir Angst haben? Angst müsste ich höchstens vor meiner Mutter haben! Ganz abgesehen davon, auch dein Vater würde wahrscheinlich kein Loblied auf dich singen, wenn er wüsste, dass du zu mir kommst. Noch dazu jetzt, wo er den Prozess mit der Seegraswiese verloren hat.«

»Das soll uns beide überhaupt nicht kümmern«, meint er leichtfertig. »Was geht uns die Seegraswiese an?«

»Nichts! Und trotzdem werden wir den Kampf durchzustehen haben.«

»Welchen Kampf denn?«

»Wenn wir heiraten wollen.«

Kaum merklich zuckt er zusammen.

»Na ja, das muss ja morgen noch nicht sein?«

»Nein, morgen noch nicht. Aber einmal wird es sein müssen, Philipp, weil es nun doch schon so ist, dass ich mir ein Leben ohne dich nicht mehr vorstellen kann. Und daran bist du selber schuld. Du hättest nie zum Bachgrund reiten dürfen.«

»Wenn man es so ansehen will, dann hättest du nicht am Bachrand sitzen dürfen«, antwortet er, zärtelt sie in seiner wilden, heftigen Art und hofft, dass sie von diesem gefährlichen Thema abkommt. Und das erreicht er auch, denn sie erliegt zu gerne seinen Zärtlichkeiten und gibt sie zurück. Die Zeit vergeht dabei so schnell, und Philipp muss dann an den Heimweg denken, weil es hinter den Bergen schon grau zu werden beginnt.

Es ist nicht so leicht, der Mutter klarzumachen, dass man fortgehen möchte, wenn draußen der Tag so traurig über der Landschaft liegt. Leicht auch deswegen nicht, weil Verona sonst eigentlich selten aus dem Haus geht, mit Ausnahme am Sonntagvormittag zur Kirche. Sie hat keine Freundin, zu der sie gehen könnte, und dass sie nun einen Freund hat, das darf sie nicht sagen, zumal die Hanniterin um diese Zeit mehr Hass gegen die Fontanos in sich trägt als zuvor. Die Schadenfreude, dass Fontano den Prozess verloren hat, kann den Zorn nicht wettmachen, dass er sie überhaupt in einen Prozess hineingezogen hat. Er selber war ja nicht dort, dafür hat er ja seinen Rechtsanwalt, so dass dieser eben die etwas ironische

Bemerkung des Richters hat hinnehmen müssen, es sei unverständlich, dass bei aller Klugheit, die man Herrn Fontano sonst nachsagen müsse, über diesen merkwürdigen Handel nichts Schriftliches und vom Notar Beglaubigtes vorhanden wäre. Auf Lebzeiten, ja, das könne man nun sehr weitläufig auslegen. Vielleicht habe der Hanniter gemeint, zu seinen Lebzeiten. Der Hanniter sei aber nun schon fünfzehn Jahre tot. Und die Rechnung der Hanniterin, dass die Schuld für das gelieferte Bauholz mittlerweile beglichen sei, stimme so ziemlich genau.

Die Hanniterin sitzt in der Stube vor einem aufgeschlagenen Schulheft und rechnet, ob Fontano ihr nicht noch etwas herausbezahlen müsse, als die Türe aufgeht und Verona die Stube betritt. Ganz kurz blickt die Bäuerin auf.

»Ach, du bist es, Verona. Du kommst mir gerade recht. Rechne das einmal nach, nach meiner Aufstellung müsste ich vom Fontano noch an die sechzig Mark bekommen.«

Verona nimmt den Lodenumhang ab, hängt ihn an die Ofenstange und geht an den Tisch.

Nach der Aufstellung der Hanniterin stimmt es. Sie müsste tatsächlich noch sechzig Mark bekommen. Allerdings hat sie dabei die Holzpreise so angesetzt, wie sie vor zwanzig Jahren üblich waren.

»Es stimmt«, sagt Verona und legt den Bleistift weg. »Aber wegen sechzig Mark streiten? Freiwillig wird er sie kaum bezahlen.«

»Doch, doch, er wird«, antwortet die Hanniterin triumphierend. »Weil er sich wahrscheinlich nicht rumschreien lassen möchte, dass er mir etwas schuldet.«

»Dann hört die Feindschaft nie auf, Mutter.«

Die Hanniterin schaut in den nebelverhangenen Tag

hinaus. Es ist gemütlich warm in der Stube. Die Uhr tickt so vertraulich, und der Kanarienvogel zwitschert seine perlenden Töne aus dem Bauer. Langsam wendet die Bäuerin den Kopf und schaut Verona an.

»Ich lege keinen Wert darauf, dass die Feindschaft einschläft.«

»Warum besteht sie überhaupt? Doch nicht wegen der Seegraswiese allein? Die Feindschaft ist doch schon viel älter!«

Die Hanniterin steht auf, geht zum Ofen und nimmt mit einem gespitzten Span einen gebratenen Apfel aus der Durchsicht.

»Du hast Recht. Diese Feindschaft ist schon viel älter, und ich selber kann nicht so alt werden, dass sie aufhört. Stört es dich vielleicht?«

Verona schluckt ein paar Mal, bevor sie antwortet.

»Ich weiß nicht, warum diese Feindschaft besteht. Ich weiß nur, dass du uns, mir und Andreas, immer eingeredet hast, wir dürfen nicht mit denen da drunten etwas Gemeinsames haben.«

»Ja, das habe ich gesagt. Und dabei bleibt es, solange ich lebe. Weil nämlich von denen da drunten nie etwas Gutes kommen kann.«

Bis zum Hals hinauf schlägt Veronas Herz. Was würde die Mutter sagen, wenn sie wüsste, welchen Weg sie jetzt gehen will?

»Aber – ich weiß nicht, Mutter. Fontano ist doch irgendwie der Herr in dieser Landschaft.«

Gerade will die Hanniterin in den Bratapfel beißen. Jetzt aber muss sie zuerst noch laut auflachen.

»Ja, aber nur wegen seinem Geld, das ihm die Adelige ins Haus gebracht hat! Vorher war er auch nur Sägmüller und Bauer. Ein Herr, sagen sie. Jawohl, aber ein Herr ohne Glanz.« Und ohne Ehre, will sie noch hinzufügen.

Das verschluckt sie lieber, weil sie die Tochter nicht auf eine Spur setzen will. Sie beißt nun vorsichtig in den dampfenden Apfel und sieht dann plötzlich Verona neugierig an.

»Du bist so feiertäglich angezogen. Wo willst du denn hin?«

Nur jetzt die Ruhe nicht verlieren, denkt Verona und fühlt zugleich, wie schwer es ihr fällt zu lügen. Darum wendet sie sich aus dem Blickfeld der Mutter und greift nach dem Umhang.

»Ich habe der Blocksteiner Cilli am Allerheiligentag schon versprochen, dass ich einmal komme.«

»Ach so, nach Blockstein willst du? Da hättest du dir aber auch einen schöneren Sonntag aussuchen können. Nach Blockstein sind es gute anderthalb Stunden, und um vier Uhr fällt bei diesem Nebel die Nacht schon ein.«

»Das macht nichts, ich kenne den Weg.«

»Ja, dann geh nur jetzt und lass dich nicht aufhalten. Frag den Blocksteiner, ob er im Frühjahr vielleicht gute Saatkartoffeln braucht. Ich glaube, dass wir an die vierzig Zentner übrig haben.«

Verona erschrickt in der Erkenntnis, dass die erste Lüge bereits eine zweite nach sich ziehen wird. Aber nur jetzt nicht daran danken! Jetzt endlich weg, die Zeit drängt, und Philipp wird schon warten.

Ja, Philipp wartet wirklich schon voller Ungeduld. Er steht am Fenster der Jagdhütte und starrt in den Wald hinein, aus dem sie kommen muss. Im offenen Kamin brennt ein Feuer. Die Buchenscheite krachen, und das Wasser im Kessel sprudelt bereits. Es wird Tee geben mit Rum oder Kaffee. Er hat den Tisch bereits gedeckt mit schönem, blaugemustertem Bauerngeschirr und mit einem Besteck mit Hirschhorngriffen.

Da kommt sie! Sie hat einen weitausholenden Schritt und geht der Steigung wegen etwas gebückt. Erst als sie der Hütte schon ganz nahe ist, reckt sie sich auf und richtet den Blick ein wenig ängstlich auf das Gebäude. Früher, als sie noch ein Kind war und um Erdbeeren ging, ist sie schon manchmal hier vorbeigekommen. Aber immer hat sie einen weiten Bogen um die Hütte gezogen, denn auch dies gehörte zur Feindschaft, die man nach der Meinung der Mutter nun einmal gegen die Fontanos haben musste.

Philipp ist überwältigt von ihrem Anblick. Bisher hat er sie immer nur in Werktagskleidern gesehen. So schön ist sie ihm noch nie vorgekommen. Er hat nicht gewusst, dass sie so herrlich gewachsen ist. Ihr schwarzes Haar glänzt. Die Wangen sind vom raschen Steigen gerötet.

Er öffnet jetzt die Türe. Sie taumelt in seine ausgebreiteten Arme mit einem glücklichen Lachen, fühlt sich hochgehoben und über die Schwelle getragen. Mit dem Fuß stößt er die Türe hinter sich zu und stellt sie zu Boden.

»Mädel, wie ich mich freue, dass du da bist!«

»Ich freue mich auch, Philipp!«

Er nimmt ihr den Umhang ab und hängt ihn an den Kleiderhaken. Mit weiten, staunenden Augen sieht sie sich um.

»Ist es hier gemütlich! Und das dort – hast du den Tisch gedeckt?«

»Traust du mir so was nicht zu?«

»Ehrlich gesagt, nein. Aber es ist sehr hübsch.«

»Es ist erst durch dein Kommen alles so hübsch geworden. Und was wünscht mein Herzchen jetzt? Tee oder Kaffee?«

»Kaffee, aber lass das mich nur machen.«

»Nein, unter gar keinen Umständen! Heute bist du mein Gast, und du sollst verwöhnt werden, wie du noch nie verwöhnt worden bist.«

Während er dann Wasser in einen Filter gießt, sieht sie sich näher um. In einem niederen Schrank mit einer Glastüre stehen drei Gewehre. An der weißgestrichenen Wand hängen Hirsch- und Rehgeweihe. Rechts neben dem Ofen thront ein breites Lederkanapee. Auf der anderen Seite steht ein Bauernküchenkasten mit Butzenscheiben. Alle Möbel sind himmelblau gehalten, auch der Tisch mit der Eckbank und den Stühlen. Ein Fleckerlteppich vervollständigt stilgerecht die Einrichtung dieses Raumes. Im Hintergrund führt eine Türe in einen zweiten Raum und daneben eine Stiege in das Dachgeschoss.

Philipp bringt Kuchen, Wurst und Brot zum Tisch. Wo er nur alles her hat, muss sie denken. Und wie er sie verwöhnt! Er schenkt ihr Kaffee ein, gibt Zucker und Milch dazu und sitzt ganz dicht neben ihr, schaut sie immerzu an, als sähe er sie heute zum ersten Mal. Ihm ist ganz eigenartig zumute, denn er fühlt deutlich, dass es diesmal anders ist als sonst. Seine Sinne begehren sie, aber sein Verstand sagt ihm, dass er sie nicht erschrecken, dass er ihre Seele nicht verwirren darf, weil sie dann wohl nie mehr zu ihm käme. Er nimmt ihr Gesicht in seine Hände und zieht es zu sich heran. Sie lehnen ihre Stirnen aneinander, und wenn er so in ihre Augen schaut, dann meint er, es leuchte hinter den Pupillen ein stilles Licht, das er nicht auslöschen darf.

»Ach, Mädchen«, sagt er leise, ganz dicht an ihrem Mund, »du weißt ja gar nicht, wie ich dich liebe.«

Lange und nachdenklich schaut sie ihn an. Ihre schön geschwungenen Brauen bewegen sich leicht dabei.

»Ist das wirklich wahr, Philipp?«

Die Hanniterin ist bereits in der Küche beschäftigt, das Abendbrot herzurichten.

»Du kommst ja reichlich spät«, meint sie und schaut dabei gespannt in das Gesicht der Tochter. Es ist heute nicht das erste Mal, dass ihr etwas auffällt. Dieses Gesicht hat sich irgendwie verwandelt, es ist weicher geworden in seinen Linien, und in den Augen ist oft ein so seltsam leuchtender Glanz. So wie jetzt.

»Ja, ich habe mich ein wenig verratscht«, gibt Verona zu.

Der Verdacht, den die Hanniterin für ein paar Sekunden gehabt hat, ist schon wieder verschwunden.

»Was hat er denn gesagt, der Blocksteiner? Braucht er Saatkartoffeln?«

Verona erschrickt. Sie hat ganz vergessen, dass diese Frage kommen würde. Auf dem Bankerl neben dem Herd sitzend, streift sie die schweren Schuhe ab und schlüpft in ein Paar Pantoffeln.

»Er weiß es noch nicht genau«, sagt sie dann und geht schnell hinaus, um weiteren Fragen zu entgehen. In ihrer Kammer zieht sie sich um und geht dann in den Stall, um den Mägden beim Abfuttern zu helfen.

– 7 –

Wenn Philipp Fontano gesagt hat, dass liebende Frauen erfinderisch seien, so hat das schon seine Richtigkeit.

Verona wundert sich oft, was ihr alles einfällt, damit sie beisammen sein können. Und es ist gar nicht einmal so schwer, obwohl jetzt strenger Winter ist und viel Schnee liegt. Sie machen den Tag aus, und Philipp gleitet auf seinen Skiern aus dem Erlenwinkel heraus zur

Höhe hinauf. Dort wird ihm dann die Stalltüre geöffnet.

Alles im Hof schläft. Nur sie zwei sind wach und haben sich lieb. Dunkelheit ist um sie und Wärme. Manchmal klirrt die Kette eines Rindes.

Einmal erstarren sie vor Schreck, als plötzlich das Licht im Stall angedreht wird und die Hanniterin hereinkommt. Das ist, als eine von den Kühen zum Kälbern ansteht und die Bäuerin nachschaut, ob es schon soweit ist. Aber die Kuh liegt noch ganz ruhig und leckt an ihren Flanken.

Die beiden drücken sich in einer der Pferdeboxen eng an den Leib der Stute Burga und halten den Atem an. Nach einer Weile geht die Hanniterin wieder zurück, ganz nah an den beiden vorbei. Es hätte ihr nur einfallen müssen, einen Blick in die Boxe zu werfen, dann wäre wahrscheinlich die Hölle losgewesen.

Die eiserne Türe zum Haus hinüber klirrt leise, als sie geschlossen wird. Das Licht erlischt wieder.

Zitternd an allen Gliedern atmet Verona auf.

»War das jetzt ein Schrecken!«

Philipp fasst sie an den Schultern, und obwohl er selber noch von Angst geschüttelt ist, versucht er sie zu beruhigen.

»Es ist ja noch mal gut gegangen.«

»Ja, aber sie wird nochmals kommen. Geh jetzt, Philipp. Ich kann jetzt doch nicht mehr ruhig sein.«

Zu früherer Zeit hätte er sich von keiner so fortschicken lassen. Aber das ist eben das Merkwürdige an allem. Er muss ihr immer wieder gehorchen. Sie hat eine Macht über ihn, der er sich, wenn auch manchmal nur widerwillig, beugt.

Ja, es ist ganz anders gekommen, als er es sich am Anfang gedacht hat. Ein kleines Abenteuer hat er gesucht, und nun ist eine wirkliche Liebe daraus geworden. Er ist selber ein wenig verwundert darüber, dass diese Liebe ihn so gewandelt hat. Wie ein Stern aus einer anderen Welt ist Verona in sein Leben gefallen und lässt die Stunden mit ihr aufleuchten. Ihre Schönheit, die Natürlichkeit ihres Wesens, die Güte ihres Herzens, das bedingungslose Vertrauen zu ihm, das alles berauscht ihn.

Es freut ihn auch, dass sie nicht viel über die Zukunft redet und überhaupt nichts vom Heiraten sagt. Nur dem Gegenwärtigen leben sie. Das andere setzt sie wahrscheinlich als eine Selbstverständlichkeit voraus, über die man nicht sprechen muss. So lassen sie sich treiben. Es ist kein Ufer da, an dem sie anlegen und aussteigen möchten.

Alles, was vorher gewesen ist, hat Philipp Fontano vergessen. Er weiß auch nichts davon, dass die Anna vom Schlossermeister Wimmer immer noch ihre nächtlichen Traumgänge zum See hinunter macht und ihre Liebeslieder leise in das verschneite Moor singt. Frierend steht sie an den Stamm des Vogelbeerbaumes gelehnt, und wenn die Kirchenuhr die Mitternachtsstunde schlägt, dann meint sie in ihrem verworrenen Sinn, dass die Hochzeitsglocken läuten, für sie und ihren Liebsten Silberglanz.

Nein, das alles weiß Philipp nicht. Woher soll er es auch wissen? Keinen aus dem Dorf treibt das Mitleid zu dem armen Geschöpf in den Erlenwinkel und ruft dem »Herrn« eine Warnung zu, dass er besser auf seinen jüngsten Sohn achten solle, damit er nicht noch mehr Unheil stiftet, als nur ein vorher gesundes und liebenswertes Mädchen in eine tiefe Depression zu treiben.

Nein, das tut keiner. Man hat viel zu viel Ehrfurcht vor Thomas Fontano, der der Hälfte des Dorfes Brot und Arbeit gibt, der die neue Orgel für die Pfarrkirche und für das neue Schulhaus die Bänke gestiftet hat und deswegen im vergangenen Sommer zum Ehrenbürger der Gemeinde ernannt worden ist.

Und so vergehen die Wochen und Monate. Ein warmer Föhnwind, der drei Tage lang von den Bergen herunterstreicht, frisst den Schnee weg und macht die Wiesen aper. Nur droben auf der Hanniterhöhe hält er sich noch eine Weile zäh. Es macht der Hanniterin auch nichts aus. Sie haben noch etwas Holz vom Bergwald herunterzubringen, und der junge Andreas ist in diesen ersten Märztagen noch dauernd unterwegs, mit den beiden Pferden die Baumstämme aus dem Wald herunterzuschleifen bis zur Wiese, wo man sie dann umlädt und mit dem Traktor den weiten Weg zur Mundlsägmühle bringt, weil man dem Fontano keinen einzigen Stamm geben will.

Am Josefitag nun, der auf den neunzehnten März fällt und bei den Bauern als halber Feiertag gilt, sitzen alle Hanniterleute in der großen Stube beisammen. Bis auf die Verona. Die ist wieder einmal, wie in letzter Zeit so oft, gleich nach dem Mittagessen weggegangen, angeblich zur Blocksteiner Cilli, mit der sie auf einmal eine Freundschaft zu verbinden scheint. Oder ist das nur ein Vorwand? Hat die Cilli nicht auch einen Bruder, den Michael?

Die Hanniterin beschließt, der Verona demnächst auf den Zahn zu fühlen. Heute aber sitzt sie mit all ihren Leuten beisammen. Simon, der Altknecht, spielt mit den Mägden Sechsundsechzig, obwohl er angeblich ein Weiberfeind ist, Andreas, der sechzehnjährige Sohn des Hofes, schnitzelt an einem Quirl, und die Bäuerin liest in einem alten Kalender.

Der Föhn ist vorbei, und draußen weht wieder ein kalter Wind. Als es so auf drei Uhr zugeht und die Hanniterin fragen will, ob es denn heute keinen Tee gäbe, hört sie ein Auto vorfahren. Verwundert dreht sie den Kopf zum Fenster und staunt.

Es ist der Emmeran Reindl, der Waliserbauer von Maria-Eck, der in einem gelben Mercedes in den Hof einfährt. Dann springt der Bauer federnd aus dem Wagen, obwohl er schon gut über vierzig ist und graue Schläfen hat.

Die Hanniterin kann sich eigentlich gar nicht denken, was dieser Besuch zu bedeuten hat, denn Maria-Eck liegt doch ein gutes Stück von hier entfernt. Es ist die letzte Einöde, die gemeindlich zu Follnstein gehört, und man sieht sich im Jahr höchstens einmal, am Allerheiligentag beim Gräberumgang, weil man von Maria-Eck aus zum Kirchgang viel näher nach Kronach hat.

Die Hanniterin klappt ihren Kalender zu und sagt zu Andreas: »Geh einmal naus und schau, was der Waliser will.« Dann steht sie aber doch selber auf und geht mit hinaus.

Der Waliser ist seit zwei Jahren Witwer und besitzt einen Hof, der dem Hanniterhof in nichts nachsteht. Sein Gesicht ist markant geschnitten, die Nase ein wenig gebogen. Dass er ein Glasauge hat, sieht man erst, wenn man genau hinschaut. Er hat es in seiner Bubenzeit bei einer Rauferei verloren.

Als die Hanniterin mit Andreas aus dem Haus kommt, geht ein befreites Lächeln über seine hageren Züge.

»Gelt, da schaust, dass ich heut komm«, sagt er.

»Ja, ein seltener Besuch«, gibt die Hanniterin zu. »Aber herzlich willkommen, Waliser.«

»Hoffentlich stör ich nicht, Hanniterin.«

»Wie kommst du darauf? Andreas, ich kümmer mich schon um den Besucher!«

Der Waliser zieht seine Handschuhe aus und schlägt den Kragen seiner pelzgefütterten Überjoppe nieder. Dann erst reicht er der Bäuerin die Hand.

»Grüß dich dann.«

»Grüß dich. Bei uns hat's immer noch ein bissel Schnee.«

»Bei mir droben genauso. Das ist der Nachteil, wenn man so hoch liegt.«

»Aber man kann auf die andern nunterschaun.«

Über diese Antwort muss er lachen. Nur das linke Auge lacht nicht mit, es bleibt in seiner gläsernen Starre.

»Komm rein, Waliser.«

»Ich bin so frei.«

Er putzt sich umständlich und wie ein Mensch, der an strenge Sauberkeit gewöhnt ist, die Schuhe auf den Tannenzweigen ab, die vor der Türe liegen. Weil der dabei erwähnt, dass er mit ihr, der Hanniterin, etwas zu besprechen habe, führt sie ihn nicht in die große Bauernstube, sondern in das Stübchen auf der andern Seite des Flures. Doch bevor sie ihm folgt, ruft sie noch zur Stubentüre hinein:

»Resi, bring Tee und Guglhupf für uns zwei ins Kammerl nüber.«

Jetzt, da der Waliser seine Überjoppe ausgezogen hat, wirkt er in dem braunen, nach ländlicher Art geschnittenen Lodenanzug fast schlank. Unter der Jacke trägt er eine handgestrickte Weste. Das Hemd ist sauber, aber nicht blütenweiß, die Ecken sind nicht glatt gebügelt, der Selbstbinder sitzt schief.

»Setz dich«, sagt die Hanniterin und deutet auf das Kanapee. »Wie geht es denn immer?«

»Na ja, wie es halt geht, wenn man mit fremden Leuten werkeln muss. Meine Bäuerin hätt mir halt nicht sterben dürfen.«

»Wie lang ist jetzt das schon wieder her?«, fragt die Hanniterin und setzt sich ihm gegenüber.

»Zwei Jahr sind es im Februar gewesen.«

»Schau nur, wie die Zeit vergeht! Was hat ihr jetzt gleich wieder gefehlt?«

»Im Kindbett ist sie gestorben.«

»Ach ja, richtig. Muss schon ein harter Schlag für dich gewesen sein.«

Der Waliser streicht sich mit der Hand die Haare glatt, die er in einem eckigen Winkel in die Stirn hereingekämmt hat.

»Das musst du am besten ermessen können. Hast es ja auch mitgemacht.«

Die Hanniterin streicht über die Tischdecke und meint:

»Ich glaub, dass es für eine Frau nicht so arg ist wie für einen Mann, wenn er plötzlich allein dasteht.«

»Das sagst halt du, weil du die Hanniterin bist. Und dann – du hast ja auch deine Kinder gehabt.«

In diesem Augenblick öffnet sich die Türe, und die Resi, die Großmagd, bringt Tee in einer großen, bauchigen Kanne und Guglhupf herein. Dazu Zucker und in einem kleinen Fläschchen etwas Rum.

Als sie wieder draußen ist, fragt der Waliser:

»Deine Tochter ist wohl nicht da?«

Die Hanniterin stutzt einen Augenblick, weil sie ein seltsamer Gedanke durchzuckt.

»Nein, die ist zum Blocksteiner nauf. Das heißt, zu der Cilli, mit der sie befreundet ist.«

»Ah so.«

Wieder springt dieser merkwürdige Gedanke in der Hanniterin auf.

»Warum, hättest du sie gebraucht?«

»Nicht direkt«, weicht der Waliser aus und rührt in

seiner Tasse. Dann trinkt er und stellt die Tasse sofort wieder nieder. »Teufl, der ist heiß.«

»Tee muss heiß sein«, lächelt die Bäuerin und schiebt ihm den Teller mit dem Gebäck hin. »Lang zu, Waliser.«

»Ich bin so frei. So was krieg ich daheim höchst selten, weißt.«

»Hast denn niemanden für den Haushalt?«

»Schon, aber was willst denn mit fremden Leuten? Die erste Haushälterin, die ich mir nach dem Tod meiner Bäuerin genommen hab, die hat mir so zugesetzt, dass ich sie schon nach zwei Monaten hab weiterschicken müssen. Die zweite hat mir die halbe Bettwasch gestohlen, und seitdem trau ich mir schon gar keine mehr einstellen. Die beiden Mägde, die ich hab, teilen sich den Haushalt. Eine Woch die und die andere Woch die andere.«

Die Hanniterin denkt eine Weile über das Gehörte nach. Dann sagt sie:

»Das ist ja auch nicht das Richtige. Hast denn noch nie darangedacht, wieder zu heiraten?«

Der Waliser seufzt ein paar Mal tief, dann versucht er wieder zu trinken. Diesmal geht es ohne Hindernis.

»Was ich mir darüber den Kopf schon zerbrochen hab, das glaubst gar nicht, Hanniterin.«

»Wieso das? Du bist ja noch in den besten Jahren und kannst an jedem Finger eine haben, wenn du willst.«

»Das sagst du halt so!«

»Das sag ich mit voller Überzeugung. Du kannst doch überall anklopfen mit so einem Besitz, wie du hast!«

Er schwieg eine Weile und zeichnet mit dem Finger die Muster der Tischdecke nach. Dann hebt er plötzlich den Kopf und schaut sein Gegenüber lange an.

»Mein Besitz, jawohl. Das ist es ja, was mir den Rückhalt gibt und, wenn ich sagen darf, den Mut, eine kleine Hoffnung in mir zu tragen. Du sagst, ich kann überall anklopfen. Wenn ich aber dich jetzt fragen tät –«

Er verstummt, weil er sieht, wie ihre Hände erschrocken zurückgezuckt sind. Über ihre Stirn huscht eine dunkle Röte.

»Wie kommst denn bloß auf so einen absurden Gedanken! Mein Andreas ist noch viel zu jung, als dass ich ihm den Hof übergeben könnte. Und dann« – das Rot auf ihrer Stirn hat sich wieder verflüchtigt – »bedenk doch, ich bin ja mindestens um zehn Jahre älter als du, wenn es reicht.«

Ein heller Schein gleitet über sein Gesicht, gerade, als ob eine Freude von innen her es erleuchte. Es sieht aus, als sei alle Sorge von ihm abgefallen, und es macht dieses Mannsgesicht auf eine eigene Weise schön

»Das wird nicht reichen, Hanniterin, obwohl du wie vierzig aussiehst. Aber jetzt halt dich ein, dass du nicht vom Stuhl runterfällst vor Schreck. Ich hab an deine Verona gedacht. Bitte schön, lach jetzt nicht und nenne mich keinen größenwahnsinnigen Narren. Das ist nämlich erst seit heute in mir. Voriges Jahr war es, auf dem Frauenmarkt in Bichl. Da hab ich sie zum ersten Mal gesehn, deine Verona. Und seitdem geh ich jeden Sonntag nach Follnstein zum Hochamt und nicht mehr nach Kronach, wohin es viel näher wäre. Bloß, dass ich die Verona sehen kann. Ich weiß genau, was du jetzt denkst: so ein alter Depp. Und auf das erste Anschaun hin mag das vielleicht auch stimmen. Vierundvierzig bin ich jetzt, und sie wird zwanzig sein. Aber so muss man ja nicht unbedingt eine Rechnung aufstellen. Güte im Herzen, Wunsch und Wille, einem Menschen in Lieb und Treu anzuhängen, das ist oft mehr wert als die frischeste Jugend. Mit dir hab ich zuerst einmal reden wollen, und ich bitte dich, stell dich nicht ganz starrsinnig zu meinem Vorschlag. Wer ich bin, das weißt, und was Maria-Eck ist, das könntest du dir ruhig einmal anschaun.«

Wie erschöpft schweigt er. Wahrscheinlich hat er überhaupt noch nie eine so lange Rede gehalten. Ängstlich schaut er jetzt auf den gesenkten Scheitel der Hanniterin hin. Endlich hebt sie ihr Gesicht.

»Wahrscheinlich hast du dir noch nicht überlegt, Waliser, was das heißt, wenn eine Frau um über zwanzig Jahre jünger ist.«

»Ich hab dir ja schon gesagt, dass ich Tag und Nacht schon drüber nachgedacht hab.«

»Wenn du sechzig bist, ist sie noch nicht vierzig. In ihrer höchsten Blüte«, sinniert die Hanniterin weiter.

»Und wenn ich achtzig bin, ist sie knapp sechzig und vorbei ist's mit der Blüte«, antwortet er treffsicher. »Die Jahre allein machen es nicht, Hanniterin, das wirst du selber wissen.«

»Nicht immer, Waliser. Nicht immer sind es die Jahre allein. Bei allem aber musst du ja wohl die Verona selber einmal fragen.«

Er schnauft wieder ein paarmal recht tief.

»Ich möcht dich bitten, Hanniterin, dass du zuerst einmal die Sprache darauf bringst. Bloß einmal so fragen. Nicht gleich mit der Tür ins Haus fallen. Ich weiß ja gar nicht einmal, ob sie mich kennt.«

»Du verlangst ein bissel viel von mir. Ich weiß wirklich nicht, wie ich ihr beibringen soll, dass ein über Vierzigjähriger sich für sie interessiert.«

»Die Jahre brauchst ja nicht gleich in die Waagschale werfen«, meint er. »Ich hätte da schon eine Idee. Du kommst an einem Sonntagnachmittag einmal zu mir und nimmst sie mit. Sagen wir einfach, ich verkauf eine Kälberkuh an dich.«

Zum ersten Mal muss die Hanniterin jetzt hellauf lachen.

»Der Vorschlag ist nicht schlecht! Du bist gar nicht so dumm! Aber Spaß beiseite jetzt. Ganz möcht ich den Gedanken nicht von der Hand weisen. Aber zwingen kann und werde ich die Verona nicht.«

»Ja, das versteh ich, und es wär halt dann mein Pech, wenn sie mich nicht mag. Voraussetzung bei allem wär natürlich, dass sie überhaupt noch frei ist.«

Die Hanniterin schaut eine Weile sinnend vor sich hin. Dann sagt sie:

»Bis jetzt ist noch keiner gekommen. Mir ist wenigstens nichts bekannt.«

»Das gibt mir ein wenig Hoffnung. Als Mutter müsstest du das ja wissen.«

»Natürlich«, sagt die Hanniterin, obwohl ihr in diesem Augenblick einfällt, dass sie von ihrer Tochter in dieser Beziehung eigentlich gar nichts weiß.

Eine Weile herrscht nun Schweigen. Nur der Perpendikel einer kleinen Standuhr auf dem Sims tickt eilfertig die Sekunden.

»Ein bissel leichter fahr ich jetzt doch heim«, meint dann der Waliser. »Der Druck ist weg, den ich beim Herfahren in mir gespürt habe.«

»Ich hab dir aber keinerlei Hoffnung gemacht.«

»Das nicht. Du hast mir aber auch nicht rundweg abgesagt.« Er greift über den Tisch hin nach ihren Händen und umklammert sie. In seinen Augen schimmert es verdächtig feucht. »Ich bin ja so allein, Hanniterin, so einsam. Und – ich hab sie gern, deine Verona. Sie bräuchte es nicht bereuen.«

Die Hanniterin lächelt ein kleines, verlorenes Lächeln, das gleich wieder verschwindet. Wenn vor zehn oder zwölf Jahren zu ihr einer gekommen wäre und hätte so gebeten, vielleicht wäre sie dann nicht allein geblieben. So einfach ist es nämlich gar nicht gewesen, in der Blüte der Jahre allein gelassen zu werden. Nur hätte dieser Bewerber dann auch so aussehen müssen wie dieser Waliser. Vierundvierzig ist er alt, durch seinen schlanken Wuchs, und weil sich in seinem Gesicht noch keine einzige Falte zeigt, sieht er viel jünger aus.

Sie zieht ihre Hände zurück.

»Pass auf, das machen wir so. Ich gebe ein Inserat auf, dass ich eine gute Kälberkuh suche – das ist gar nicht einmal gelogen – und du schreibst mir dann.«

Er nickt begeistert. »Wann?«

»Gleich morgen. Und dann kann ich es ja so machen, dass ich mit der Verona am nächsten Sonntag nach Maria-Eck fahre. Eines muss ich dir aber gleich sagen: Sollte die Verona dir geneigt sein, vor dem Herbst könnte es mit einer Hochzeit nichts werden. Sie muss diesen Sommer noch auf die Alm. Es ist jetzt schon zu spät, dass ich für heuer noch eine Sennerin auftreiben könnte. Weißt ja selber, wie schwer eine verlässliche Kraft zu kriegen ist. Bei uns in Follnstein und Umgebung gleich gar nicht. Die größeren Bauern brauchen ihre Kinder selber, und die Töchter der kleineren gehn ja, kaum dass sie aus der Schul sind, in die Stuhlfabrik.«

»Zum Fontano«, nickt der Waliser. »Ja, ja, ich weiß. Eine Fabrik am Ort wirkt sich für die Landwirtschaft nicht immer günstig aus. Erstens wird dort besser bezahlt, hergeben brauchen die jungen Leut daheim oft nicht viel oder gar nichts, und Samstag und Sonntag haben sie frei. Bei uns aber hängst am Sonntag auch noch im Geschirr. Ist kein Wunder, wenn bald niemand mehr Bauernarbeit machen will.«

»Zum Glück sind sie nicht alle so. Es gibt schon noch Menschen, die dem Boden treu bleiben. Im übrigen müssen wir uns halt mehr auf Maschinen umstellen. Aber – dass ich noch mal darauf zurückkomm, Waliser. Das mit dem Inserat ist ein bissel zu durchsichtig. Du warst ganz einfach heut da und hast mir eine Kälberkuh angeboten. Es stimmt ja auch, dass ich kürzlich dem Metzger vom Postwirt gesagt habe, wenn er mal was hören sollt, wegen einer Kälberkuh, dann soll er es mich wissen lassen.«

»Wie du meinst.«

»In dem Fall brauchen wir auch gar nicht bis zum nächsten Sonntag warten. Im Augenblick gibt's nicht soviel Arbeit, und wir könnten dann schon an einem Nachmittag weg. Sagen wir gleich übermorgen.«

»Ist mir ganz recht«, antwortet der Waliser und steht auf. »Das wäre also dann am Donnerstag.«

»Bis um halb drei? Wie lang fährt man denn bis Maria-Eck?«

»Das kommt darauf an, was du für einen Wagen hast. Ich hab eindreiviertel Stund gebraucht. Kannst ja nicht schnell fahren.« Er greift nach seiner Überjoppe und schlüpft hinein. »Jetzt sag ich dir halt recht herzlichen Dank für die Aufwartung, Hanniterin.«

»Geh, ist doch kaum der Mühe wert! Wegen dem bissel Tee!«

Der Waliser staunt dann doch über die peinliche Ordnung des Stalles, den die Hanniterin ihm zeigt. Sauber gestriegelt steht das prächtige Simmentaler Vieh vor den niederen Barren. Bei den beiden Haflingern glänzen talergroße Haferflecke auf der gutgepolsterten Hinterhand, und die hellen Mähnen sehen sich an wie frischgesponnener Flachs.

»Sauber«, lobt der Waliser, dem man im weiten Umkreis nachsagt, dass er ein guter Bauer sei. »Du hast dein Sach wirklich in bester Ordnung!«

In das Gesicht der Hanniterin kommt ein schönes Leuchten.

»Hast du es anders erwartet?«

»Eigentlich nicht. Immerhin, wie du als Frau – Respekt kann ich da bloß sagen. Allen Respekt!«

Die beiden treten hinaus. Die Sonne steht bereits tief im Westen. Der Wind ist noch kälter geworden, und der Waliser schlägt den Kragen seiner Überjoppe wieder hoch. Dann steigt er ein und lässt den Motor an.

»Also, dann bleibt es dabei, am Donnerstag?«

»Es bleibt dabei.«

Der Wagen fährt mit einer Staubwolke aus dem Hof, aber nicht weit, dann fällt der Weg schon steil bergab. Der Waliser schaltet in den dritten Gang. Gleich darauf verschwindet das Gefährt hinter einer Wegbiegung.

»Das ist der Waliser gewesen«, sagt die Hanniterin.

»Ich hab ihn schon gekannt«, antwortet Simon und zieht vor der schneidenden Kälte den Nacken ein. Dieser Untersetzte, Weißhaarige hat bereits den Siebziger auf dem Buckel und ist schon dreißig Jahre auf dem Hof. »Eine Kälberkuh hat er zu verkaufen.«

»Ist er nicht Witwer?«

Die Hanniterin meint, aus dieser Frage etwas herauszuhören, und schaut von der Seite her in das Gesicht neben sich, das von vielen Runzeln durchzogen ist. Die kleinen, immer lustigen Augen schaun sie ganz harmlos an.

»Ja, seit zwei Jahren, glaub ich.«

»Wird ihm halt nichts anderes übrigbleiben, als wieder zu heiraten«, meint der Alte.

»Über das haben wir nicht geredet«, antwortet die Hanniterin abweisend. Dann dreht sie sich um und geht ins Haus.

– 8 –

Zwei Stunden später kommt Verona heim, zieht in der Küche die schweren Bergschuhe aus und will sich umziehen.

»Jetzt ist es nicht mehr der Mühe wert, dass du noch in den Stall gehst«, sagt die Mutter und sieht sie dabei aufmerksam an.

Wie ihre Augen leuchten, wie ihre Wangen glühen. Wie bei einem Menschen, über dem sich das Füllhorn unendlicher Freude ausgeschüttet hat.

»Ich weiß nicht«, meint die Hanniterin dann nachdenklich, während sie einen Stoß Teller aus dem Küchenschrank nimmt und vor das kleine Schiebefenster, das zur Stube hinüberführt, stellt, »die Freundschaft mit der Blocksteiner Cilli kommt mir ein bissel merkwürdig vor. Fast jeden Sonntag gehst jetzt nach Blockstein. Warum kommt denn sie nie zu dir?«

In einem anderen Falle wäre die Verona bei dieser Frage jetzt recht verlegen geworden. Heute aber ist sie tatsächlich auf dem Rückweg von der Jagdhütte in Blockstein gewesen, wenn auch nur auf einen Sprung.

»Ja, weißt du, die Cilli kann schlecht fort, weil die Magd auf Lichtmess weg ist, und bisher haben sie noch keine kriegen können.«

»Ach so.«

»Ja, und dass ich es nicht vergesse. Der Blocksteiner hat mir heut gesagt, ob er Saatkartoffeln haben könnt. Dreißig Zentner.«

»Da hat er Glück! Ich hätt sie nämlich nächste Woche an das Lagerhaus abgegeben.«

»Ja und – ob wir sie ihm nicht bringen könnten, hat er gemeint, weil er seinen Traktor in Reparatur hat.«

»Erinnere mich hernach, dass der Andreas sie ihm morgen hinüberbringt.«

Verona atmet schon auf, weil sie denkt, dass die Mutter nun nicht mehr recht viel fragen wird. Eine Magd bringt einen Kübel Milch in die Küche, die gleich in den Separator geschüttet wird, während die übrigen Kübel im Kühlhaus abgestellt werden, um dann mit der Frühmilch zusammen zur Abholstelle bei der Wegkreuzung gebracht zu werden.

Langsam beginnt Verona die Kurbel am Separator zu drehen. Ein leise singender Ton, der immer mehr aufschwillt, erfüllt die Küche, bis er dann zu einem gleichmäßigen Summen wird und Rahm und Magermilch gesondert abfließen.

Die Hanniterin steht an den Küchenkasten gelehnt, und Verona fühlt mit Unbehagen den forschenden Blick der Mutter auf sich gerichtet. Und dann ist auch schon die Frage da:

»Ist beim Blocksteiner nicht auch ein Bub?«

»Ja, der Michael«, antwortet Verona, ohne aufzublicken.

»Ist das vielleicht der Grund, warum du in letzter Zeit so oft nach Blockstein gehst?«

Da muss Verona hellauf lachen.

»Aber Mutter, was du denkst! Der Hackstock bringt ja 's Maul nicht auf!«

»So? Na ja, ich kenn ihn nicht näher.«

Vorne in der Stube ist ein Geräusch zu hören. Die Stallarbeit ist getan, und die Leute finden sich zum Abendessen ein. Die Hanniterin schöpft Suppe in einen großen Hafen und schiebt ihn durch das Guckloch.

»Der Waliser war heut da«, sagt sie nebenbei. »Der Waliser von Maria-Eck.«

»Was hat er denn wollen?«

»Eine Kälberkuh hat er zu verkaufen. Am Donnerstag fahr ich hin und schau sie mir an. Kannst mitfahren, dann wird's mir nicht so langweilig. So, und jetzt gehn wir zum Essen nüber.«

Der Donnerstag ist der erste, richtig warme Frühlingstag, so, als ob der liebe Gott damit sagen will, es solle nicht nur im Kalender »Frühlingsanfang« stehen. Der Himmel hängt wie Seide über den Bergen, die Palmkätzchen schimmern schon silbern an den Zweigen, und als sie weiter hinunterkommen in die Ebene, sehen sie zwischen den Obstbäumen schon die ersten Leberblümchen.

Wer die zwei so nebeneinander im Wagen sitzen sieht, der hätte sie für Schwestern halten können. Sie sind beide gleich groß. Sie sind auch beide gleich gekleidet und tragen unter dem grauen Trachtengewand weiße Blusen. Das Haar tragen sie wie eine Krone über den hohen Stirnen. Nur dass die Hanniterin noch schwere, goldene Ohrringe trägt, und dass ihr Mund etwas strenger ist als der des Mädchens. Die Hanniterin lenkt den Wagen immer ein bisschen zur Mitte der Straße. Schließlich ertönt hinter ihnen ein langanhaltendes Hupzeichen. Die Hanniterin wirft einen zornigen Blick nach hinten und sagt dann:

»Ich fahr weiter in der Mitten! Der soll sich nur ärgern!«

Ein paar Minuten fährt Thomas Fontano auch hinter dem Audi der Frauen her, bis er merkt, dass ihm da mit Absicht der Weg versperrt werden soll. Dann benützt er einen günstigen Augenblick und prescht schnell vor. Allerdings gerät er dabei mit den linken Rädern an die Böschung und rennt ein Schneezeichen über den Haufen, das vom Winter her noch dasteht. Grimmig beißt er die Zähne zusammen und ist einen Augenblick lang wirklich versucht, die Hanniterin anzuhalten und ihr einmal ordentlich die Meinung zu sagen.

Aber eingedenk ihrer letzten Unterhaltung im Herbst und der Tatsache, dass er den Prozess gegen sie verloren hat, lässt er es sein. Außerdem ist sie nicht allein.

»Wie er dahinfährt, der feine Herr Fontano«, giftet sich die Hanniterin.

Verona hat einen roten Kopf bekommen.

»Ist er denn immer noch dein Feind, Mutter, wo du doch den Prozess gewonnen hast?«, fragt sie nach einer Weile.

»Das verstehst du nicht«, antwortet die Hanniterin, und ihre Nasenflügel beben dabei leicht. Sie kann doch der Tochter nicht sagen, wo der Ursprung dieser Feindschaft liegt. Sie kann ihr nicht sagen, dass dieser »Herr« einmal ihre erste Liebe gewesen ist, die er so leichtgenommen hat wie den Wind zu nächtlicher Stunde.

»Manchmal ist eine Feindschaft da und dauert ewig«, sagt sie dann. »Und wir brauchen ihn ja nicht. Ich bin nicht angewiesen auf den Katzlmacher.«

Verona horcht auf. Zum ersten Mal gebraucht die Mutter diesen Ausdruck.

»Wie kommst jetzt auf Katzlmacher?«

»Weil sie von Italienern abstammen. Das sagt ja der Name schon. Freilich liegt das schon an die dreihundert Jahr zurück, dass einmal so ein Welscher übers Gebirg gekommen und eine Haldertochter geheiratet hat. So hat es vor Jahrhunderten geheißen: in der Haldersäge. Nach Generationen schlägt dann doch immer wieder das südliche Blut durch, die Falschheit und Hinterlist.«

Mit innerer Erheiterung hört Verona sich diese Auslassungen an. Mag sein, dass es die Mutter in ihrem unbeirrbaren Grimm so sieht. Sie weiß es anders. Philipp ist nicht falsch und hinterlistig. Er ist zärtlich, liebevoll und von einem geradezu herrlichen Optimismus.

Beinahe Angst möchte sie bekommen, wenn sie daran denkt, wie die Mutter es aufnehmen wird, wenn einmal die Stunde des Bekennens kommt. Ein tiefer Seufzer löst sich von ihren Lippen. In diesem Augenblick sagt die Hanniterin:

»So, da vorne müssen wir dann links fahren.«

Es geht jetzt steil bergauf, dann durch einen dichten Laubwald, der gerade die ersten, zarten Knospen ansetzt, und weiter bergauf, bis man nach einer scharfen Wegkrümmung Maria-Eck mit der schneeweiß gestrichenen Kapelle auf einem Rasenbuckel und den stattlichen Waliserhof daneben sieht.

Seit ihrer frühen Jugend ist die Hanniterin nicht mehr nach Maria-Eck gekommen. Sie weiß es noch genau. Mit ihrer Mutter ist sie damals am Maria-Himmelfahrtstag wallfahren gegangen. Hernach hat es dann auf dem Waliserhof, dem auch heute noch nach einer alten Überlieferung für diesen einen Tag das Schankrecht zusteht, heiße Würstchen und Bier gegeben. Damals ist der heutige Waliser noch ein kleiner Bub gewesen und der Hof noch nicht in seiner heutigen Größe gestanden. Vor fünfzehn Jahren ist der Hof durch Blitzschlag abgebrannt. Dann hat ihn dieser Emmeran Reindl, der heutige Waliser, so wuchtig und breitausladend aufgebaut.

Immer näher kommen sie heran. Auf einer Wiese sieht man drei Frauen Mist ausbreiten. Ein Traktor kommt gerade mit einem neuen Fuder vom Hof herunter.

Der Bauer aber ist daheim und wartet schon voller Ungeduld auf den Besuch. Die Hände auf dem Rücken, die Beine ein wenig gespreizt, steht er auf der Gred des Hofes. Seine straffe, sehnige Gestalt hebt sich von der weißgetünchten Mauer ab.

»Das ist er«, sagt die Hanniterin. »Er sagt, er hätte dich voriges Jahr auf dem Frauenmarkt in Bichl gesehen.«

»So?«, sagt die Verona kurz. »Ich kann mich nicht erinnern, ihn jemals gesehn zu haben.«

»Seit zwei Jahren ist er Witwer.«

Einen Augenblick stutzt Verona. Ihr ist, als könnte da irgendetwas im Gange sein, das sie betrifft. Aus ganz schmalen Augen schaut sie die Mutter an. Aber deren Gesicht ist undurchdringlich, es öffnet sich nur jetzt zu einem freundlichen Lächeln, als sie den Wagen zum Stehen bringt und der Waliser herantritt.

Mit Staunen in den Augen sieht er Verona an. Dann streckt er der Hanniterin die Hand zum Aussteigen hin. Bis er aber um den Wagen herumkommt, um auch Verona die Tür zu öffnen, ist diese schon ausgestiegen. Dann sieht sie die Hand erst, die der Waliser ihr hinstreckt.

»Willkommen auf Maria-Eck«, sagt er mit belegter Stimme und atmet tief durch.

Die Hanniterin liest, was über der Haustüre geschrieben steht: »Neu aufgebaut von Emmeran und Sophie Reindl im Jahre 1950. Glück und Segen allerwegen.«

»So, jetzt kommt rein«, sagt der Waliser. »Kaffee kann ich euch zwar keinen bieten, aber eine gute Flasche Wein trinken wir.«

Die steht bereits auf dem Tisch in der Stube und drei Gläser dazu. Er schenkt ein und ist überhaupt viel selbstsicherer als bei seinem Besuch auf dem Hanniterhof vor zwei Tagen. Dass die Verona mitgekommen ist, meint er als Beweis nehmen zu dürfen, dass die Hanniterin mit ihr bereits gesprochen und ein bisschen vorgebaut hat. Das hat nun einen kleinen Hoffnungsfunken in ihm entzündet. Dabei ist die Verona noch ganz ahnungslos. Es ist nur seine Sehnsucht, die ihm das einredet, sein eigener vermessener Wunsch und Wille.

»Wirst dich nicht mehr erinnern können, Verona«, sagt er jetzt, »im vorigen Herbst beim Frauenmarkt in Bichl bin ich im Sebastianibräustüberl an deinem Tisch gesessen.«

Verona schaut ihn zum ersten Mal genauer an. Dann schüttelt sie den Kopf.

»Nein, ich kann mich nicht erinnern.«

»Na ja, vielleicht bin auch ich daran schuld. Ich hab mich nämlich nicht getraut, dich anzureden.«

»A geh«, lacht Verona. »Schau ich denn so aus, dass man Angst haben muss, wenn man mich anredet?«

»Nein, das nicht. Heute reut es mich, dass ich es nicht getan hab. Aber ich hab seitdem viel an dich denken müssen.«

Nachdenklich schaut Verona in ihr Weinglas. Der Wein leuchtet wie Gold, und die Reflexe des geschliffenen Glases spiegeln sich auf der Oberfläche. Dann schaut sie zu ihrer Mutter hin und erschrickt, denn sie sieht gerade noch, wie die beiden einen Blick miteinander tauschen und die Hanniterin kaum merklich den Kopf schüttelt.

Was soll denn das alles bedeuten? fragt sich Verona. Und was meint er denn damit, wenn er sagt, dass er an sie hat denken müssen. Sie beschließt, auf der Heimfahrt die Mutter um Aufklärung zu bitten.

Aber was gibt es da schon aufzuklären? Nachdem sie die Kälberkuh, den Stall und sämtliche Räume bis zum Speicher des großen Wohnhauses hinauf besichtigt haben, verabschiedet sie der Waliser auf der Gred seines Hofes, wobei es ihm wieder nicht gelingt, Verona die Wagentür aufzuhalten. Er steht dann da und winkt ihnen nach, bis das Auto nicht mehr zu sehen ist.

Schweigend sitzen Mutter und Tochter nebeneinander. Immer, wenn eine Wasserauskehr kommt, und das ist so alle zwanzig Meter, werden sie gegeneinandergestoßen, bis die Straße dann ebener wird.

»Also, das muss man sagen«, beginnt die Hanniterin jetzt, »seinen Hof hat er beisammen, dass es eine Freud ist. Er behauptet das Gleiche zwar auch bei mir, aber das könnte auch Schmeichelei gewesen sein.«

»Warum, Mutter? Unser Hof kann sich überall sehen lassen. Und warum sollte er schmeicheln? Das passt gar nicht zu ihm.«

»Du hast Recht. Er ist ein ehrlicher Mensch. Und er schaut gut aus. Wenn man nicht Obacht gibt, merkt man sein Glasauge gar nicht.«

»Hat er ein Glasaug? Das hab ich gar nicht bemerkt«, antwortet Verona erstaunt.

»Man sieht ihm auch sein Alter nicht an«, spricht die Hanniterin weiter.

»Wie alt ist er denn schon?«

»Vierzig.«

»Dann könnte er mein Vater sein.«

»Na ja, so muss man nicht gleich denken. Vierzig Jahre sind für einen Mann das schönste Alter und die besten Jahre. Da haben sie sich die Hörndl schon abgestoßen und wissen mit einer Frau ganz anders umzugehn wie so junge Dudderer.«

Das Auto bockt ein wenig, als die Hanniterin zurückschaltet.

»Mutter, was steckt dahinter?«

»Wo soll was dahinterstecken?« Die Hanniterin verliert ihre Ruhe keineswegs und weicht dem forschenden Blick nicht aus.

»Mir kommt das alles so merkwürdig vor«, spricht Verona weiter. »Dass du mich heut mitgenommen hast, dass du seinen Hof lobst und ihn selber ins beste Licht rücken willst. Das alles kommt mir irgendwie seltsam vor.«

Die Hanniterin schaut jetzt einem Sperber nach, der hoch droben seine Kreise zieht. Über den Fichtenwipfeln tanzt das helle Sonnenlicht, und der kleine Bach unweit der Straße plappert sein nimmermüdes Lied.

Endlich wendet die Hanniterin wieder den Kopf.

»Du merkst aber auch gleich alles! Also gut, ich will dir nicht ausweichen. Der Waliser hat mir gesagt, dass er dich sehr gern hat und dich zu seiner Bäuerin machen möchte.«

Nun erschrickt Verona doch. Die Farbe schießt ihr aus dem Gesicht, ihr Mund wird schmal und traurig.

»Das ist doch nicht dein Ernst, Mutter?«

»Meiner nicht, aber seiner. Du erschrickst. Und ich verstehe es auch. Im Moment, wo er mir das gesagt hat, vorgestern, da hab ich mir auch gedacht: geh, was willst denn mit deinen vierzig Jahren! Je länger ich mir das aber durch den Kopf hab gehn lassen, desto weniger ist mir der Gedanke unsympathisch. Ich kann es anschaun, wie ich will, Verona, eine schlechte Partie wäre es auf keinen Fall. Ich glaube, dass man sich bei ihm geborgen fühlen kann.«

Langsam kehrt in Veronas Gesicht die Farbe zurück. Zugleich erwacht ein heftiger Trotz in ihr. Ihr ganzes Leben lang hat sie unter dem Willen der Mutter gelebt. Ein Auflehnen hat es nie gegeben, nur schweigendes Gehorchen. Diesmal aber wird es zum ersten Mal zu einem Zusammenprall kommen. Diesmal wird sich Wille gegen Wille stemmen, und es ist ihr ganz gleich, wie die Entscheidung ausfallen wird. Sie wird und muss alle Konsequenzen auf sich nehmen. Das Kinn hart vorgestreckt, die Lippen schmal, fragt sie bitter:

»Soll das heißen, dass du mich zwingen willst?«

Wider Erwarten schüttelt die Mutter sofort den Kopf.

»Wie kommst du darauf?«

»Weil ich dich kenne, und weil bisher immer nur dein Wille Geltung gehabt hat.«

»Und du bist der Meinung, dass das verkehrt war?«

»Das möchte ich nicht sagen. Aber ich bin ja jetzt kein Kind mehr, ich bin jetzt deine erwachsene Tochter, und es wird wohl so sein, dass ich von deinem Willen etwas geerbt habe.«

Erstaunt horcht die Hanniterin auf. Das ist ein neuer Ton, denkt sie, und gar nicht einmal ein schlechter Ton.

»Das hast du gut gesagt. Ich hab nur noch auf eins gewartet, nämlich, dass man einen Menschen auch lieben müsse, wenn man ihn heiratet.«

»Das wollte ich gerade noch sagen.«

»Und ich will dir darauf Antwort geben. Wenn man jung ist, stellt man sich wer weiß was vor unter Liebe. Der müsste es sein, und wenn es der nicht sein kann, dann lieber ledig bleiben oder sterben. Aber es ist noch kein Mensch daran gestorben. Das Leben ist ganz anders, als man es sich denkt. Besonders ein langes Leben. Da ist es wichtig, dass man mit einem Menschen zusammengeht, auf den man sich verlassen kann, auch in Sturm und Not. Einen Menschen, bei dem man daheim ist, bei dem man geborgen ist. Das andere, was sich so die große Lieb nennt, das stirbt oft schneller, als man meint. Wie ein Baum, dem man es von außen nicht ansieht, wenn er von der Wurzel her krank ist.«

»Das kann sein. Es muss aber nicht unbedingt so sein.«

»Nein, es muss nicht so sein. Ich hab nur beispielsweise reden wollen.«

Verona kommt aus dem Wundern gar nicht heraus. So hat sie die Mutter noch nie reden hören. Unwillkürlich drängt sich ihr die Frage auf:

»Aber du hast doch unsern Vater gern gehabt?«

Die Hanniterin streicht sich ein lockeres Haar hinters Ohr und blickt geradeaus.

»Ich habe ihn geachtet, ich habe zu ihm aufgeschaut. Er war die Zuverlässigkeit und Geborgenheit selber.«

War das nicht ein Ausweichen jetzt? denkt Verona und hätte gerne weitergebohrt. Sie hätte so vieles wissen mögen. Ob in der Mutter Leben vor dem Vater ein anderer Mann gewesen ist, oder ob sie gleich vielen anderen aus dem Bauernstand zuerst nach dem Besitz geschaut und der Liebe erst eine zweite, untergeordnete Rolle zugedacht hat. Aber der Mutter Gesicht ist auf einmal wieder versteinert. Verona hat nicht den Mut, weiterzufragen.

»Du hast mich gefragt, ob ich dich zwingen würde«, beginnt die Hanniterin plötzlich wieder. »Nein, Verona, das werde ich nicht. Einen Menschen zu einer Ehe zu zwingen, das wäre Sünde, genau als ob man sonst etwas Verbotenes tut. Vielleicht war ich nicht immer so zu dir, wie du es von einer Mutter erwartet hättest. Das liegt aber in meinem Wesen. Deswegen ist es aber nicht so, dass ich nicht dein Bestes wünsche. Ich will haben, dass du ein zufriedener und glücklicher Mensch wirst, wenn du heiratest. Und ich will dir auch sagen, dass der Waliser mir die Gewähr dafür gibt. Es muss nicht heut sein und nicht morgen. Vor dem Herbst könnte ich dich auch gar nicht entbehren. Du musst diesen Sommer noch auf die Alm. Hast Zeit, dir alles genau zu überlegen. Musst dir nur vorstellen, dass jetzt ein Mensch da ist, der dir die Hand reichen möchte fürs Leben.«

Dieser Mensch ist bereits da, denkt Verona und hätte nun gerne gelacht bei dem Vergleich der beiden. Hier ein Mensch, in der Mitte seines Lebens schon, ein gefestigter und durch das Leid geläuterter Mensch. Das mag schon sein. Und dort Philipp, die ungestüme Jugend, der ihr Blut wachruft und der sie so leidenschaftlich liebt wie sie ihn.

Wie Licht und Schatten stehen sie nebeneinander. Nein, der Vergleich fällt nicht zu Gunsten des Waliser aus.

Die Straße verbreitet sich und die Hanniterin kann jetzt ein wenig mehr auf's Gas gehen. Nach kurzer Zeit lichtet sich der Wald, und man sieht bereits das Dorf Follnstein liegen, umschimmert von der leuchtenden Abendsonne.

– 9 –

Zwei Tage später schickt der Waliser mit einem Lastwagen die Kälberkuh und lässt schöne Grüße ausrichten. Die Hanniterin bezahlt den ausgemachten Preis und lässt wieder Grüße ausrichten.

Wieder eine Woche später kommt ein Brief an die Rosina Steinbrecher, Hanniterbäuerin, in dem ihr der Waliser mitteilt, dass er sich jetzt wie um zehn Jahre verjüngt fühle, seit er die Hoffnung in sich trage. Er wolle nichts überstürzen, aber er bitte die vielliebe Hanniterin, ihm doch gelegentlich mitzuteilen, welchen Eindruck die Verona von ihm gehabt habe.

Die Hanniterin schreibt zurück, setzt seiner kleinen Hoffnung keinen Dämpfer auf, gibt ihm aber auch keine bindende Zusage. Sie meint nur, dass man der Verona Zeit lassen müsse, denn es sei ihr doch gänzlich unverhofft gekommen.

So wechseln Briefe hin und her zwischen dem Waliser und der Hanniterin. Darüber vergehen die Wochen, und auf einmal nähert sich schon der erste Mai.

In Follnstein soll, wie alljährlich, der große Maitanz im Saale des Gasthauses »Zum Kranz« stattfinden. Die Hanniterin schreibt dem Waliser, dass er dorthin kommen möge, die Verona werde auch dasein. Bei dieser Gelegenheit möge er nun doch einmal selber mit der Verona reden. Das wäre die beste Gelegenheit.

Der erste Mai fällt diesmal auf einen Sonntag, einen Frühlingstag wie selten. Nie haben die Glocken schöner geläutet. Die Luft ist klar und rein, ein leichter Wind weht von Osten und kehrt den Himmel aus, dass man nicht eine einzige Wolke sieht.

Nachmittags, gegen zwei Uhr, machen sich Verona und ihr Bruder auf den Weg ins Dorf. Andreas muss zwar, weil erst sechzehn, am Abend wieder heim und klagt seiner Schwester, während sie talwärts gehen, sein Leid, und dass es ein Jammer sei, erst sechzehn zu sein.

»Wart nur«, lacht Verona. »Die Zeit kommt schneller, als du denkst. Ein paar Jahr noch, dann bist achtzehn und darfst auch bis Mitternacht zum Tanz gehn.«

Stolz schreitet sie dahin. Der dunkle Faltenrock fällt weit und weich und lässt noch die weißen Strümpfe sehen, die in schwarzen Halbschuhen stecken. Die weiße Bluse bauscht sich in den Ärmeln, während das grüne Samtmieder straff die junge Brust umschließt, über der die Fransen eines Seidentuches zittern, das von gleicher Farbe wie die Schürze ist.

Sie weiß, dass der Waliser da sein wird. Sie weiß aber auch, dass Philipp gegen Abend kommen wird. Alles in ihr ist zitternde Erwartung. Heute wird die Entscheidung fallen, denn es widerstrebt ihr, dem Waliser irgendwelche Hoffnungen zu geben, die sie nie erfüllen kann.

Tiefer und leidenschaftlicher ist in diesem Frühling ihre Liebe zu Philipp Fontano geworden. Er ist der Inhalt ihres Lebens, der Inbegriff alles Denkens.

Emmeran Reindl, der Waliser, wartet bereits auf das Kommen der beiden Hanniters. Die Hanniterin hat ihm mitgeteilt, dass auch Andreas mitkommen werde, und dass es vielleicht ganz gut sei, wenn er den Buben als seinen möglichen Schwager behandelt.

Verona sieht ihn schon von weitem neben der Kegelbahn stehen, unweit des Maibaumes, der am Vorabend von den Burschen des Dorfes aufgestellt worden ist.

Mit gespreizten Beinen – es scheint dies eine Eigenart von ihm zu sein – steht er da. Imponierend in seiner Tracht. Die schwarze Bundhose lässt die Waden frei, die mit grauwollenen Strümpfen bekleidet sind. Darüber trägt er eine Plüschweste mit silbernen Knöpfen. Die braune Jacke mit schwarzen Aufschlägen hat er lose über die Schultern gehängt. Der grüne Hut mit der Spielhahnfeder sitzt ein wenig schief und unternehmungslustig auf dem dunklen Haar.

Er sieht nicht wie vierzig aus, denkt Verona. Aber schon ist der Vergleich wieder da. Philipp in seiner völlig anderen Art. Sie meint, ihn direkt vor sich zu sehen, wie seine Zähne blitzen, wenn er lacht, und wie er den Zeigefinger immer auf den Nasenrücken legt, wenn er über etwas nachdenkt.

Inzwischen sind sie herangekommen, und der Waliser begrüßt zuerst sie und dann den Andreas.

»Grad bin ich da und seh euch kommen! Da hab ich mir gedacht, dass ich warten könnte. Dann können wir gleich zusammen auf den Tanzboden gehn. Vorausgesetzt, dass es euch recht ist.«

»Das ist der Waliser von Maria-Eck«, erklärt Verona ihrem Bruder. »Weißt schon, von dem wir die Kälberkuh haben.«

»Kenn ich doch schon«, sagt Andreas bloß. Weiter interessiert ihn das nicht. Er hat einige gleichaltrige Kameraden auf der anderen Straßenseite gesehn und gesellt sich zu ihnen.

»Gehn wir in den Saal?«, fragt der Waliser und deutet zu den offenstehenden Saalfenstern hinauf. Man hört von dort bereits die flotten Weisen einer Polka.

Veronas Blick überfliegt schnell seine Gestalt. Dann nickt sie. Warum soll sie ihm den Wunsch abschlagen? Philipp kann erst gegen Abend kommen, hat er gesagt. Und wenn man sie mit dem Waliser kommen sieht – oh, das ist gar nicht so schlecht. Die Leute werden munkeln, der Neid wird seine Blüten treiben, und der Verdacht, dass zwischen ihr und Philipp Fontano etwas sein könnte, kann gar nicht erst aufkommen.

Sie finden einen schönen Platz, nahe der Eingangstüre, am Fenster.

»Und was darf ich jetzt bestellen für uns zwei?«, fragt er, beengt in der Brust vor lauter Freude. »Bier oder Wein?«

»Bier«, antwortet Verona, weil sie weiß, wie schnell der Wein ihr zu Kopf steigt.

»Zwei Krügl Bier«, ruft er der Bedienung zu, hängt seine Jacke an den Fensterhaken und sucht in der Tasche nach einer Zigarre.

»Also, das ist wirklich ein Zufall«, meint er dann, als er die Zigarre angezündet hat.

»Was soll ein Zufall sein?«

»Dass wir uns drunten getroffen haben.«

Verona schaut ihn nachdenklich an. Sein Gesicht ist sauber rasiert, die Nase wölbt sich ein klein wenig, über der Nasenwurzel steht eine dünne Falte.

»Na, weißt du, Waliser«, sagt sie dann, »an den Zufall kann ich nicht recht glauben.«

»Warum denn nicht?«

»Es sind mir zuviel Zufälle. Auch der mit der Kälberkuh.« Sie sieht ihn wieder an. Diesmal erkennt sie, dass das linke Auge aus Glas ist. Aber es ist eine täuschende Nachahmung des anderen Auges. Die gleiche, braune Farbe mit der dunklen Pupille. »Sag ganz ehrlich, Waliser: du hast doch gewusst, dass ich komme?«

Er senkt den Kopf und klebt mit dem Finger ein lose gewordenes Deckblatt seiner Zigarre fest. Dann nickt er.

»Ja, ich habe es gewusst.«

»Von wem?«

»Deine Mutter hat mir geschrieben.«

»Das hab ich mir gedacht! Aber wenigstens bist du ehrlich.«

»Ich hab es nie mit Lügen gehalten.«

Ich auch nicht, denkt Verona. Erst Philipp hat mich dazu gebracht. Ihr Gesicht umschattet sich einen Augenblick. Aber dann lächelt sie schon wieder. Philipp ist es wert. Philipp ist noch ganz andere Opfer wert.

In diesem Augenblick wird beider Aufmerksamkeit abgelenkt, denn durch die Saaltüre herein schwebt ein Wesen, von dem man nicht gleich weiß, ob es ein Mensch ist oder ein Geist.

Es ist die Schlosser-Anna, die da hereinschwebt, ohne Schuhe, einen weißen Tüllschleier über dem dunklen Haar, den sie hinter sich nachschleppt.

Zuerst lachen ein paar, dann wird es still. Die ersten hören zu tanzen auf und treten beiseite. Anna kommt jetzt in ein leises Wiegen, das schmale Köpfl weit zurückgelehnt, als blicke sie zu den Sternen auf, tanzt sie nach den Klängen des Walzers, den die Musik weiterspielt. Wie entrückt sieht sie aus, hingegeben an einen Traum, von dem sie nicht weiß, dass es ein Traum ist. Als dann die Musik zu Ende gespielt hat, verneigt sie sich vor dem Podium und sagt:

»Ich danke euch, meine Edelknaben. Tausendschön geht jetzt ins Schloss zurück zu ihrem Herzog Silberglanz.«

Leise, wie sie gekommen, schwebt sie wieder hinaus. Wie ein Bann liegt es über den Menschen. Dann werden in einer Ecke Stimmen laut und Verwünschungen gegen den Habicht vom Erlengrund, womit sie den jungen Philipp Fontano meinen. Aber dann spielt schon wieder die Musik, der Spuk ist vergessen. Nur der Waliser fragt jetzt die Verona:

»Wer war denn das?«

»Ein armes Menschenkind. Ein bissel wirr im Köpfl.«

»Das hab ich mir gedacht. Wollen wir tanzen, Verona?«

Klopfenden Herzens nimmt er sie in seine Arme. Er tanzt sehr gut und leicht. Verona aber schaut ihn nicht an, tut so, als merke sie nicht, wie sein Gesicht in schmerzhafter Sehnsucht gespannt ist. Ein Glasauge, denkt sie, und – vierzig Jahre. Es sind so viele junge Burschen im Saal, und ausgerechnet mit einem Witwer sitzt sie beisammen. Warum ist Philipp nicht da? Er müsse am Nachmittag mit dem Vater zur Jagd gehen, hat er gesagt. Misstrauen steigt auf einmal in ihr auf. Ob es wirklich wahr ist? Ein Mensch, der andere zu Lügen verführt, muss doch selber in seinem Wesen verlogen sein. Sie merkt, wie sie von einer zornigen Welle erfasst wird. Und weil der Anlass ihres Zornes nicht anwesend ist, bekommt ihn eben der Waliser zu spüren.

»Sag, Waliser, steckst du dich jedesmal hinter die Mutter, wenn du von der Tochter was willst?«

Er schluckt, und seine Füße kommen aus dem Takt, so sehr erschrickt er über diese Frage. Im Augenblick kann er auch keine Antwort geben. Erst als er sie wieder zum Tisch zurückgeführt hat, sagt er:

»Deine Frage ist berechtigt, Verona. Aber ich habe mich außer in dem einen Fall noch nie hinter eine Mutter gesteckt. Es ist ja auch erst zwei Jahre her, dass meine Bäuerin gestorben ist.«

Verona bereut es schon wieder, dass sie ihn verhöhnt hat.

»Ich wollte dir nicht weh tun, Waliser. Es hat mich nur ein bissel seltsam berührt, dass das alles ohne mein Wissen und hinter meinem Rücken angebahnt worden ist.«

Er nimmt sein Krügl und trinkt. Dann seufzt er:

»Ach ja, ich wollt, es wäre schon was angebahnt. Schau, Verona, ich weiß ja selber nicht, warum ich dir gegenüber so scheu bin und zuerst bei deiner Mutter vorgesprochen habe. Und es ist mir auch von ihr gesagt worden, dass im Augenblick an gar nichts zu denken wäre, weil sie dich noch braucht und du heuer im Sommer noch auf die Alm ziehen musst.«

»Ja, ich hoffe, dass es in vierzehn Tagen soweit ist.«

Der Waliser schaut sie wieder von der Seite her an.

»Das hat sich jetzt grad angehört, als wärst du froh, von daheim loszukommen.«

»Bin ich auch«, gesteht sie ehrlich. »Das Almleben ist so was Schönes, dass ich mit nichts anderem tauschen möchte.«

Er zündet seine erloschene Zigarre wieder an und fragt dann vorsichtig:

»Hättest du was dagegen, Verona, wenn ich dich hin und wieder besuchen tät an einem Sonntag?«

Einen Augenblick überlegt sie die Antwort. Dann nickt sie. »Was soll ich dagegen haben? Eine Alm ist für jeden zur Einkehr da.«

In diesem Augenblick pflanzt sich ein baumlanger Bursch, der Überreiter Vinzenz, vor ihrem Tisch auf.

»Wie steht es, Verona? Tanzen wir zwei?«

Sofort erhebt sie sich und folgt ihm auf die Tanzfläche. In behaglicher Ruhe sitzt der Waliser da und verfolgt Verona mit seinem Blick. Fürs Erste ist er zufrieden. Mehr will er vorerst nicht. Sie hat es ihm nicht abgeschlagen, auf die Alm zu kommen. Es ist nicht viel, aber es ist ein Anfang. Und mit der Zeit wird sie ja fühlen, wie ehrlich er es mit ihr meint.

Es macht ihm auch nichts aus, dass der Bursch sich jetzt zu ihnen an den Tisch setzt, und dass dann hernach immer mehr kommen, Burschen und Mädel. Es wird lustig an ihrem Tisch. Sie prosten dem Waliser zu. Sie kennen ihn ja und schätzen ihn. Er ist einer der ihren, und niemand denkt daran, dass der Waliser erstmals nach vielen Jahren der Hanniter Verona wegen wieder auf den Tanzboden gegangen sein könnte.

Verona tanzt mit vielen und zwischenhinein auch immer wieder einmal mit dem Waliser. »Tanz nur mit anderen auch«, muntert sie ihn auf. Und er tut es. Die Stunden gehen dahin. Draußen dämmert es bereits. Im Saal werden die Lichter angedreht. Die Stimmung steigt und niemand merkt, dass Verona immer unruhiger wird. Immer öfter geht ihr Blick zur Saaltüre. Nervös zerknüllt sie ihr Taschentuch und immer häufiger nimmt sie einen Schluck vom Bier.

Da zupft der Waliser sie schüchtern an ihrem Fransentuch.

»Wollen wir nicht was essen, Verona?«

Einen Augenblick besinnt sie sich. Dann nickt sie und sagt, mehr aus Trotz:

»Ja, ich habe Hunger.«

Wenn Philipp schon keine Zeit für sie hat, warum soll sie nicht mit dem Waliser hinuntergehen ins Nebenzimmer und essen!

Er lässt sie nach der Karte wählen und lacht hellauf, als Verona ganz ernsthaft sagt:

»Aber zahlen tu ich mein Sach selber.«

Verwundert horcht Verona auf. Dieses Lachen hat schön geklungen, gerade, als ob es aus einem Herzen gekommen wäre, in dem die Freude nistet.

»Das wäre ja noch schöner!«, sagt er dann. »Oder ich müsste zur Bedingung machen, dass ich dann auch bezahle, wenn du mir auf der Alm was vorsetzt.«

»Das kommt doch gar nicht in Frage«, lacht nun auch sie. Es kommt ihr jetzt überhaupt so vor, als kenne sie ihn schon lange und wäre bereits zum soundsovielten Male mit ihm ausgegangen. Ein Wort der Mutter fällt ihr ein: Geborgenheit. Ja, bei diesem Mann kann man sich geborgen fühlen. Trotz seiner bäuerlichen Art ist er von rührender Aufmerksamkeit. Er bestellt zum Essen Wein, schenkt ihr ein und trinkt ihr zu.

»Prost, Verona! Auf deine Gesundheit und – dass du mir vielleicht doch ein bissel gut sein könntest.«

»Jetzt auch noch Wein«, lacht sie. »Du bringst es noch so weit, dass ich einen Schwips krieg. Prost, Waliser!«

»Emmeran heiß ich, wenn du es noch nicht wissen solltest. Emmeran Reindl.«

»Ach ja. Beim Waliser hieß der Hof. Beim Waliser in

Maria-Eck. Klingt eigentlich alles recht schön. Reindl – Waliser und Maria-Eck.«

»Wenn dir das Emmeran noch nicht raufgeht, dann sagst halt Waliser wie alle.«

»Warum soll es mir nicht raufgehn? Emme – ran«, spricht sie langsam vor sich hin. Dann wird sie wieder plötzlich ganz ernst. »Kinder hast du nicht?«

»Leider nein.«

Verona empfindet, dass sie an eine wunde Stelle gerührt hat, und schweigt. Da kommt auch schon das Essen.

Als sie nach einer Stunde wieder zum Tanzboden hinaufgehen, geht ein freudiges Erschrecken durch Verona. Aller Zorn flattert davon, wie von einer Windböe weggetrieben. Alles Misstrauen schwindet, alle Vorwürfe, die sie sich zurechtgelegt hat, haben keine Berechtigung mehr, denn Philipp ist da. Er lehnt gleich neben der Schenke am Türstock, raucht eine Zigarette und schaut gleichgültig in das Gewühl der Tanzenden. Er trägt einen hellgrauen, modernen Anzug mit einer silberschimmernden Krawatte, unterscheidet sich also schon rein äußerlich von den Burschen, die hier sind.

Den Waliser stehen lassend, geht Verona zu ihm hin, und es klingt nun doch wie ein leiser Spott, als sie sagt: »Je später der Abend, desto schöner die Gäste.«

Philipp wirft die Zigarette weg und tritt darauf. Dann richtet er sich in den Schultern auf.

»Es ging nicht früher, Verona.«

»Es macht doch nichts! Hauptsache, dass du jetzt da bist!« Sie blickt sich flüchtig nach dem Waliser um, der wieder bei den anderen Platz genommen hat.

»Komm, tanzen wir, sonst fällt es auf, wenn wir nur so dastehen.«

Wie träumend hängt sie in seinen Armen, und manchmal hebt sie ihren nachtdunklen Blick zu ihm auf, und sie sieht nicht, dass finstere Blicke hinter ihm hergehen.

»Am Nachmittag hätt er kommen sollen, der feine Herr«, faucht die Weber Rosl ihrem Tänzer, dem Brenner Peter zu. »Dann hätt er sehn können, was er aus der armen Anna gemacht hat.«

»Die Hanniter Verona geht ihm nicht auf den Leim«, meint der Peter. »Die ist viel zu stolz.«

Ja, stolz wiegt sich die Verona im Tanz mit Philipp. In ihrem Blut rauscht eine zärtlich-süße Melodie. Sie muß sich Gewalt antun, um nicht vor allen Leuten die Arme um seinen Hals zu schlingen und auszurufen: Schaut her – schaut uns an, den Philipp und mich! Wir zwei gehören zusammen fürs Leben …

Aber das wäre genau das Gegenteil von dem gewesen, was Philipp will. Philipp will das Geheimnis. »Kein Feuer, keine Kohle kann brennen so heiß wie heimliche Liebe, von der niemand was weiß«, singt er manchmal in übermütiger Laune.

»Verona«, flüstert er ihr jetzt zu. »Lass uns hinausgehn!«

»Das geht nicht, Philipp. Es würde auffallen. Es sei denn, du willst, dass alle es wissen. Dazu bin ich jederzeit bereit.«

Sofort steckt er zurück.

»Du hast recht, Herzerl. Morgen wüsste es sicher die Hanniterin schon. Wie lange willst du bleiben?«

»Länger als bis zwölf Uhr nicht.«

»Ich wart auf dich hinter dem Schulhaus.«

Sie kehrte an den Tisch zurück und Philipp wählt sich eine andere Tänzerin. Viele andere Tänzerinnen, und dazwischen hinein immer wieder einmal Verona.

Und dann ist er auf einmal verschwunden. Verona wartet noch eine kleine Weile, dann sagt sie:

»Jetzt muss ich heimgehn, Waliser.« Sie sagt es in einem so bestimmten Ton, dass er nicht wagt, ihr seine Begleitung anzubieten. Er sagt nur ganz schüchtern:

»Emmeran heiß ich doch!«

Einen Augenblick tut er ihr leid. Dann streckt sie ihm die Hand hin.

»Gute Nacht, Emmeran. Und – dank schön für Speis und Trank.«

»Ich werd mich schon einmal revanchieren«, sagt er, aber das hört sie nicht mehr. Sie rennt schon davon, die Stiege hinunter, hinaus in die Mondnacht.

Das Dach auf dem Schulhaus glänzt in dem silbernen Licht. Die Fliederbüsche im Garten dahinter duften berauschend. Veronas Fuß stößt an einen schweren Stein, der vom Alpinum heruntergekugelt ist. Aber schon fangen zwei warme, zärtliche Arme sie auf, heißer Atem umstreicht ihr Gesicht, und ein zärtlicher Kuss lässt sie glücklich sein.

»Herzerl!«, flüstert er. »So lang ist mir noch kein Tag vorgekommen wie heut!«

»Meinst du, dass es mir anders war?«

»Wer war denn das, der bei dir gesessen ist?«

Sie hebt den Kopf und schaut ihn an. Mondlicht liegt auf seinem Gesicht, über der hohen, von der Frühlingssonne schon braungebrannten Stirne.

»Eifersüchtig?«, fragt sie.

Er hätte lachen können über diese Frage. Er weiß genau: was er einmal in den Händen hält, entgleitet ihm nicht mehr. Trotzdem sagt er:

»Würde dich das wundern? Verona, ich hab dich noch nie so schön gesehen wie heute.«

Sie legt den Finger in das Grübchen in seinem Kinn.

»Dieses Grübchen«, sagt sie, als hätte sie seine letzten Worte nicht gehört. »Immer, wenn ich es sehe, fällt mir der Spruch ein: Grübchen im Kinn – liegt Falschheit darin.«

»Sei so gut«, lacht er und nimmt sie fest in seinen Arm.

Dann wandern sie langsam den Berg hinauf. Verona schmiegt sich eng in seinen Arm und wäre am liebsten so weitergewandert, die ganze Nacht hindurch.

Um dieselbe Zeit ist auch der Waliser auf dem Heimweg, mit schwerem Herzen. Er kann den leuchtenden Blick nicht vergessen, mit dem Verona den jungen Burschen angeschaut hat, von dem er nun weiß, dass es der jüngste Sohn Fontanos ist. Wie selbstvergessen sie in seinen Armen getanzt, wie ihre Augen zu seinem flüsternden Mund aufgerichtet waren! Und warum ist sie so kurz nach ihm verschwunden? Er sucht Zusammenhänge und getraut sich keine Lösung dafür zu finden, weil er Angst hat, dass dieser junge Fontano ihr mehr bedeuten könnte, als es für seine Hoffnungen gut ist.

»O Verona«, stöhnt er. »Bloß einmal wenn du mich auch so lieb anschaun tätst...«

– 10 –

Nun ist es soweit. Alles ist vorbereitet für den Almauftrieb. Der alte Simon hat bereits seinen Rucksack gepackt. Verona muss am Abend vorher nochmals ins Dorf und Verschiedenes einkaufen, Seife, Zahnpasta, Schuhcreme, viele Kleinigkeiten, die sie auf der Alm braucht.

Als sie den Kramerladen verlässt und an dem kleinen

Armenhaus vorbeikommt, in dem die Gardinennäherin Lena Gschwändler wohnt, bleibt sie stehen und sieht sich vorsichtig nach allen Seiten um, ob niemand um die Wege ist. Dann huscht sie schnell in das Stübchen.

»Leg mir die Karten, Lena.« Sie stellt ihren Einkaufskorb ab und zieht die Vorhänge zu. Die Alte mischt inzwischen die Karten, häufelt, mischt wieder und legt sie aus. Wie gebannt schaut Verona auf die zittrigen Hände und getraut sich kaum zu atmen in dem engen Raum, in dem es nach verbrannter Milch riecht. Endlich hebt die Alte ihr runzeliges Gesicht mit den wässrigen Augen.

»Der Herzbube ist einfach da«, sagt sie. »Dich erwartet ein großes Glück. Neben dem Herzbuben liegt zwar noch ein anderer, aber das hat im Augenblick noch gar nichts zu bedeuten.«

Die Hände im Schoß gefaltet, lauscht Verona dem törichten Orakel, das die Lena aus den Karten herauszulesen vermeint.

»Kannst du mir auch sagen, ob das Glück von Dauer ist?«, fragt sie dann. »Ich zieh nämlich morgen auf die Alm und möcht gern wissen, wie ich dran bin.«

Die Lena mischt wieder, legt die Karten diesmal in einer anderen Reihenfolge, macht dann ein bedenkliches Gesicht und meint:

»Da schaut es freilich nicht ganz so gut aus. Wenn die Rosen verwelken, zerbricht das Glück. Du musst also um diese Zeit ganz besonders vorsichtig sein.«

Verona nickt und steht auf.

»Was bin ich schuldig?«

Die Lena verlangt zwar nichts, aber sie greift gierig nach dem Geldstück, das Verona auf den Tisch legt.

Hernach, als sie wieder draußen ist, ärgert sich Verona, dass sie zu dieser Frau gegangen ist. Sie, die sonst so nüchterne und vernünftige Verona Steinbrecher, geht in der Dämmerstunde zu einer Kartenlegerin!

Als sie den Berg hoch geht, lacht sie. Warum sollte ihr Glück zerbrechen? Sie kann sich das einfach nicht vorstellen. Es müsste Philipp schon ein Unglück zustoßen, anders wäre es ja gar nicht möglich.

Gestern erst ist er noch einmal bei ihr gewesen und hat ihr versprochen, sie so bald als möglich auf der Alm aufzusuchen. Da hat sie ihm gesagt:

»Wenn du mich, solange ich auf der Alm bin, mit einer anderen betrügst, bringe ich dich um!« Er hat sie daraufhin ganz ungläubig angelächelt, und sie hat noch hinzugefügt: »Da brauchst du gar nicht zu lachen, Philipp. Wenn mein Leben zerbrochen ist, sollst du auch an dem Deinen keine Freude mehr haben.«

Freude hat Philipp Fontano um diese Zeit sowieso nicht recht an seinem Leben. Sein Vater versucht ihn jetzt mit aller Macht für die Landwirtschaft zu interessieren, nachdem der Versuch, ihm in der Fabrik einen Platz einzuräumen, fehlgeschlagen ist. Philipp hat nun einmal kein Sitzfleisch und will sich in keine Stundenfron zwingen lassen. Also ist beschlossen worden, dass er einmal die umfangreiche Landwirtschaft übernehmen soll. Die Jagd allerdings, die soll unter allen drei Brüdern aufgeteilt werden.

Nun hat Philipp von der Landwirtschaft allerdings ganz andere Vorstellungen gehabt. Er hat sich das so gedacht, dass er mit dem Inspektor über die Felder reiten und die Arbeit beaufsichtigen würde. Thomas Fontano hat eine andere Auffassung. Nach seinem Plan soll Philipp wie jeder andere Eleve angelernt werden, und zwar von einem alten Knecht, dem Bernhardt, der es mit seiner Aufgabe durchaus ernst nimmt. Er will dem jungen Herrn beibringen, wie man eine Sense dengelt und sie durchs Gras ziehen lässt, dass es eine saubere Mahd gibt.

Das macht Philipp noch mit einigem Interesse mit. Aber als er dann Mist auflegen soll und seine schönen Reitstiefel bis obenhin mit Dreck bespritzt werden, hat er die Nase voll. Ein heftiges Aufbegehren ist in ihm und ein Zorn gegen den Vater, der ihn zu dieser Arbeit zwingen will.

Er wischt sich den Schmutz von den Stiefeln und verlässt am hellen Vormittag das Gut durch die Reihe der Apostelhäuser, will einem hübschen, jungen Mädel zuwinken, das vom Fenster herunterschaut, und besinnt sich gerade noch, dass er gesehen werden könnte. So leid es ihm tut, er lässt es sein und geht hocherhobenen Hauptes am Bürogebäude der Fabrik vorbei, wo seine beiden Brüder hinter den großen Fenstern arbeiten, und schlendert auf die Villa zu. Soll doch den Mist auflegen, wer mag! Er nicht! Die Mutter wird ihn sicherlich verstehen.

O ja, die Mutter versteht ihn durchaus, als er ihr seine Hände zeigt, die ein paar Schrunden aufweisen. Frau Helene stammt aus einem vornehmen Haus, hat selber niemals rauhe Hände gehabt und ist empört, dass ihr Lieblingssohn sie haben soll, weil der Vater es so will.

Philipp lässt sich in einen bequemen Sessel fallen und zündet sich eine Zigarette an.

»Mir reicht es jetzt endgültig«, sagt er. »Vater kann von mir wirklich nicht verlangen, dass ich ihm einen Knecht mache.«

»Nein, das kann er nicht«, pflichtet die Mutter ihm bei und streichelt ihm übers Haar. »Er muss dir einen anderen Aufgabenkreis zuweisen. Hast du vielleicht selber schon einmal nachgedacht, was dir am besten liegen würde?«

Er hat noch nicht ernstlich darüber nachgedacht. Aber in diesem Augenblick hat er eine wunderbare Idee, und er schlachtet sie gleich aus.

»Jawohl, Mama, habe ich. Vater bezahlt das ganze Jahr zwei Jäger für seine umfangreiche Jagd. Warum kann da nicht ich einen davon ersetzen? Wenigstens einmal für einen Sommer? Ich hoffe, liebe Mama, dass du mich dabei unterstützt.«

»Natürlich, Philipp. Deine Fähigkeiten liegen eben auf einem anderen Gebiet. Vater muss einsehen, dass es so nicht geht, wie er meint.«

Philipp lächelt zufrieden. Etwas Besseres hätte ihm gar nicht einfallen können. Er weiß, dass die Hanniteralm von der Jagdhütte nur eine Stunde entfernt ist. Und auf dieser Alm ist seit heute Verona.

Draußen in der Diele hört man den schweren Schritt des Hausherrn. Gleich darauf betritt er den Raum, stutzt, als er Philipp sieht, und wirft seinen Hut auf den nächsten freien Stuhl.

»Ich dachte, du wärst auf dem Hof?«

Philipp zerdrückt seine Zigarette im Aschenbecher und sieht seine Mutter an.

»War ich, jawohl. Aber dass ich Mist auflegen soll, das sehe ich nicht ein.«

»Warum nicht? Wer nicht jede Arbeit von Grund auf lernt, der kann hernach auch nicht anschaffen.«

»Entschuldige, Thomas«, mischt sich jetzt Frau Helene ein. »Ich bin schon auch der Meinung, dass deine Ansichten sehr veraltet sind.«

»Natürlich musst du ihm helfen! Das war zu erwarten!«

»Sieh dir nur seine Hände an! Sie sind voller Schrunden.«

»Ja und? Was ist das schon? Das vergeht wieder.

Aber das andere bleibt. Die Abneigung gegen jede ehrliche Arbeit.« Thomas Fontano geht erregt im Zimmer auf und ab. »Sieh dir doch deine Brüder an«, sagt er dann. »Die sitzen von früh bis spät im Kontor drüben, soweit Robert durch seine Tätigkeit im Landtag davon nicht abgehalten wird.«

»Deren Sitzungspausen er dazu benützt, seiner Frau recht gefühlvolle Liebesbriefe zu schreiben«, wirft Philipp spöttelnd ein.

Der Vater überhört das und fragt nach einer Weile:

»Jetzt sag mir einmal ganz ehrlich, Philipp: wie willst du denn später einmal das Gut bewirtschaften, wenn du nicht einmal die Grundbegriffe kennenlernen willst?«

»Warum schickst du ihn nicht auf eine landwirtschaftliche Schule?«, fragt Frau Helene dazwischen.

»Ja, eben«, greift Philipp den Gedanken sofort auf. »Das wäre meines Erachtens viel wichtiger als Sensendengeln und Mist auflegen.«

»Landwirtschaftliche Schule, jawohl, das habe ich sowieso für den Herbst vorgesehen. Aber was willst du denn bis dahin tun?«

»Philipp hat vorhin davon gesprochen, dass er sich um die Jagd kümmern möchte, und dass du ruhig einen Jäger einsparen könntest.«

Fontano überlegt eine Zeitlang. Dieser Gedanke ist gar nicht einmal so abwegig. Der Waldhüter Höllerer ist schon alt und hinfällig, muss oft wochenlang seiner Gicht wegen daheim bleiben. Der andere Jäger, Ignaz Hurm, kann das große Revier nicht überblicken. Es wird viel Holz gestohlen und auch gewildert.

»Also gut, Philipp, ich bin damit einverstanden. Ich hoffe, dass du wenigstens an diese Aufgabe mit dem nötigen Ernst herangehst. Tu endlich etwas, und lass mich dich nicht dauernd hier herumsitzen sehen.«

So scheint also für Philipp wieder einmal alles in bester Ordnung zu sein. Er wird den Sommer über in der Jagdhütte sein und kann ungehindert zu Verona gehen. Im Herbst geht er dann auf die Schule. Das heißt dann soviel wie Trennung. Und mit der Trennung kommt das Ende dieser Liebe.

So denkt es sich wenigstens Philipp.

Am nächsten Tag zieht er bereits zur Jagdhütte hinauf.

Und so segeln die Tage durch den Sommer, der so schön ist wie selten einer. Die Sonne glüht über den Bergen, lässt Früchte und Saaten reifen und brennt auf die Nacken der arbeitenden Bauernmenschen, so dass sie sich manchmal nach den kühlenden Winden des Herbstes sehnen.

Noch aber blühen die Rosen und die Sonnenblumen. Auf dem kleinen See zu Follnstein blähen ein paar Boote ihre Segel im lauen Wind, über dem Moor ziehen die Habichte ihre Kreise, und zuweilen steigt hinter den Bergen eine dunkle Wolkenwand herauf. Dann geht ein kurzes Gewitter nieder. Gierig trinkt die Erde den Regen, und hernach scheint die Sonne wieder.

Man meint, so ein Sommer müsse ewig dauern, aber unversehens weht dann eines Tages der Wind über die Stoppeln, in der Morgenfrühe steigen Nebel aus dem Moor, die Sonne bekommt erst später ihre volle Kraft, und am Abend wird es schon empfindlich kühl.

An solch einem Tag, den der scheidende Sommer an den Herbst verschenkt, läutet mitten am Nachmittag vom Turm der Kirche das Totenglöcklein.

Vor einer Stunde hat man die Schlosser-Anna aus dem See gefischt, und niemand zweifelt daran, dass sie in einem neuen Anfall geistiger Umnachtung in den Tod gegangen ist. Badende Kinder haben sie, mit einem weißen Brautschleier geschmückt, aufrecht und leise singend, ganz langsam ins Wasser gehen sehen. Immer weiter hinaus in den See ist sie gegangen. Die Hände hat sie weit ausgebreitet und gerufen: »Nun komm ich zu dir, du lieber Silberglanz.«

Bis die Kinder den tödlichen Ernst dieses Spieles begriffen und Hilfe holen konnten, war es zu spät.

Nun liegt sie in dem kleinen Leichenhaus aufgebahrt. Die Kerzen beleuchten das wächserne Gesicht.

Fassungslos stehen die Eltern und Geschwister der Unglücklichen davor, und als sie nach langer Zeit aus der kühlen Halle hinaustreten in die Sonne, streckt der Schlossermeister seine Faust drohend in Richtung Erlenwinkel und stöhnt wie ein verwundetes Tier.

»Das hat der Hund da hinten auf dem Gewissen!«

Und die Frau muss ihn mit Gewalt zurückhalten, damit er nicht sogleich in den Erlenwinkel rennt, um den Fontanos seinen ganzen Jammer direkt ins Gesicht zu schreien.

Wenn es der Schlossermeister Wimmer nicht tut, wer sollte es sonst tun? So wird in der Villa im Erlengrund bei der Abendtafel wohl davon gesprochen, dass ein junges Mädchen ins Wasser gegangen sei, aber niemand kommt auf den Gedanken, dass Philipp damit etwas zu tun haben könnte.

In der Fabrik, in den Bauernstuben, überall wird über den tragischen Fall gesprochen, hat man Mitleid mit dem armen Geschöpf. Nur bei Fontanos wird es mit ein paar Sätzen abgetan.

Regina, die fünfzehnjährige Tochter des Robert Fontano, meint:

»Vielleicht hat sie Liebeskummer gehabt?«

»Sie soll nicht alle beisammengehabt haben«, meint Hildegard, die Frau des zweiten Sohnes, Anton Fontanos, und Robert sagt:

»Jeder Mensch ist für sich selbst verantwortlich, und nur ein Schwacher entzieht sich der Verantwortung auf solche Weise. Reden wir nicht mehr darüber.«

Aber drei Wochen später muss doch nochmals darüber geredet werden. Thomas Fontano kommt eines Morgens ganz grau im Gesicht vom Dorf zurück. Frau Helene kann sich nicht erinnern, ihn jemals so außer sich gesehen zu haben.

»Was glaubst du, was ich heute erfahren habe?«, stöhnt er und lässt sich schwer in einen Sessel fallen.

»Um Himmels willen, was ist denn passiert, Thomas? So sprich doch! Du machst einem ja direkt Angst!«

Aus verstörten Augen blickt Thomas Fontano seine Frau an.

»Angst brauchst du nicht zu haben. Nur mit der Schande musst du fertig werden, die der Philipp über uns alle gebracht hat!« Er springt auf und geht mit großen Schritten auf und ab. Dazu schüttelt er immer wieder den Kopf. »Und da lebt man ahnungslos im Erlenwinkel und weiß nichts davon. Kein Mensch hat den Mut, einem die Augen zu öffnen.«

Energisch tritt Frau Helene ihm in den Weg.

»Jetzt sag doch endlich einmal, was los ist.«

Er starrt sie an, als sei sie ein Gespenst, schließt flüchtig die Augen und öffnet sie wieder.

»Weißt du, was mir der Schlossermeister Wimmer heute schonungslos ins Gesicht geschrien hat, als ich bei ihm ein paar Schlüssel bestellen wollte? Ob ich vielleicht die Absicht hätte, mein Früchterl jetzt endlich einzusperren, damit er keinen weiteren Schaden mehr anrichten könne! Aber dazu sei es jetzt zu spät. Damit könne er seine Tochter nicht mehr aus dem kalten Grab herausholen.«

Frau Helene verfärbte sich.

»Soll das vielleicht heißen, dass unser Philipp –«

»Jawohl, genau das soll es heißen! Er hat dem armen Ding den Kopf verdreht, sie verführt, dann verlassen, sodass sie angefangen hat zu spinnen und dann diesen letzten Ausweg suchte.«

»Das ist ja entsetzlich!« Frau Helene krampft die Hände ineinander und starrt zum Fenster hinaus. Sie ist zutiefst getroffen, weniger weil das Mädchen ins Wasser ging, sondern weil ihr Lieblingssohn sich so erniedrigt hat, einem gewöhnlichen Dorfmädchen den Kopf zu verdrehen! Nochmals zuckt ein kleiner Hoffnungsschimmer in ihr auf.

»Weiß man denn, ob das auch wirklich wahr ist? So junge Geschöpfe bilden sich oft was ein.«

Wütend fährt er herum.

»Natürlich, du versuchst schon wieder, ihm zu helfen! Das nützt dir aber gar nichts! Geh nur ins Dorf und frag einmal rum unter den Leuten, so wie ich es getan habe, weil ich dem Wimmer nicht glauben wollte. Alle wissen es. Nur wir haben nichts gewusst. Erst jetzt, wo das Unglück geschehen ist. Weißt du, wie sie ihn heißen? Den Habicht vom Erlenwinkel! Aber jetzt ist das Maß voll! Jetzt muss er mir aus dem Haus und aus den Augen, bis nach Jahren Gras über die Sache gewachsen ist.«

Frau Helene weiß darauf nichts zu sagen. Vielleicht denkt sie, dass es wirklich das Beste ist, wenn Philipp eine Zeitlang verschwindet. Als sie aber dann vom Fenster aus ihren Mann über den Hof in die Fabrik hinübergehen sieht, nicht so straff aufgerichtet wie sonst, sondern mit eingezogenen Schultern und müdem Schritt, da packt auch sie zum ersten Mal ein heftiger Zorn gegen ihren Jüngsten, und sie weiß, dass sie ihm diesmal nicht helfen wird.

Philipp hat noch keine Ahnung, dass ein Gewitter sich über ihm zusammenzieht. Wohl wird ihm von dem Jäger Hurm berichtet, dass die Anna vom Schlosser Wimmer sich ertränkt hat. Er zieht bei dieser Nachricht kurz die Brauen zusammen. Dann legt er den Zeigefinger auf den Nasenrücken, als denke er über etwas nach.

»Die Anna?«, sagt er dann. »Schade um sie. War eigentlich ein recht anhängliches Mädel.«

Dann zündet er sich eine Zigarette an.

Ja, da lebt er nun schon seit Mitte Juni in dieser Jagdhütte und nimmt es sogar ernst mit seinen Pflichten. Er teilt sich mit dem Jäger die Pirschgänge, zimmert mit ihm Futterstände für den Winter, beaufsichtigt die Arbeit der Holzknechte, die das ganze Jahr über für den Betrieb unten Bäume zu fällen haben, und verkauft auch einmal auf eigene Faust ein paar Klafter Holz, weil der alte Herr vergisst, ihm mehr als nur ein karges Taschengeld zu geben.

An sich braucht er ja hier oben kein Geld. Zu essen ist genügend da, und selbst wenn es nicht da wäre, Verona sorgt für ihn wie eine Mutter. Die erste Zeit geht er fast jeden zweiten Tag zu ihr. Es kommt ihm vor, als sei er ihr hier in der Einsamkeit noch viel tiefer verbunden.

Losgelöst von allen Schranken, die ihr unten am Hof doch irgendwie auferlegt sind, lebt Verona hier ein neues Leben. Die Sonne hat ihr Gesicht tief gebräunt, die Augen leuchten in einem anderen Glanz. Schwer ruht das Glück in ihr und schenkt ihr wunderbare Kräfte, die sie alle zusammenhalten möchte für die Stunde, in der das Schicksal sie aufruft, den schweren Weg in den Erlenwinkel zu gehen, um den »Herrn«, diesen Thomas Fontano, wenn nötig, auf den Knien zu bitten, den Segen zu geben für sie und seinen jüngsten Sohn Philipp. Für diese Liebe ist sie bereit, die schwersten Opfer zu bringen, sogar das, sich in die Feindschaft Fontanos einzuschließen, die zwischen ihm und ihrer Mutter besteht, und die dann wahrscheinlich noch viel größer sein wird.

Seit Philipp ihr erzählt hat, dass er später den Hof übernehmen solle, ist ihr ganzes Sinnen und Trachten darauf gerichtet, für dieses große Ziel alles auf sich zu nehmen, was auch kommen mag. Manchmal wiegt sie sich sogar in dem Gedanken, dass dies für die Hanniterin dann der Anlass sein könnte, Vergessen über die jahrelange Feindschaft zu breiten. Sie wird die Mutter bitten, ihr die Seegraswiese als Mitgift zu geben, damit auch Fontano den guten Willen sieht und die Feindschaft beendet wird.

Ach ja, große und kühne Gedanken beflügeln Verona, herrliche Träume, die Philipp sogar eine Zeitlang mitträumt, bis er zu belächeln beginnt, was da ein Menschenwesen in bedenkenloser Liebe bis in die letzte Kleinigkeit hinein sich ausmalt. Sogar den Hochzeitstag träumt sie ihm vor. »Die Glocken werden läuten«, sagt sie, »alle Glocken im Follnsteiner Kirchturm, und ich werde so laut mein Ja hinausschreien, dass es auch hinter den Säulen, ganz am Ende beim Glockenhaus, noch zu hören sein wird.«

Bis hierher folgt er ihr nicht mehr. Die Grenze ist für ihn bereits dort gezogen, wo sie meint, dass Fontano seinen Segen geben würde. Daran glaubt er erstens nicht, und zweitens denkt er an keine Ehe. Noch nicht wenigstens.

Er findet es schon langweilig, sich ihre Zukunftsträume anzuhören, es beginnt ihn dies und jenes zu stören. Auch der alte Knecht, dieser Simon, der immer da ist, stört ihn, und wenn er es sich auch noch nicht ehrlich eingestehen will; das Erlebnis mit Verona beginnt für ihn schon an Reiz zu verlieren.

Außerdem hat er da vor kurzem eine junge Malerin aus dem Rheinland kennengelernt, die sich seit ein paar Wochen auf der Bruck-Alm aufhält. Ihretwegen hat er es nun schon ein paar Mal versäumt, auf die Hanniteralm zu kommen, wenn er es versprochen hat.

Linda Brömmer heißt sie, ein ernster, strebsamer Mensch, kühl im Wesen und äußerst zurückhaltend. Nicht irgendein Abenteuer ist es, das sie in die Berge gelockt hat, sondern ernste Arbeit.

So sitzt er wieder einmal an einem Nachmittag neben ihrer Staffelei. Er sieht das Motiv des gegenüberliegenden Bergkegels auf der Leinwand. Ein glasharter Himmel spannt sich darüber, und unterhalb zieht sich das dunkelgrüne Latschenfeld hin. Er sagt, dass das Gemälde großartig sei, verliert sich aber dann in Redereien über Farbenwirkung und Perspektive, bis die Malerin ihn lachend unterbricht.

»Wissen Sie, Herr Fontano, Sie sind an sich ein ganz amüsanter Plauderer, und man kann Ihnen gut zuhören. Aber von Kunst verstehen Sie doch herzlich wenig. Was Sie mir da alles sagen, ist Unsinn. Geben Sie es ruhig zu.«

»Ich gebe es zu«, sagt er zerknirscht. »Dafür müssen Sie aber zugeben, dass Sie ziemlich hart zu mir sind.«

Sie gibt in das Latschenfeld ein paar hellere Töne. Dann fragt sie, ohne ihn anzublicken:

»Was verstehen Sie unter hart?«

»Zum Beispiel wollen Sie gar nicht merken, dass Sie mir viel bedeuten…«

»Doch, das merke ich schon. Aber ich glaube nicht an die Echtheit Ihres Empfindens.«

»Können Sie denn in mich hineinsehen?«

Sie tritt einen Schritt vom Bild zurück, betrachtet es eine Weile mit schiefgehaltenem Kopf. Dann legt sie Pinsel und Palette weg und setzt sich Philipp gegenüber auf einen Felsblock.

»Ja, Herr Fontano. Ich sehe in Sie hinein. Wollen Sie wissen, was ich da alles sehe?«

»Das interessiert mich!«

»Sie haben einen gehörigen Schuss Leichtsinn im Blut, und es ist Ihnen bisher immer recht leicht gemacht worden. Alles ist immer nach Ihrem Wunsch gegangen. Dadurch sind Sie verwöhnt, und es schmerzt Ihrer Eitelkeit, wenn es Ihnen einmal nicht so leicht gemacht wird.«

Philipp ist verblüfft über soviel Offenheit. Aber sie hat Recht, muss er denken. Dann lacht er.

»Mit Ihrer Offenheit gefallen Sie mir noch besser.«

Sie reicht ihm die Hand.

»Sie sind mir also nicht böse, weil ich die Dinge so sage, wie ich es denke?«

»Wie könnte ich Ihnen böse sein!«, antwortet er und zieht ihre Hand an die Lippen. Gleich darauf lässt er sie aber los und starrt verärgert auf den alten Simon, der langsam den Pfad heraufkommt.

Muss ausgerechnet jetzt der alte Trottel daherkommen! Es ist wohl am besten, man tut so, als sähe man ihn nicht. Er dreht also dem Kommenden den Rücken zu, zündet sich eine Zigarette an und schaut dann über die Schulter der Malerin auf das halbfertige Bild.

Simon ist aber nicht gewillt, sich von dem jungen Mann übersehen zu lassen, der doch vor kurzem noch fast täglicher Gast auf der Hanniter-Alm gewesen ist, dem er die Schuhe sogar schon geputzt hat. Darum kommt Simon jetzt ganz nahe heran, bleibt hinter Philipp stehen und lüftet sein verfilztes Hütl.

»Grüß Gott, Herr Fontano!«

Philipp fährt mit dem Gesicht herum, als sähe er den Alten jetzt erst.

»Ach, du bist es, Simon!«

»Soll ich einen schönen Gruß ausrichten, Herr Fontano?«

»Einen schönen Gruß? An wen? Ach so, na ja, meinetwegen.«

Philipp ist unwillig und verdrossen. Es passt durchaus nicht in seinen Plan, dass der Alte ihn hier gesehen hat. Womöglich geht er jetzt heim und verrät ihn bei Verona!

Soll er doch! Was kümmert es ihn. Was ist Verona gegen die Linda Brömmer! Hier lockt etwas Neues, das ihn reizt!

Simon aber geht nicht schnurstracks zu Verona zurück. Er hat noch nach einem verlaufenen Kälbchen zu suchen. Doch vorerst versteckt er sich noch hinter einer Bodenwelle. Und da sieht er, wie Philipp Fontano ein wenig gewaltsam seinen Arm um die Schultern des fremden Mädchens legt.

Einen Augenblick ist dem alten Mann zumute, als müsse er hinunterrennen, um den Jungen zurückzureißen und ihm ins Gesicht zu schreien, dass da oben auf der Hanniteralm ein Mädchen sich schon seit Tagen die Augen nach ihm ausschaut und vor lauter Sehnsucht schwermütig werden will. Aber als er sieht, wie die Malerin ihr anfängliches Wehren aufgibt und mit einem dunklen Lachen in seiner Umarmung versinkt, gibt Simon seinen Vorsatz auf und schleicht davon.

Bitterkeit ist in seinem Herzen, und ein großes Mitleid mit Verona, weil er weiß, wie bedingungslos ihr Glaube an den jungen Fontano ist.

Was ihn betrifft, so hat er diesem Burschen nie recht getraut. Aber sag einem verliebten Herzen etwas! Es ist jeder Vernunft verschlossen. Selbst als vor ein paar Tagen die alte Kräutersammlerin Bichlmaier auf der Hanniter-Alm erschienen ist und den tragischen Tod der Schlosser Anna lang und breit berichtet hat, da hat Verona es einfach nicht glauben wollen, dass Philipp daran schuld wäre. Das ist für sie ein dummes Weibergeschwätz, und sie hat den Philipp verteidigt wie eine Henne ihre Küken, wenn ein Habicht über dem Hof kreist.

Darum wird Simon auch über das schweigen, was er gerade gesehen hat. Er müsste sie schon bei der Hand nehmen und hierherführen, damit sie mit eigenen Augen sieht, was sie ihm doch nicht glauben würde.

»Ach ja«, seufzt er vor sich hin, während er langsam den Steilhang überquert, »ist halt ein Kreuz und ein Elend, wenn man so verliebt ist wie die Verona.«

Über dem Almfeld liegen schon die Schatten des schläfrig gewordenen Tages. Der Brand des Abendrotes ist erloschen, nur auf einzelnen Gipfeln spiegelt sich noch ein violetter Schatten. Dann erlöscht auch der.

Die Kühe weiden unten im Fichtengrund. Harmonisch klingt das Läuten der Herdenglocken herauf. Einmal klingt von irgendwoher ein langgezogener Jodelruf. Dann wieder Stille, bis auf das Plätschern der eingefangenen Quelle, die in einen großen Holztrog läuft, aus dem die Kühe getränkt werden.

Bei diesem Brunnen steht Verona. Sie steht schon dort, seit die Dämmerung heraufgezogen ist, und ihre

Gestalt verschwimmt bereits in den schwarzen Schatten der Nacht. Ihr Gesicht ist bergwärts gerichtet. Ihr Ohr fängt jeden Laut auf, der von dorther kommt. Aber sosehr sie auch wartet und sich sehnt, Philipp kommt heute wieder nicht. Um ihren Mund zuckt es, als ob sie weinen wolle, und nur mühsam unterdrückt sie ein Schluchzen. Sie wendet sich um und geht auf die Hütte zu. Dort sitzt Simon auf der Treppenstufe, die Knie hochgezogen und die Arme darum geschlungen. In seinem zahnlosen Mund hängt eine halblange Pfeife. Wenn er daran zieht, leuchtet es im kleinen Pfeifenkopf auf, als gaukle ein Johanniskäferchen durch die warme Nacht.

Verona setzt sich neben ihn, still und traurig im Herzen. Die Hände faltet sie im Schoß und starrt in die Dunkelheit.

»Ach ja«, sagt sie nach einer kleinen Weile.

»Ja, ja«, antwortet Simon, weil er ihren kleinen Seufzer nur zu gut versteht.

Man hört einen Stein das Gewänd herabpoltern. Und wieder Stille.

»Was haben wir heute, Simon?«, fragt Verona plötzlich.

»Freitag«, antwortet er.

»Ich weiß oft nicht mehr, wie ich in der Zeit lebe, Simon.«

»Das weiß man nie, wenn man verliebt ist.«

Verona will lachen, aber es gelingt ihr nicht.

»Das sagst du mit deinen siebzig Jahren?«

»Tja, vor fünfzig Jahren war ich auch so jung wie du heute.«

Nach einer langen Zeit sagt Verona:

»Du hältst mir immer meine Verliebtheit vor, Simon. Ich bin aber gar nicht verliebt. Ich liebe ihn und könnte für ihn sterben.«

Da kann Simon nicht mehr hinter dem Berg halten. Die Pfeife aus dem Mund nehmend, schreit er:

»Vielleicht auch so wie die Schlosser-Anna?«

Verona zuckt zusammen. Sie beugt sich vor, um das Gesicht des Alten sehen zu können. Aber sie kann ihn kaum erkennen. Die Nacht hat inzwischen ihr finsteres Gewand über das Land geworfen. Es stehen nur wenig Sterne am Himmel, und der Mond wird erst in den Morgenstunden kommen.

»Hör einmal zu, Simon: Ich glaube nicht alles, was die Leute reden. Kann mir nicht vorstellen, dass die Anna wegen Philipp ins Wasser gegangen sein soll. Sie war doch geistig ein wenig verwirrt.«

«Aber früher nicht! Das weißt du am besten, du bist ja mit ihr zur Schule gegangen. Also muss irgend jemand ihr Leben zerbrochen haben. Aber – du hast gesagt, du könntest für ihn sterben. Das meinst du bloß, aber es stirbt sich nicht so leicht.«

»Da hast du wohl Recht, Simon. Ich will ja auch gar nicht sterben. Ich will leben für ihn, er braucht mich doch auch.«

»Warum kommt er dann die ganze Woche nicht?«

»Er hat schon gesagt, dass er im Augenblick mit der Jagd viel zu tun hätte.«

»Aha, mit der Jagd!« Simon gerät jetzt in regelrechten Zorn. «Es fragt sich bloß, auf was er pirscht.«

Verona greift nach dem Arm des Alten.

»Wie meinst du das?«

»Für dich hat er keine Zeit. Komisch. Früher hat er soviel Zeit gehabt. Jetzt aber sitzt er auf der Bruck-Alm stundenlang bei einer Malerin.«

»Das ist nicht wahr, Simon!«

Er fängt ihre Hand ein und hält sie fest.

»Ich wollte es dir nicht sagen, Verona, weil ich dir

nicht weh tun mag. Aber wenn ich sehe, wie du dich quälst, wie du den ganzen Abend beim Brunnen gestanden bist und unentwegt zum Berg hinaufgeschaut hast, ob er denn gar nicht kommt, da hat mich das Mitleid mit dir übermannt. Schau, Verona, ich kenn dich doch schon als kleines Kind, und ich hab dich gern. Ich kann es nicht sehn, wenn du leidest.«

Verona lehnt ihren Kopf an die Schulter des Alten. Die ungeheure Spannung, die sie nun schon seit Tagen in sich trägt, löst sich, und hemmungslos fließt der Strom ihrer Tränen.

»Ja, Kindl, wein dich nur aus. Dann wird's leichter.«

Die Sterne sind jetzt zahlreicher geworden. Die Nacht ist etwas heller, aber von einer ungeheueren Stille. Nur manchmal hört man vom Tal herauf den Anschlag einer Almglocke.

Es dauert lange, bis Verona sich ausgeweint hat. Dann fragt sie:

»Hast du ihn gesehn, Simon?«

»Sonst könnte ich es doch nicht sagen, Verona.«

Sie wird jetzt ganz still und nachdenklich. Einmal hat sie Philipp gesagt, dass sie ihn umbrächte, wenn er sie jemals betröge. Daran muss sie jetzt denken. Aber betrügt er sie denn wirklich? Warum soll er nicht auch einmal bei einem anderen Mädchen sitzen dürfen? Und doch getraut sie sich jetzt nicht, Simon weiter zu fragen, aus lauter Angst, er könnte noch mehr wissen.

»Morgen wird er ganz sicher kommen«, sagt sie dann und steht langsam auf. »Es muss schon ziemlich spät sein. Ich geh schlafen.«

Aber es will kein Schlaf über sie kommen. Furchtbare Gedanken quälen sie, und die Gedanken überschlagen sich in ihrem Kopf.

Sie kann es sich einfach nicht ausdenken, wie das

sein würde, wenn Philipp sie wirklich hinterginge. Dann wäre ja alles Lüge gewesen! Lüge schon von der ersten Stunde an! Und sie ruft sich diese erste Stunde in die Erinnerung zurück. Die erste Begegnung mit ihm auf der herbstlichen Wiese am Rande des Baches. Jedes Wort fällt ihr ein, das sie gesprochen haben.

Als sie endlich einschlafen kann, ist die Kammer schon ein wenig hell. Aber es ist noch nicht der Tag, sondern erst der Mond, der so um zwei Uhr aufgeht.

Merkwürdigerweise aber nimmt sie nicht Philipps Gesicht mit hinüber in ihren Traum. Es ist ein anderes Gesicht, ein ganz offenes Gesicht, dem man kaum anmerkt, dass ein Auge aus Glas ist.

Zwei Mal ist der Waliser schon dagewesen. Immer an einem Sonntagnachmittag. Er hat sie nicht bedrängt, ist nur immer ganz still dagesessen, als warte er auf ein erlösendes Wort von ihr, das sie ihm aber nicht geben kann.

Der Samstag vergeht, ohne dass Philipp kommt. Größer und drängender wird Veronas Angst jetzt. Sie beginnt nachzurechnen und stellt fest, dass er jetzt genau zehn Tage nicht mehr hiergewesen ist.

Wieder eine Nacht voll quälender Träume. Am Sonntagnachmittag hält sie es nicht mehr aus.

»Jetzt ertrage ich es nicht mehr, Simon. Ich werde zu ihm gehen.«

»Wo willst du ihn denn suchen?«

»In der Jagdhütte oder im Wald. Es ist ganz gleich, irgendwo muss ich ihn finden. Vielleicht ist er sogar krank und kann nicht kommen.«

Sie zieht sich sorgfältig an und macht sich auf den Weg zur Jagdhütte. Sie weiß verschiedene Abzweiger und braucht nicht ganz eine Stunde. Aber je näher sie der Hütte kommt, desto ängstlicher beginnt ihr Herz zu klopfen. Eine unsinnige Angst bemächtigt sich ihrer, dass er nicht daheim sein könnte, darum atmet sie befreit auf, als sie sieht, dass die Fenster offenstehen, und dass der gelbgefleckte Wachtelhund unter der Bank vor dem Haus liegt. Philipp hat den Hund schon ein paar Mal bei sich gehabt, und Verona ruft ihn leise an.

Der Hund hebt den Kopf, knurrt zuerst ein wenig und kommt dann wedelnd auf Verona zugesprungen. Im selben Augenblick öffnet sich die Türe, und Philipp tritt, die Büchse hinter der Schulter, heraus. Er will die Fensterläden schließen, stutzt dann plötzlich, als er Verona sieht, und zwingt sich zu einem Lächeln.

»Na, das nenne ich aber eine Überraschung!«

Alles ist vergessen, die schlaflosen Nächte, die dummen Gedanken, die Angst und die Eifersucht. Verona fliegt auf ihn zu und klammert sich an seinen Hals.

»Ach, Philipp, ich habe es nicht mehr ausgehalten vor lauter Sehnsucht.«

»Es ging mir nicht anders«, sagt er und schaut dabei auf seine Armbanduhr. »Aber ich hab dir ja gesagt – die Jagd. Heute wäre ich schon noch vorbeigekommen bei dir.«

Sie schmiegt ihre Wange an die seine und hätte weinen können vor Glückseligkeit.

»Es ist ja alles wieder gut jetzt, Philipp.«

Er streichelt ihr über den Scheitel und schaut dabei wieder auf seine Uhr. Verflixt, um zwei Uhr sollte er bei der Malerin auf der Bruck-Alm sein!

»Komm ich dir ungelegen, Philipp?«, fragt jetzt Verona und sieht ihn an.

»Eigentlich – du siehst ja, ich wollte gerade weggehen. Aber weil du nun schon da bist – komm nur herein.«

Er geht ihr voraus, hängt das Gewehr an den Rechen und zieht seine Jacke aus. Dann wirft er sich auf das Kanapee. Die Hände hinter dem Kopf verschränkt, schaut er zur Holzdecke hinauf.

»Komm her«, befiehlt er, ohne den Kopf zu wenden.

Verona zieht unwillig die Augenbrauen zusammen. Was ist denn das für ein Ton? Und wieder zieht sich ihr Herz vor Angst zusammen. Die Malerin fällt ihr ein, von der Simon gesprochen hat.

»Warum bist du so lange nicht gekommen?«, fragt sie schroff.

Philipp schnellt hoch. Die dünne Falte auf seiner Stirn ist wieder da. Seine Augen blicken sie böse an.

»Schrei mich nicht so an! Ich kann das nicht leiden!«

Verona erschrickt wie ein Tier, das in der Ferne einen Schuss fallen hört. Wo ist die schwingende, dunkle Zärtlichkeit seiner Stimme, die sie so liebt? Ganz dumpf empfindet sie mit dem einfachen Sinn des Naturkindes, dass der Mann ihr entgleiten will.

»Wie sprichst du denn mit mir?«, fragt sie kläglich.

»Entschuldige. Aber wie man in einen Wald hineinruft, so hallt es darauf zurück. Merke dir das ein für allemal.«

»Ja, ich merke es mir. Aber ich habe doch bloß gefragt, warum du nicht mehr gekommen bist. Seit zehn Tagen habe ich dich nicht mehr gesehen. Und fragen werde ich doch noch dürfen, oder?«

»Fragen ja, aber nicht fordern! Wenn ich dir sage, dass mich die Jagd derzeit sehr in Anspruch nimmt, dann musst du das eben glauben.«

Langsam weicht die Erstarrung von Verona.

»Ich will es glauben, aber ich muss nicht.« Sie geht auf ihn zu und schaut auf ihn nieder. »Du hast dich sehr verändert, Philipp. Im Winter hast du noch gesagt, wie sehr du dich freust, wenn ich auf die Alm ziehe, weil du dann sehr viel bei mir sein kannst. Und jetzt –?«

»Möglich, dass ich das gesagt habe. Aber wir wollen doch nicht um Worte streiten. Komm her, Herzerl.« Er streckt die Hand aus und will sie zu sich auf das Kanapee niederziehen. Aber Verona entreißt ihm ihre Hand.

»Philipp, du meinst es nicht mehr ehrlich. Aber bilde dir nur nichts ein. Ich bin nicht so leicht abzuschütteln wie Anna.«

Überrascht starrt er sie an. Die Braue über seinem linken Auge zuckt.

»Ach so, das hat man dir auch hinterbracht?« Er steht plötzlich auf, schiebt die Hände in die Hosentasche und beginnt auf und ab zu gehen. Immer diese Anna, denkt er. Im vorigen Sommer hat er sie ein paar Mal im Arm gehabt und geküsst. Er weiß aber ganz genau, dass er ihr keinerlei Versprechungen gemacht hat. So wenig, wie er Verona etwas Festes versprochen hat.

Jetzt bleibt er vor Verona stehen. Sein Gesicht ist von einer leisen Melancholie umschattet.

»Ich weiß nicht, was man dir wegen dieser Anna alles gesagt hat. Ich weiß auch nicht, was die Leute im Dorf unten über den Fall reden. Ich habe nur gehört, dass ich daran schuld sein soll, dass sie ins Wasser gegangen ist. Aber das ist nicht richtig. Ich ritt übers Moor, und da stand sie da, und ich habe mich mit ihr ein paar Mal unterhalten. Dann hat sie sich wohl eingebildet, sie würde mal meine Frau. Wenn das so ist, dann tut es mir aufrichtig leid. Bitte, Verona, wir wollen die Sache einmal ganz objektiv betrachten. Es wurde mir immer ein wenig leicht gemacht. Viele Frauen kreuzten meinen Weg. Ich habe allen ein gutes Andenken bewahrt, und keine ist noch in Hass oder Feindschaft gegen mich zurückgeblieben. Das ist wirklich wahr. Dann, Verona, dann sah ich dich und fühlte sofort, diesmal ist es anders. Bei dir war alles so klar und ruhig, bei dir hatte ich einen Halt. – Was ist denn? Warum weinst du, Verona?«

Verona sitzt auf der Kante des Kanapees, und lautlos tropfen die Tränen auf ihre Hände nieder.

Mädchenweinen hat Philipp sonst nie sonderlich berührt. Aber diese schweigende Not greift doch an sein Herz. Er zieht sie an seine Brust heran.

»Du brauchst doch nicht zu weinen, Verona! Es ist doch kein Grund dazu vorhanden!«

»Ja, ich bin auch schon wieder still. Du musst mir nur sagen, dass du mich noch liebst.«

»Aber natürlich hab ich dich lieb.«

Es geht ihm wieder wie schon so oft. Die Natürlichkeit ihres Wesens berauscht ihn. Ihr Mund ist so verlockend rot. Das Bild der Malerin erlischt, und er empfindet nichts mehr als die beglückende Gegenwart der Verona. Es tut ihm beinahe leid, dass er sie vernachlässigt hat. Er nimmt ihr Gesicht in die Hände und küsst sie. Dann betrachtet er sie, als sähe er sie zum ersten Mal.

»Manchmal ist mir zumute, Verona, als käme ich nie mehr von dir los.«

»Das sollst du doch auch nicht, Philipp.«

»Ich will es auch nicht«, antwortet er, und es ist ihm in diesem Augenblick ernst. Wenn er auch oft leichtsinnig und liederlich gewesen ist, so hat er sich doch noch den Sinn für das Wunder bewahrt. Und ein Wunder ist dieses Mädchen. Sie ist ihm noch nie so schön erschienen wie in diesem Augenblick, wo alles Traurige von ihr abfällt und sie wieder ganz das strahlende Geschöpf wird, das seinem Leben doch so etwas wie Sinn zu geben vermocht hat.

»Ich weiß nicht«, sagt er leise, »wie das kommt, aber

wenn du bei mir bist, bin ich ein ganz anderer Mensch. Das darfst du mir schon glauben, Verona.«

»Ich glaube dir doch, Philipp. Bedingungslos sogar. In meinem Herzen hat kein Misstrauen Platz. Ich lasse es einfach nicht aufkommen, weißt du, auch wenn du –«

»Wenn ich was?«

»Wenn du bei einer Malerin sitzt.«

»Das weißt du auch schon wieder? Natürlich, der Simon hat mich ja dort gesehen. Das hätte ich mir doch denken können, dass er es dir gleich berichtet!«

»Ich habe mir nichts dabei gedacht, Philipp.«

»Wirklich nicht?«

»Ich bin nicht eifersüchtig, Philipp. Du sollst dich nie gefesselt fühlen, du sollst nur immer bedenken, was du mir bist. Und sollst nie vergessen, dass ich für dich jedes Opfer bringe, wenn es sein muss.«

»Aber wer spricht denn von Opfern?«

»Oder sagen wir, dass ich mit dir alle Leiden tragen werde, und wenn es geht, trage ich dein Leid sogar noch mit.«

»Wie du sprichst! Die Leiden kommen doch erst, wenn man einmal alt ist.«

Ihr Blick leuchtet, als hätten sich Sterne darin gesammelt. Dann berührt sie mit ihren Lippen seine Stirne.

»O du! Manchmal meine ich, du willst die Wirklichkeit nicht sehen! Aber das macht nichts, ich liebe auch das an dir. Wenn ich von Leid spreche, dann schließ du ruhig die Augen und lass es mich allein sehen, was auf uns zukommt. Ich denke mehr an das Kommende, als du es weißt. Aber ich sehe kein Dunkel, sondern immer nur das, was wir aus unserem Leben machen werden. Sie können uns den Segen verweigern, dein Vater dir und meine Mutter mir. Aber sie können uns nie auseinanderreißen, wenn wir den Willen in uns tragen, einander nie zu verlieren. Schau, wir sind beide jung. Enterben können sie uns nicht. Sie können uns im Erbteil beschneiden, aber wenn wir das Wenige dann zusammenlegen, wird es schon reichen, dass wir uns irgendwo ein kleines Gütl kaufen. Weit weg, wo uns ihr Zorn nicht mehr erreichen kann. Und dann werden wir unseren Acker bestellen und die Ernte einbringen. Und dann werden wir Kinder haben, Buben und Mädel, und du wirst es keinen einzigen Tag zu bereuen haben, dass du mir begegnet bist.«

Er hält sie an den Schultern von sich ab und muss sie betrachten. So ernst, so feierlich hat sie noch nie gesprochen. Sie öffnet ihm eine Welt, an die er bisher noch gar nicht gedacht hat, die ihm aber jetzt als eine sehr verlässliche Welt erscheint. Ihr Schwung reißt ihn mit, er steigt mit ihr in das Boot, in dem sie die Ruder in die Hand genommen hat.

»Sprich weiter«, sagt er bewundernd. »Was hast du noch alles vor?«

»Vielleicht erschrickst du, wenn ich dir sage, was ich alles vorhabe.«

»Nein, nein, sag es nur, es interessiert mich.«

»Na schön. Ich werde es meiner Mutter sagen.«

Er erschrickt.

»Muss das jetzt schon sein? Und wann willst du es tun?«

»Spätestens wenn ich von der Alm heimkomme.«

»Das wäre in höchstens vier Wochen! Was versprichst du dir denn davon?«

Sie überlegt eine Weile, ruht in seinem Arm und schaut zum Fenster hin, hinter dem sich die Zweige einer Fichte im Winde wiegen.

»Zunächst einmal für mich Klarheit. Ich muss wissen, wie sie sich dazu stellt. Dieses Geheimnis, ja, es war ganz schön, Philipp. Aber es kann und darf nicht ewig Geheimnis bleiben, wenn wir es ernst mit uns meinen. Es könnte immerhin sein, dass meine Mutter sich Gedanken macht und vielleicht schon Ausschau hält nach einem, der nach ihrem Geschmack ist.«

»Hältst du das für möglich, Verona?«

»Ja, durchaus! Es ist aller Mütter Art, das zu tun. Vielleicht werde auch ich es einmal tun, später, wenn wir beide alt geworden sind und unsere Töchter und Buben groß.«

Seine Hand streichelt über ihre Wange, dann zieht er plötzlich ihr Gesicht wieder herüber und küsst sie. In solchen Minuten ist er ganz erfüllt von der Kraft ihres Willens.

»Du bist bewundernswert in deinem Optimismus«, lobt er sie.

»Es kann aber auch schiefgehen«, lacht Verona. »Es kann genausogut sein, dass sie mich aus dem Haus wirft. Ja, damit rechne ich sogar.«

»Ich werde dich dann selbstverständlich nicht im Stich lassen.«

»Das habe ich von dir auch gar nicht anders erwartet. Es fragt sich dann nur, was deine Leute sagen werden.«

»Vermutlich wird Vater schreien, dass das ganze Haus zittert, und Mama wird ihre üblichen Herzanfälle bekommen.«

»Aber warum eigentlich?«, fragt Verona nach einer Weile nachdenklich.

»Ich bin doch schließlich keine gewöhnliche Bauernmagd und ich käme nicht mit leeren Händen zu dir.«

Philipp setzt sich nun auf und sucht nach einer Zigarette. Als sie brennt, hält er sie auch Verona an die Lippen. »Doch, doch, nur einen kleinen Zug. Du hast das schon lange nicht mehr gemacht.« Als sie es tut, fährt er weiter: »Ja, weißt du, das habe ich mich auch oft gefragt. Die Sache mit der Seegraswiese war ja erst vorigen Herbst. Die Feindschaft aber besteht doch schon viel länger.«

»Ja, da hast du Recht. Ich weiß sie eigentlich schon immer.«

»Ich hab mir schon gedacht, ob da nicht irgend etwas gewesen ist einmal – zwischen meinem alten Herrn und deiner Mutter.«

Da muss Verona hellauf lachen, weil sie sich das mit dem besten Willen nicht vorstellen kann. Und doch ist es nicht ganz von der Hand zu weisen.

»Vielleicht hast du Recht, Philipp. Man müsste es nur genau wissen. Das wäre für uns beide gar nicht einmal schlecht.«

Er steht auf, zerdrückt die Zigarette im Aschenbecher. Dann fasst er Verona an beiden Händen und zieht sie hoch.

»Komm, lass uns noch ein wenig hinaus in die Sonne gehen.«

Hand in Hand wandern sie dann über die Berge hin, ruhen in den Almrosenbüschen, sehen den weißen Wolken zu, die langsam vorüberziehen, und bauen ihre Luftschlösser, und Verona ist bis in die tiefste Seele hinein beglückt, weil Philipp von sich aus und ganz freiwillig bereit ist, mit ihr Frieden und Glück zu finden auf einem ganz kleinen Gütl, wenn es nicht anders sein kann.

Erst als die Sonne schon tief gegen Westen neigt, besinnt sich Verona auf ihre Pflicht. Philipp begleitet sie zur Almhütte. Es wird noch einmal ein herrlicher Abend, und jeder Stern, der aufleuchtet, den zählen sie als eine der glücklichen Stunden, die sie nun schon erlebt haben. Als es dann immer mehr werden und die Zahl längst überschritten ist, zählen sie trotzdem weiter und rechnen es auf die Stunden an, die sie noch erleben werden. Sie sind ja beide noch so jung, und ein Leben währt lange.

– 11 –

Am anderen Morgen, so gegen sechs Uhr früh, kommt der Jäger Hurm, der den Sonntag über frei gehabt hat und bei seiner Familie gewesen ist, aus dem Tal zurück, und überbringt Philipp einen versiegelten Brief. Überrascht blickt Philipp auf.

»Von wem?«

»Von Ihrem Vater. Er kam gestern Abend noch in meine Wohnung und übergab mir den Brief mit dem Bemerken, dass ich ihn persönlich an Sie abgeben soll.«

»Danke«, sagt Philipp, reißt den Brief gleich auf und liest, dass er sich heute, am Montagabend, um sieben Uhr zu Hause zu einer wichtigen Besprechung einzufinden habe.

Er pfeift durch die Zähne. Der Ton gefällt ihm nicht, und er hat das dumme Gefühl, dass es sich um etwas für ihn Unangenehmes handeln müsse. Zugleich überkommt ihn jugendlicher Trotz. Von Veronas Glauben an die Zukunft ist etwas in ihm geblieben, und wenn sie ihm etwa Vorwürfe machen sollten, dann liegt ihm gar nichts daran, die Wahrheit zu sagen. Vielleicht hängt das Ganze überhaupt schon mit Verona zusammen. Es ist ja nicht ausgeschlossen, dass sie bereits etwas erfahren haben. Na gut, dann soll es eben sein. Er wird ja hören, welchen Standpunkt sie einnehmen.

Pünktlichkeit ist eine der Eigenschaften, die er aus seiner Militärzeit noch herübergerettet hat. Und so betritt er Punkt sieben Uhr den großen Salon, in dem sich die ganze Familie versammelt hat. An der Stirnseite des Tisches sitzt Thomas Fontano. Ihm zur Seite die Brüder Robert und Anton. Dann die Mutter, die beiden Schwägerinnen Sophie und Hildegard und das Nesthäkchen der Familie, Regina, bei der als Einziger die südliche Rasse nach Generationen wieder deutlich durchschlägt. Sie hat pechschwarzes, langgewelltes Haar, das ihr bis über die Schultern fällt, und rabenschwarze Augen, von langen Wimpern umschattet. Der Stuhl am unteren Ende des Tisches ist für Philipp freigehalten.

Es kommt ihm vor, als würde hier eine Aufsichtsratsitzung abgehalten. Man hat nur noch auf den jüngsten Aktionär gewartet, und vielleicht ist man ein bisschen schokiert, weil Philipp sich erst gar nicht mehr umgezogen hat und in seiner abgewetzten Jägerkleidung erscheint, die nach Wald riecht, nach Moos und Fichtennadeln. Er sieht so herrlich frsich, so braungebrannt aus, dass es eine Augenweide wäre, ihn zu betrachten. Aber es betrachtet ihn niemand. Sie sitzen alle mit ernsten Gesichern da, als seien sie soeben von einer Beerdigung zurückgekehrt.

»Guten Abend«, sagt er fröhlich. Aber niemand nimmt von seiner Fröhlichkeit Notiz. Nur Regina schenkt ihm einen ihrer schwarzen Blicke, und es wird ihm auch nur von ihr die Hand gereicht. Regina scheint noch nicht zu verstehen, worum es hier geht. Als Philipp auch seiner Schwägerin Luise die Hand reichen will, steckt die Frau des Landtagsabgeordneten schnell ihre Hand unter den Tisch, und Philipp stutzt nun doch. Eisige, abweisende Mienen ringsum. Er sucht noch den Blick der Mutter, aber auch sie schaut über ihn hinweg.

»Nimm Platz«, sagt jetzt der Vater.

»Danke«, sagt Philipp und setzt sich. »Der Empfang ist, scheint mir, etwas frostig.«

»Er ist so, wie er einem gebührt, der auf seine Familie keine Rücksicht nimmt.«

»Bitte, wann hätte ich keine Rücksicht genommen?«

»Unterbrich mich jetzt nicht«, sagt Thomas Fontano. »Sollte es dir noch unbekannt sein, dass deinetwegen ein Mädchen ins Wasser gegangen ist?«

Kaum merklich zuckt Philipp zusammen. Dann legt er den Zeigefinger wieder auf den Nasenrücken.

»Ich habe davon gehört, ja. Aber ob sie meinetwegen –«

»Der Schlosser behauptet es, das ganze Dorf weiß es, und weil du dir darüber keine Gewissensbisse zu machen scheinst, macht sich eben deine Familie Gewissensbisse. Wenn du glaubst, dass es damit abgetan ist, wenn du dich unsichtbar machst und dich in den Bergen umhertreibst, dann irrst du dich. Das wird dir dein Leben lang nachhängen und damit auch uns.«

»Es ist einfach unverzeihlich«, sagt jetzt Robert und schlägt mit der Hand auf den Tisch.

Philipp ist durchaus gewillt, vom Vater einiges einzustecken. Nicht aber von seinen Brüdern. Darum antwortet er sofort scharf:

»Spiel bloß du dich nicht als Moralapostel auf! Oder hast du Angst, dass du dein Mandat verlierst, weil dein Bruder einen angeblich schlechten Lebenswandel führt?«

»Robert hat vollständig Recht«, mischt sich jetzt zu Philipps grenzenloser Überraschung auch die Mutter ein. Er erschrickt über den spröden Ton ihrer Stimme und sucht wieder ihren Blick. Frau Helene aber schaut an ihm vorbei, zur Enkelin Regina hin, die die Beine so nachlässig übereinandergeschlagen hat, dass sie sie tadeln muss: »Setz dich anständig hin, Regina.« Dann wendet sie sich wieder an Philipp.

»Du kannst mir nicht nachsagen, dass ich nicht immer und alle Zeit zu dir gestanden wäre. Ich habe viel Verständnis gehabt für so manches. Aber ich habe kein Verständnis dafür, dass du in deinen Neigungen so tief nach unten gestiegen bist. Das Kind eines armen Handwerkers so zu verwirren, dass ihm als letzter Ausweg nur noch der Freitod bleibt!«

In diesem Augenblick denkt Philipp an Verona. Auch sie wird in den Augen dieser Gesellschaft nur ein simpler Bauerntrampel sein. Ein wilder Trotz erwacht in ihm.

»Soll das heißen, dass mich weniger Schuld träfe, wenn ein Mädchen aus besseren Kreisen meinetwegen ins Wasser gegangen wäre?«

»Verdreh bloß nicht die Tatsachen«, mischt sich jetzt Anton, der zweite Bruder, ein. »Und ich möchte dir gleich sagen, dass ich voll und ganz die Maßnahmen billige, die Vater getroffen hat.«

»Aha, da ist also über mich schon beschlossen worden. Und vermutlich werden diese Maßnahmen von allen gebilligt. Robert, das wäre doch herrlich für dich, wenn es heißen würde, die ganze Fraktion steht geschlossen hinter dem Antrag des Landtagsabgeordneten Fontano, und –«

»Halte deinen Mund!«, schreit jetzt Thomas Fontano seinen Sohn an.

»Entschuldige, Papa. Ich gebe zu, der Vergleich ist mir misslungen. Aber soll ich mich denn gar nicht wehren dürfen?«

»Wehre dich draußen in der Welt, und sieh zu, dass du diese Scharte wieder auswetzt. Zunächst muss einmal Gras über diese unglückselige Geschichte wachsen.«

Philipp nickte. Er ist bereit, sich zu fügen.

»Gut, so sei es denn. Habt ihr auch schon ausgemacht, auf welche landwirtschaftliche Schule ich gehen soll?«

Thomas Fontano lehnt sich weit in den Stuhl zurück und sagt mit langsamer Betonung:

»Von einer landwirtschaftlichen Schule ist nicht die Rede. Du wirst nach Brasilien gehen und in der Kartonagenfabrik von Mamas Bruder als Volontär eintreten.«

Philipp lacht respektlos und laut auf. »Das ist doch wohl nicht dein Ernst!«

»Es ist mein Ernst!«, schreit der Vater ihn nieder. »Die Passage ist bereits gebucht. Übermorgen geht dein Schiff von Genua ab. Du musst morgen nur noch auf das brasilianische Konsulat, um zu unterschreiben. Es ist dort für dich bereits alles vorbereitet.«

Philipp erschrickt nun doch. Damit hat er nicht gerechnet. Sofort aber erwacht der Trotz in ihm, diesen Willen zu missachten. Eine kalte, ruhige Überlegenheit nimmt von ihm Besitz. Und sich ebenfalls im Stuhl weit zurücklehnend, sagt er:

»Eigentlich bin ich erstaunt, mit welchem Tempo ihr es arrangiert habt, das räudige Schaf der Familie abzuschieben! Respekt! Leider kann ich euch aber den Gefallen nicht tun. Ich glaube auch nicht, Mama, dass dies in deinem Sinne ist.«

»Doch, das ist es«, antwortet Frau Helene. Und da erst begreift Philipp, dass er auch von hier keine Hilfe mehr zu erwarten hat.

»Du fährst mit der MS Aurora, die übermorgen Nachmittag um fünfzehn Uhr in Genua ausläuft. Der Entschluss ist unabänderlich.«

Thomas Fontano sagt das mit halbgeschlossenen Augen, aber mit solch eindringlicher Betonung, dass es eigentlich einen Widerspruch ausschließen müsste. Aber gerade das reizt Philipp bis zum Äußersten. Was hat er denn schon verbrochen, dass man ihn so behandelt? Da gebärdet man sich nach außen hin so jovial und so sozial und lebt selber in solch verkalkten Ansichten, dass einen schaudern könnte. Eine geradezu satanische Lust packt ihn jetzt, dieser Gesellschaft seine Trümpfe hinzuwerfen.

»Und wenn ich nicht fahre?«, fragt er herausfordernd.

»Dann musst du zusehen, wie du allein zurechtkommst. Hier ist jedenfalls kein Platz für dich, und ich werde meine Hand unerbittlich von dir abziehen. Im übrigen sehe ich gar keinen Grund, warum du nicht fahren willst?«

»Weil ich doch den Hof übernehmen soll.«

»Wer sagt denn das? Dazu bietest du nicht die mindeste Voraussetzung. Und dann wärst du völlig im Irrtum, wenn du glaubtest, dass ich das Gut aus der Hand gebe, so lange ich lebe. Du versäumst also gar nichts, wenn du vielleicht auf fünf oder zehn Jahre nach drüben gehst. Was sollte dich denn hier noch halten?«

In Philipps Augen blitzt es auf.

»Jetzt hast du es genau erraten, Vater. Ja, mich hält hier etwas, das viel stärker ist als alles zusammen, was ihr über mich beschlossen habt.«

»Vermutlich ein Mädchen?«, fragt die Schwägerin Hildegard.

Philipp schenkt ihr ein freundliches Lächeln.

»Ganz richtig geraten, Hildegard.«

»Vielleicht ist es diesmal die zweite Tochter des Schlossermeisters Wimmer?«, fragt Robert spöttisch und betrachtet dabei seine gepflegten Fingernägel.

»Nein, diesen Gefallen habe ich dir nicht getan«, antwortet Philipp, steht auf und tritt an den Bruder heran. »Wenn mich nicht alles täuscht, bist du der Initiator der ganzen Sache. Ich wünschte mir nur, dich bloß einmal vier Wochen in meiner Kompanie gehabt zu haben! Dich hätte ich geschliffen! Aber leider –«

»Das ist die Höhe!«, schreit Robert zornrot und rennt hinaus.

Philipp lächelt ihm nach, schaut sich in der Runde um und merkt, dass die Mutter ihn jetzt wieder anschaut. Ja, in ihren Augen schimmert sogar etwas wie eine kleine Hoffnung. Vielleicht denkt sie, dass Philipp jetzt die richtige Wahl getroffen habe. Zwar kann sie sich kein Mädchen denken hier, das nach ihrer Ansicht zu Philipp passen könnte. Darum ist sie neugierig und fragt:

»Und wer ist es denn?«

»Ich fürchte, dass auch sie nicht in euer Konzept passen wird. Aber es hilft nichts. Ich habe ihr die Heirat versprochen und halte zu ihr.«

»Wer ist es denn?«, fragen drei oder vier durcheinander, und Philipp muss lächeln über das aufflammende Interesse. Dann sagt er gelassen:

»Das möchte ich mit Vater und Mama allein besprechen,«

Er wartet, bis sich das Zimmer geleert hat.

»Also, um wen handelt es sich?«, drängt Thomas Fontano.

Philipp sieht Vater und Mutter eine Weile schweigend an, bis er antwortet:

»Es handelt sich um die Verona vom Hanniterhof.«

Eine kalkige Blässe überzieht die Wangen Fontanos. Seine Kinnladen arbeiten, als hätte er eine Nuss zwischen den Zähnen. Die Mutter aber sieht Philipp traurig an und sagt:

»Ausgerechnet die!«

»Warum, Mama! Was habt ihr gegen das Mädchen?«

»Weißt du denn nicht, dass Vater mit der Hanniterin, dieser herrschsüchtigen Person, seit vielen Jahren verfeindet ist?«

»Liebe Mama, ich habe nicht die Absicht, die Hanniterin, sondern deren Tochter zu heiraten.«

»Schluss jetzt!«, schreit Fontano, dem das Blut wieder ins Gesicht zurückgekehrt ist. »Das war ja eine saubere Spekulation! Womöglich steckt sogar die Alte droben dahinter! Aber da habt ihr euch verrechnet! Es ist für mich ein Grund mehr, darauf zu bestehen, dass du morgen früh abreist. Stephan wird dich mit dem Wagen nach München bringen. Und da wir uns wahrscheinlich nicht mehr sehen werden, wünsche ich dir gleich eine gute Fahrt.«

Er wendet sich ab und geht mit schwerem Schritt hinaus. Frau Helene folgt ihm. An der Tür dreht sie sich noch mal um und zeigt ihm ihre verweinten Augen.

»Ich kann dir nicht mehr helfen, Philipp. Lebe wohl und – bessere dich draußen in der Welt.«

Die Tür schließt sich hinter ihr. Philipp kann es gar nicht recht fassen. Dann zuckt er die Schultern.

»Ich kann es nicht ändern«, meint er und sieht sich in dem leeren Raum um. Der erste Vorgeschmack des Ausgestoßenseins! Den zweiten erhält er dadurch, dass man ihn schon nicht mehr zum Essen ruft und er sich selber aus der Küche etwas holen muss.

Als er dann später sein Zimmer betritt, draußen ist es inzwischen schon Nacht geworden, sieht er, dass man ihm die Koffer bereits gepackt hat. Es ist ein großer Lederkoffer und ein noch größerer Schiffskoffer. Auf dem Tisch liegt ein Briefumschlag. Als er ihn öffnet, fällt ein kleiner Zettel heraus, auf den geschrieben steht: »Anbei fünftausend Mark, damit Du nicht mit leeren Händen hinüberkommst. Ich kann Dir mit dem besten Willen nicht helfen. Sie zu, dass Du den Makel abwäscht und ein besserer Mensch wirst. Dies wünscht sich aufrichtig Deine Mutter.«

Wenn er bis jetzt im Unterbewusstsein immer noch gemeint hatte, dies alles könnte nicht wahr sein, jetzt endlich begreift er, was die Stunde geschlagen hat. Ihm ist, als würde ein Schleier von seinen Augen gezogen, und er sieht alles ganz klar. Robert muss es gewesen sein, der alles in die Wege geleitet und die ganze Familie hinter sich gebracht hat. Auf diese Weise will man also den lästigen Dritten abschieben. Er kann sich jetzt wieder erinnern, dass Robert ihm immer wieder vorschlug, beim Militär zu bleiben und die Berufsoffizierslaufbahn einzuschlagen.

Die tote Anna hat ihm nun die Handhabe gegeben, die Familie aufzuhetzen gegen ihn. Und den Trumpf in diesem Spiel hat er nun selber noch ausgespielt, indem er sich offen zu Verona bekannt hat.

Was soll er tun? Mit diesen fünftausend Mark vielleicht zu Verona gehen? Vielleicht wird sie dann von ihrer Mutter auch mit fünftausend abgespeist. Dann kann man sich notfalls eine Hütte kaufen und ein paar Ziegen füttern.

Ihr wunderbarer Optimismus, den sie ihm gestern erst noch ins Herz gepflanzt hat, zerflattert wie Spreu im Wind.

Das wäre so ein Leben! Gegebenenfalls könnte er eine kleine Bürostelle annehmen oder auf dem Straßenbau arbeiten. Dieser Gedanke bringt ihn zum Erröten, weil ihm einfällt, dass Verona sagen würde: Ja, mein Lieber, notfalls müssten wir auch das auf uns nehmen.

Nein, nein! Den Gefallen kann er seiner Familie nicht tun. Sie sollen nur nicht glauben, dass er zu feige ist, auszuwandern. Blitzartig erfasst ihn der Gedanke, dass er es ihnen schon zeigen wird. Nach Jahren wird er wiederkommen und fragen, was denn die Stuhlfabrik koste. Das Glück war immer auf seiner Seite, warum sollte es ihn jetzt im Stich lassen?

Eigentlich ist es komisch, denkt er, zum ersten Mal fesselt ihn jetzt wirklich ein Mädchen, aber das will man ihm nicht lassen. Gleichzeitig fällt ihm ein, dass Verona erst zwanzig ist und ohne Einwilligung ihrer Mutter noch gar nicht heiraten dürfte. Also müsste man sowieso noch ein Jahr warten. Dass ihm das jetzt einfällt, macht ihn froh. Vielleicht kommt er in zwei Jahren schon zurück, durch irgendeinen glücklichen Job reich geworden.

Er zündet sich eine Zigarette an und stellt sich ans Fenster. Sternhell ist die Nacht. Der Wind rauscht in den Erlenbäumen. In den Apostelhäusern brennen die Lichter, und einmal schlägt der Hund des Nachtwächters an, der seine Runde um die Fabrikgebäude geht.

Philipp überlegt genau, was er Verona schreiben wird. Und weil er es zu diesem Zeitpunkt noch ganz ernst meint, wird er ihr gleich die Adresse des Onkels in Santos geben, bei dem er sich aufhalten wird.

Ein Luftzug von der Tür her streift ihn. Er wendet den Kopf und zieht die Brauen hoch.

Regina steht bei der Tür und sieht ihn aus ihren dunklen Augen schwärmerisch an.

»Was willst denn du hier?«

Langsam kommt sie näher und lächelt ihn an.

»Ach, Philipp, es tut mir alles so Leid.«

»Was tut dir Leid?«

»Alles, dass du fortgehst, und dass ich dich vielleicht nie mehr sehen werde.«

Er langt ihr mit dem Finger unters Kinn und hebt es hoch. In ihren Augen schimmern Tränen.

»Warum tut dir denn das leid, Regina? Du müsstest mich doch auch verachten wie die anderen.«

Heftig schüttelt sie den Kopf.

»Ich habe doch immer in Bewunderung zu dir aufgeschaut, Philipp.«

»Weiß das dein Herr Papa?«

»Er weiß das, weil ich immer für dich Partei ergriffen habe. Sie haben mir verboten, mit dir noch zu sprechen. Darum bin ich heimlich hergekommen, um mich wenigstens von dir noch verabschieden zu können.«

Gerührt streicht er ihr das Haar von der Schläfe zurück.

»Das freut mich, Regina. Und du wirst mir auch schreiben. Du weißt ja die Adresse?«

»Ja, ich werde dir schreiben, Philipp.« Sie wirft plötzlich beide Arme um seinen Hals und presst ihr Gesicht an seinen Hals. »Lebe wohl, Philipp. Ich werde oft an dich denken.«

»Ich an dich auch, kleiner Spatz. Aber nun geh. Ich muss noch einen Brief schreiben.«

Den Kopf gesenkt, geht sie zur Türe.

»Eines noch, Regina. Lass dir noch einen guten Rat geben, von deinem ganz und gar verdorbenen Onkel. Lass dir nie einen Menschen aufzwingen, den du nicht wirklich liebst. Versprich mir das, Regina.«

»Ja, Philipp, das verspreche ich dir.«

Er öffnet ihr die Türe. Der Flur ist ganz finster. Auf dem dicken Teppich hört man ihren Schritt nicht, als sie sich davonschleicht.

Die letzten Sterne sind erloschen, das Blau des Himmels beginnt sich zu lichten, und über den langgestreckten Bergen hellen sich alle Schatten zu mildem Glanz, als Simon die Kühe vom unteren Almfeld herauftreibt zum Melken.

Verona steht unter der Türe, und als Simon sie sieht, ruft er ihr schon von weitem zu:

»Schau hin, Verona, wie die Klimmwand zu brennen beginnt!«

Verona richtet den Blick bergwärts. Die Sonne schiebt eine flammende Lichtglut vor sich her und verwandelt alle Berge in einen herrlichen Strahlenkranz.

Ein neuer Tag ist angebrochen. Verona grüßt ihn mit leuchtenden Augen und lässt ihren Blick dann abwärts über die noch dunklen Fichtenwipfel schweifen, wo in einer kleinen Lichtung die Jagdhütte liegt.

Ob Philipp schon wach ist? Oder ob er gar schon auf der Morgenpirsch ist?

Die Kühe drängen mit prallen Eutern in den Stall, jede auf ihren Platz. Sie werden angehängt und gemolken. Zwei Stunden später trotten sie wieder auf das Almfeld hinunter. Verona und Simon trinken ihren Morgenkaffee vor der Hütte. Die Sonne ist längst aufgegangen. In breiten Strahlen fällt ihr Licht über den Hang herunter.

Plötzlich springt ein Rudel Rehe, ein prächtiger Sechserbock an der Spitze, quer über den Hang, gerade als ob es aufgeschreckt worden sei. Gleich darauf meint Verona, Schritte hinter der Hütte zu hören. Neugierig blickt Verona um die Ecke, sie kann aber niemanden sehen. Die aufgegangene Freude ist schon wieder gedämpft. Im ersten Augenblick hat sie nämlich gedacht, dass es Philipp wäre.

»Du, Simon, mit der Malerin war es nichts.«

»War es nichts?« Das faltige Gesicht hebt sich, und in

den kleinen Augen spiegelt sich Mitleid. »Um so besser für dich.«

»Ich hab es gleich nicht geglaubt. Philipp hintergeht mich nicht.«

In diesem Augenblick taucht um die andere Ecke der Hütte eine Mannsgestalt auf, bleibt nun stehen und blickt zu den beiden her.

»Ach, du bist es, Waliser!«, sagt Verona erstaunt. »Wo kommst denn du heut schon her?«

»Ein bissel früh bin ich dran, gelt?«, meint er, nimmt den Hut ab und wischt sich mit dem Ärmel über die feuchte Stirne. »Na ja, in der Nacht haben sie mich geholt auf meine Alm, weil eine Kuh nicht hat kalben können. Und nachdem ich doch schon so hoch heroben war, hab ich mir gedacht, machst halt einen kleinen Abstecher zu euch her.«

»Kleiner Abstecher ist gut!«, sagt Simon. »Von deiner Alm bis zu uns sind es doch gute dreieinhalb Stunden.«

»Ich hab einen Abkürzer genommen und bin über die Ringplatte gestiegen.« Der Waliser schaut auf seine Uhr und stellt fest: »Genau zweieinviertel Stunden hab ich gebraucht. Hoffentlich komm ich nicht ungelegen.«

»Ach woher denn«, lacht Verona. »Wirst noch nicht gefrühstückt haben. Komm, setz dich her und trink mit uns Kaffee.«

Sie holt eine Tasse und schenkt ihm ein, streicht ihm ein großes Stück Bauernbrot mit Butter und meint: »So, lass es dir schmecken, Waliser.«

Eine Weile sitzen sie zu dritt beisammen. Dann entfernt sich Simon und beginnt, hinter der Hütte Holz zu hacken.

»Das Rasten tut mir jetzt gut«, meint der Waliser und lehnt sich behaglich gegen die Holzwand.

»Na ja, du hast ja auch einen gewaltigen Weg hinter dir«, meint Verona. Und der Jüngste bist ja auch nicht mehr, will sie noch hinzufügen. Das verschluckt sie aber gerade noch.

»Das tät mir weniger ausmachen«, sagt er. »Aber in der vorletzten Nacht haben sie mich aufs Klostergut geholt. Da hat auch eine Kuh nicht kalben können. Und da war mein Schlaf in den letzten Nächten doch recht wenig.«

»Kennst du dich denn so gut aus in der Geburtenhilfe?«, fragt Verona.

»Was man gelernt hat, kann man immer einmal brauchen. Schon meinen Vater haben sie bis auf dreißig Kilometer im Umkreis geholt. Freilich sieht es der Tierarzt nicht gern. Aber weißt ja, der schreibt halt Rechnungen wie ein Apotheker, und unsereins lässt sich mit einem Vergelt's Gott abfinden.«

»Mit einem Vergelt's Gott könntest aber deine Kinder nicht ernähren«, lacht Verona und hätte sich am liebsten auf den Mund geschlagen, weil sie sieht, wie sich sein Gesicht traurig umschattet. Um es wiedergutzumachen, sagt sie: »Wenn du dich ein bissel niederlegen willst, Waliser? Zum Mittagessen weck ich dich dann.«

»Ja freilich, sonst nichts mehr! Zuerst freu ich mich, dass ich ein paar Stunden bei dir sitzen kann, und dann verschlaf ich die schönste Zeit!«

»Wie du willst. Ich hab es bloß gut gemeint.«

Er fasst nach ihrer Hand und hält sie fest.

»Dank dir schön, Verona. Es tut mir wohl, wenn es einmal jemand gut meint mit mir.« Und weil sie ihm die Hand nicht gleich entzieht, fasst er weiteren Mut. »Du, Verona, ich denke so oft an den Maitanz und wie wir miteinander darauf angestoßen haben, dass du mir vielleicht ein bissel gut sein könntest.«

In Verona, bis jetzt noch alles locker und gelöst, versteift sich etwas. Sie entzieht ihm ihre Hand und lehnt sich ebenfalls zurück. Sie weiß, dass sie jetzt jedes Wort überlegen muss.

»Ich bin dir ja auch gut, Waliser.«

»Ja, aber das Emmeran will dir halt doch nicht über die Lippen.«

»Gehört das unbedingt dazu?«

»Es wäre vertraulicher. Und schau, Verona, es geht jetzt auf den Herbst zu. Ein paar Wochen noch, dann treibst du von der Alm ab und bist wieder daheim. Sag, Verona, darf ich denn gar nicht ein bissel hoffen? Und du bräuchtest es nie bereuen, Verona. Ich tät dich auf Händen tragen und tät dir jeden Stein aus dem Weg räumen...«

Immer schwerer wird die Versteinerung in ihr. Sie müsste ihm jetzt die Wahrheit sagen und kann es nicht. Das Mitleid mit ihm hält sie davor zurück.

»Du hast dir also noch gar keine Gedanken darüber gemacht?«

Langsam wendet sie ihm ihr Gesicht zu. Seine Augen sind voller Bangnis.

»Doch, Waliser, ich habe darüber nachgedacht. Es ist nicht so einfach für mich, wie du meinst.«

»Stören dich also doch meine vierzig Jahre?«

»Das ist es nicht.«

»Was ist es dann?«

Wieder schaut sie ihn an, eine lange Zeit. Dann gibt sie sich einen Ruck.

»Ich werde es dir schreiben, Waliser.«

»Wann?«

»Sehr bald. Vielleicht in den nächsten Tagen schon.«

»Dann steht es schlecht für mich. Aber – wie deine Antwort auch ausfallen mag, ich warte darauf, wie ich noch nie im Leben auf etwas gewartet habe.«

Dann steht er auf, knöpft seine Jacke ein und greift nach seinem Hut.

»Gehst du schon?«

»Ja, ich habe einen weiten Weg, du weißt es ja.« Er streckt ihr die Hand hin. »Behüt dich Gott, Verona.«

»Behüt dich Gott, Waliser. Komm gut heim.«

Mit einem Satz setzt er über den Almzaun und verschwindet gleich darauf im Niederholz.

Versonnen schaut Verona eine Weile vor sich hin und hat ein zweispältiges Gefühl dabei. Ihr ist, als müsse sie ihn zurückrufen und ihm die volle Wahrheit sagen. Das hätte er verdient in seiner grundgütigen Ehrlichkeit. Sogleich aber weiß sie, dass sie seinen traurigen Blick nicht ertragen könnte. Sie geht zum Zaun hin und blickt in die Tiefe. Nichts mehr ist von ihm zu sehen. Nur der Klapperschlag seiner genagelten Schuhe hört man noch zuweilen. Dann verhallt auch dieser.

– 12 –

Langsam gleitet die »Aurora« aus dem Hafen in die offene See hinaus. Die Wogen schießen um das stampfende Schiff, um den Bug perlt schneeweißer Schaum.

Auf dem Deck stehen die Passagiere und winken zum Landungssteg, der immer weiter zurückbleibt, bis er dann nur mehr als graublauer Schatten erscheint. Im Salon stimmen die Musiker bereits ihre Instrumente zum Fünfuhrtee. Aber nur langsam kommen die Menschen, sie stehen immer noch oben, bis dann nirgends mehr Land in Sicht ist.

Von den gemeldeten Passagieren fehlt einer. Ein Kapitän hat aber nicht Zeit zu warten, er hat seinen Fahrplan, den er genau einhalten muss. Ihn interessiert es nicht, ob da noch ein Fahrgast fehlt, auch wenn er Philipp Fontano heißt.

Nein, Philipp ist nicht an Bord gegangen. Er hat es sich anders überlegt und sitzt um diese Zeit in Monte Carlo in der Spielbank. Er hat sich bereits gelöst von allem, was ihn gestern noch gehalten hat. Die Berge liegen weit, das Dorf Follnstein mit dem Erlengrund und auch die Hanniter-Almhütte. Diese wurzelt zwar noch tief in seinen Gedanken, und vielleicht ist es auch deswegen, dass er hiersitzt und nicht nach Brasilien fährt. Wozu auch, wenn er hier am Spieltisch, falls Fortuna ihm nur ein bisschen gut gesinnt ist, in ein paar Stunden mehr verdienen kann als drüben in Santos in Jahren angestrengter Arbeit. Wenn das Glück ihm hold ist, kann er in der nächsten Woche schon heimkehren und vor Verona hintreten. Es reut ihn bereits, ihr diesen Brief geschrieben zu haben. Na ja, so schwer wird sie es nicht gleich nehmen, und wenn er zurückkommt, ist alles wieder gut.

In der Halle flammen die schweren Lüster auf. Das ist genau um die Zeit, in der etwa sechshundert Kilometer weiter nördlich der alte Simon mit einer Rückentrage und einem Brief in der Tasche auf die Alm zurückkehrt. Er hat die Almerträgnisse der halben Woche, Butter und Käse, auf den Hanniterhof gebracht und im Dorf einiges eingekauft. Dort ist ihm die Frau des Jägers Hurm begegnet, in deren Küche seit einigen Tagen ein Brief bereitliegt, den ihr Mann mitnehmen sollte auf die Hanniteralm. Das sei nun ein guter Zufall, dass sie ihn, den alten Simon, treffe, weil ihr Mann erst zum Wochenende wieder vom Berg zurückkommen werde.

»Fräulein Verona Steinbrecher«, steht auf dem Umschlag.

»Von wem ist er denn?«, hat Simon gefragt.

Vom Herrn Philipp sei der Brief. Mitten in der Nacht sei er gekommen, habe an das Fenster geklopft und darum gebeten, dass der Jäger Hurm den Brief zuverlässig übermitteln möchte. Aber er, der Simon, sei auch zuverlässig.

Simon ahnt, was in dem Brief steht. Er kann das Todesurteil für Veronikas Liebe enthalten, fühlt er, und es ist zu überlegen, ob er ihn überhaupt abgibt. Sofort verwirft er diesen Gedanken aber wieder. Dieser Brief könnte vielleicht ein Radikalmittel sein, um Verona von ihrer blinden Leidenschaft zu heilen.

Die Sonne hat sich hinter grauen Wolken versteckt, die von Westen heraufziehen. Es scheint so, als ob Regen kommt.

Verona sitzt in der Hütte und schreibt einen Brief an den Waliser. Es ist ein ehrliches Mühen, die Worte zu finden, die ihm nicht weh tun. »Aber«, schreibt sie, »ehrliches Bekennen darf nicht schmerzen. Schau, Waliser, du warst eben doch um eine kleine Weile zu spät dran. Und damit du siehst, dass ich dir gegenüber offen bin, schreibe ich Dir sogar den Namen. Es ist Philipp Fontano, Du weißt ja, der damals beim Maitanz gekommen ist. Nimm es nicht schwerer, lieber Emmeran« – sie streicht das Emmeran wieder durch und schreibt – »Waliser, wie es ist. Es gibt doch so viele Frauen und Mädchen, denen Du Glück schenken kannst, und die Dir mehr Glück schenken können, als ich es könnte.«

Sie hört Schritte auf dem Steig und schaut hinaus. Simon nähert sich bereits dem Gatter. Verona lässt den Brief verschwinden. Vielleicht fallen mir später oder morgen noch bessere Worte ein, denkt sie, steht auf und tritt unter die Türe.

»Schon zurück, Simon?«

»Schon? Es geht ja gleich auf fünf Uhr.«

»Fünf Uhr? Wo ist denn die Zeit hingekommen? Was gibt es Neues unten?«

»Nicht recht viel. Gestern haben sie den letzten Hafer eingefahren, und in Follnstein ist die alte Weberin gestorben.«

»Die muß ja schon neunzig Jahre gewesen sein!«, meint Verona, hilft Simon die Kraxe vom Rücken nehmen, stellt sie auf die Bank und zieht das Wachsleinwandtuch weg. Ihre Arme greifen in die Kürbe und nehmen die Sachen heraus, die Simon mitgebracht hat, Mehl, Salz, etwas Frischfleisch und Wurst.

Simon hat sich gesetzt und überlegt, ob er ihr den Brief jetzt schon geben soll oder nach der Stallarbeit oder gar erst morgen früh. Dann könnte sie wenigstens noch eine Nacht ruhig schlafen.

Ja, morgen früh wird er den Brief abliefern. Als er aber seine Jacke über den Stuhl hängt, fällt der Brief aus der Innentasche. Er will noch schnell den Fuß daraufstellen, aber es ist bereits zu spät. Verona hat den weißen Umschlag schon gesehen und bückt sich.

»Verona Steinbrecher«, liest sie und wechselt die Farbe. Sie kennt zwar Philipps Schrift nicht, aber unwillkürlich sagt sie sich, dass der Brief von ihm sein muss. Oder vom Waliser?

»Wer hat dir den Brief gegeben, Simon?«

»Die Frau vom Jäger Hurm.«

Simon schaut zu, wie sie den Brief öffnet, wie sie sich beim Lesen verfärbt und dann einen Augenblick dasteht wie zu einer Säule erstarrt.

»Was ist denn?«, fragt er erschrocken.

Keine Antwort. Ihre Augen sehen an ihm vorbei. In ihrem Blick glimmt etwas, vor dem man Angst haben muss. Einmal ist es, als ob sie etwas sagen wollte, aber dann schließen sich ihre Lippen wieder. Ganz schmal und streng, wie ein Strich sehen sie aus. Langsam hebt sie den Arm und streicht sich mit dem Handrücken über die Stirne. Achtlos fällt der Brief zu Boden. Sie geht hinaus.

Simon schaut ihr nach. Als liege eine schwere Last auf ihren Schultern, so geht sie ziellos den Hang hinauf, über den der kalte Regenwind niederstreicht.

Er weiß, dass es keinen Zweck hat, ihr nachzurufen, umzukehren, weil es doch bald zu regnen anfangen würde. Sie muss allein sein jetzt, denkt er. Und als er dann den Brief aufhebt und liest, begreift er um so mehr, dass sie in dieser Stunde allein sein muss. Philipp Fontano schreibt:

»Liebe Verona! Schneller, als ich es dachte, sind die Fontanos über ihren jüngsten Sohn und Bruder zu Gericht gesessen und haben ihn verdammt und verurteilt. Ich habe ihnen gesagt, dass ich Dich liebe und das kommt für sie einem Verbrechen gleich. Wie einen Verbrecher haben sie mich dann auch behandelt. Es bleibt mir nichts anderes übrig, als mich ihrem Willen zu beugen und nach Brasilien zu gehen. Erschrick nicht darüber. Das heißt bloß Trennung, ein vorübergehendes Auseinandergehen. Aber ich komme ja wieder. Ich weiß nur nicht, wann. Es kann vier oder fünf Jahre dauern. Wenn Du so lange warten könntest?

Du wirst nun vielleicht Zweifel haben, ob ich Dich wirklich liebe. Doch, Verona, ich liebe Dich. Aber es besteht da bei uns eine Art Sippengesetz, dem auch ich mich beugen muss. Im Augenblick wenigstens.

Es wäre aber zu selbstsüchtig von mir gedacht, wenn ich von Dir verlangte, Du solltest unbedingt auf mich warten. Du bist zu jung, Verona und – zu schön, als dass dies nicht auch andere merken. Und eines Tages wird ja doch einer kommen. Dann will ich Dir keinen Stein in den Weg legen. Ich werde dann versuchen, zu verstehen, dass Du nicht jahrelang auf einen warten willst, der Dich jetzt, wo Du ihn am nötigsten gebraucht hättest, verlassen muss.

Leb wohl, Verona. Wenn es geht, dann denke manchmal in verzeihender Güte an mich und an die schönen Stunden, die immer in unserer Erinnerung sein werden. Mit tausend Grüßen und innigen Küssen bin ich Dein Philipp Fontano.«

Die ersten Tropfen klopfen auf das Schindeldach der Hütte. Der Wind hat sich verstärkt, pfeift um die Kanten und rauscht im Wald.

Simon, dem alten, getreuen Simon, den niemals etwas aus der Ruhe bringen kann, rinnen die Tränen über das runzelige Gesicht. So hat er es kommen sehen! Und das Schlimmste ist, dass er ihr nicht helfen kann. Sie muss allein mit dieser grausamen Enttäuschung fertig werden. Ob sie damit fertig wird? Ob sie nicht auch in solche Verzweiflung gerät wie die Schlosser-Anna?

Nein, dazu ist Verona viel zu gefestigt. Aber einen Schock fürs ganze Leben wird auch sie ob dieser Enttäuschung davontragen.

Der Brief zittert in seiner Hand. Man müsste eigentlich, denkt Simon, ein Gewehr nehmen und so einen Lumpen zusammenschießen, der nur Unheil über junge Seelen bringt. Den Brief braucht sie nicht ein zweites Mal zu lesen. Er würde nur immer wieder Angst und Verzweiflung in ihr Herz jagen. So wirft er ihn in das Feuer, das Verona erst vor einer Stunde angemacht hat.

Schwerer rauscht jetzt der Regen. Tief hängen die Wolken, die Bergspitzen sind verhüllt.

Wo wird sie hingerannt sein, fragt Simon sich und bekommt doch ein wenig Angst. Er sieht ihren Wettermantel an der Wand hängen, nimmt ihn und will sie suchen. In diesem Augenblick kommt sie auf die Hütte zu, völlig durchnässt.

»Wo ist der Brief?«

Simon deutet auf die Herdstelle.

Um ihren Mund zuckt ein Lächeln, dass es dem Alten tief ins Herz schneidet.

»Macht nichts«, sagt sie. »Ich weiß auch so jedes Wort auswendig. Jedes Wort hat sich in mein Herz gegraben und wird nie mehr herausgehen.«

»Geh, Verona, nimm es doch nicht so schwer! Schau, es gibt doch andere auch noch. Viel Bessere!!«

»Trost?«, fragt sie mit harter Stimme. »Den kannst du dir sparen, Simon. Damit muss ich ganz allein fertig werden. Niemand kann mir dabei helfen. Du hast den Brief gelesen? Gut, dann bitte ich dich nur, dass du mit niemandem darüber sprichst. Sippengesetz, schreibt er. So ein Schmarrn! Damit kann er seine eigene Feigheit nicht verdecken. Man braucht sich vor nichts und niemandem zu beugen, wenn man ein sauberes Gewissen hat. Er aber ist bei dem ersten Sturm schon zu Kreuz gekrochen und hat die Flucht ergriffen. Das ist freilich leichter, als hart zu bleiben und allem die Stirn zu bieten, was auch kommen mag. Reden wir nicht mehr darüber, Simon. Das Leben bleibt deswegen nicht stehen. Es geht alles weiter. Das Leben und die Arbeit. Schau nur hin, da kommen die Küh schon und wollen gemolken werden. Wirf Streu herunter und breite sie aus. Bei diesem Regen wollen wir das Vieh nicht mehr in die Nacht hinaustreiben.«

Das ist für diesen Tag das Letzte, was Verona spricht. Kaum, dass die Stallarbeit getan ist, richtet sie für Simon noch etwas zu essen, dann zieht sie sich in die Kammer zurück, in der sie ihre Schlafstätte hat.

An Schlaf ist freilich nicht zu denken. Sie sitzt auf der Kante des Bettes, die Lippen fest zusammengepresst, die Augen hart und weit geöffnet. Die Hände in ihrem Schoß zittern.

Aus ihrem Denken wollen die Worte nicht weichen, die sich in ihren Gedanken verewigt haben: es wäre zu selbstsüchtig gedacht, wenn ich von dir verlangte, du solltest auf mich warten. Und dann: Leb wohl, Verona. Warum nicht: auf Wiedersehen?

So wenig hat er sie gekannt, dass er ihr nicht einmal zutraut, vier oder fünf Jahre warten zu können! Damit macht er sich nur lächerlich. So lächerlich wie mit dem ganzen Brief, der doch nur aus Phrasen besteht, die seine jämmerliche Feigheit verdecken sollen.

Und sie hat sich so mutig gefühlt, so stark hat sie sich gefühlt, für ihn selbst die Hölle bezwingen zu können!

Jetzt freilich sieht sie ein, dass sie alles an einen Unwürdigen verschwendet hat. Und diese Erkenntnis reißt an ihrem Herzen, und es wird erst leichter, als sie bitterlich weinen kann.

Hernach wird sie ruhiger. Ihr enttäuschtes Herz ist voller Bitterkeit. Vielleicht wird Hass daraus, und dann wird sie so sein wie die Mutter, die in Hass erglüht, wenn sie den Namen Fontano nur hört, und die über ihren Hass so hinausgewachsen ist, dass sie eben die Hanniterin geworden ist, eine stolze, aber einsame Frau.

Aber das ist auch nur ein schwacher Trost, so werden zu wollen, wie die Mutter ist. Bis zum Morgengrauen sitzt sie grübelnd da. Dunkel starren ihre Augen gegen die Fensterscheiben, an die der Regen klatscht. Der Regen rauscht die ganze Nacht und hüllt die Hütte in einen dämpfenden Schleier.

So ist also das Leid, das aus der Liebe erwächst, denkt sie. Und das Leid hat so viele Gesichter, es ruht wie ein

Stein in der Brust und lässt keinen rechten Ruhepunkt finden. Wenn die Gedanken suchend in die Zukunft greifen, dann weichen sie unerbittlich zurück in die Vergangenheit, bis in die ersten Tage ihrer Begegnung sogar, die sich in Kürze schon jähren werden. Bald wird sie wieder daheim sein und die Kühe in den tiefen Wiesengrund treiben zum üppigen Drittgras, durch das der Bach rauscht, an dessen Ufer sie die Kartoffelfeuer abgebrannt haben.

»Es ist so schön, neben dir zu sein«, hat Philipp damals gesagt.

Und nun ist es für ihn wahrscheinlich sehr schön, recht weit weg von ihr zu sein und sie allein zu lassen mit dem, was sie in schmerzhafter Angst zu wissen meint. Die Angst davor ist so grauenhaft, dass sie einmal ganz laut aufschreit.

Vor den Fenstern wird es bereits grau. Sie hört im Hüttenraum bereits Simons schlurfende Schritte. So wie sie sich am Abend hier niedergesetzt hat, so steht sie jetzt wieder auf. Dunkelumschattet sind ihre Augen, feucht von Tränen, und der Mund von einer bitteren Härte. So beginnt sie den neuen Tag.

Drei Tage bleibt der Regen über dem Land, und als der Himmel wieder aufklart, sehen sich die höchsten Spitzen der Berge an, als seien sie mit Zucker bestreut.

Ja, wieder ist ein Almsommer dahin. Und Verona sagt sich:

Du bist um ein Jahr älter geworden, Verona Steinbrecher, aber um viele Jahre reifer. Deine Hände sind müde, und dir ist bange ums Herz. Es ist fast über Nacht hart geworden und einsamer, als es je gewesen. Und so werden weitere Jahre über dich hinwegeilen, werden dir Jugend und Schönheit nehmen, wenn du jetzt deine Starrheit nicht überwindest und meinst, dass es sich lohnt, einem zerbrochenen Glück noch die Treue halten zu müssen.

Ähnliche Gedanken hat an diesem Morgen auch der Waliserbauer Emmeran Reindl. Gestern haben sie das letzte Fuder Grummet eingebracht, und soeben sind seine Knechte hinausgefahren, um die Äcker umzureißen für neue Saat.

Er steht auf der Gred seines Hofes und schaut über den Pflanzgarten hinweg in die Tiefe. Um die dunklen Blüten der hochstämmigen Rosen weht der Wind. Da und dort fällt schon ein Blatt und liegt wie ein Blutstropfen auf dem dunklen, noch feuchten Boden. Die Klosterglocken von Maria-Stern läuten so friedlich über den Fichtenwald herüber, dass man meint, das Kloster liege gleich hinter der nächsten Schneise. Und doch ist es fast eine Stunde Fußweg von Maria-Eck nach Maria-Stern.

Ja, denkt auch der Waliser, der Sommer ist nun dahin. Ich habe wahrscheinlich umsonst gewartet. Es wird einsam um mich bleiben.

Er geht hinauf zum Speicher, um nach dem Getreide zu sehen, das für die neue Saat bestimmt ist. Als er zufällig durch das kleine Fenster hinunterschaut, sieht er den Postboten auf seinem gelben Fahrrad den schmalen Fahrweg vom Högnerhof herüberfahren und neben der Zeitung noch etwas in das hölzerne Kastl beim Milchtisch drunten an der Kreuzung hineinstecken.

Den Waliser durchzuckt es und bevor noch eine der Mägde die Milchkübel und damit auch gleich die Post heraufholen kann, rennt er schon selber hinunter. Seit Tagen wartet er sehnsüchtig auf einen Brief und nun – vielleicht kann er jetzt gekommen sein. Was wird der langersehnte Brief ihm zu sagen haben? Ein Ja oder ein Nein?

Briefe vom Finanzamt oder vom Bauernverband – andere bekommt er ja nie – lässt er für gewöhnlich bis zum Abend liegen, um sie dann in Ruhe zu lesen. Noch niemals hat man ihn unten an der Kreuzung stehen sehen und in zitternder Hast einen Brief aufreißen.

Heute sehen sie es. Zwei Mägde sind an diesem Vormittag zu Hause, drücken ihre Nasen am Küchenfenster platt und kommen aus dem Staunen gar nicht mehr heraus, als der Bauer plötzlich beide Arme hochschmeißt wie in einer großen Freude. Dann greift er nach den vier Milchkübeln zugleich und stürmt die kurze Strecke herauf, als würde er gejagt.

»Ob das nicht mit einem Weibsbild zusammenhängt?«, vermutet die ältere der beiden.

»Meinst?«, fragt die andere, die Resi heißt und etwas jünger ist als die Jula.

»Dann ist es mit unserer Herrlichkeit vorbei«, seufzt die Jula.

»Ja, dann kannst du nicht mehr zwei Pfund Butter zu deinen Leuten heimtragen«, sagt die Resi.

»Und du kannst nicht mehr heimlich den Rahm von den Schüsseln abschöpfen«, trumpft die Jula zurück.

»Kannst du das beweisen?«

»Wovon würdest du sonst so dick!«

Ein Schritt im Flur lässt sie verstummen. Aber der Bauer kommt nicht in die Küche. Er geht in die Stube. Sein Gesicht ist voller Erregung, das Auge leuchtet. Mit zitternden Fingern reißt er den Brief wieder aus dem Umschlag und liest die paar Worte, die ihn so namenlos beglücken, obwohl die Verona ihn auch hier noch nicht Emmeran nennt.

»Lieber Waliser«, schreibt sie. »Ich habe Dir versprochen, bald zu schreiben. Sei nicht bös, wenn es trotzdem ein bissel länger gedauert hat, und dass es auch nicht viel ist, was ich Dir mitteile. Du willst ja auch nur das Ja oder das Nein von mir hören. Ich schreibe Dir das Ja. Es grüßt dich Verona.«

In seiner grenzenlose Freude weiß er gar nicht, was er zuerst beginnen soll. Zunächst schenkt er sich einen Schnaps ein, schaut wie geistesabwesend vor sich hin und schüttelt dann den Kopf. Nein, warum soll er bis zum Sonntag warten? Das wäre nur eine Qual! Am besten ist, er macht sich gleich auf den Weg, sich sein Glück zu sichern, das Ja aus ihrem eigenen Munde zu hören.

»Ich bin heut mittag nicht beim Essen«, gibt er in der Küche Bescheid, geht dann in seine Kammer hinauf und zieht sich um. Wenig später verlässt er bereits den Hof.

»Also doch ein Weibsbild!«, stellt die Jula fest und seufzt.

»Wie er nur grad eine auftreibt, mit seinem Glasaug!«, wundert sich die Resi und wird von der Jula gleich niedergebügelt:

»Sei bloß du still! Es ist noch gar nicht so lange her, da warst du noch ganz verrückt auf ihn.«

»Und du erst! Hast ihm nicht du jeden Tag zum Morgenkaffee ein Ei hingestellt, bis er gesagt hat, das will er nicht?«

»Und was hast du gemacht?«, schreit nun die Jula wieder. »hast nicht du von deinem Geld beim Metzger einen Schinken gekauft für ihn zum Frühstück? Und erst als er dir den Schinken bezahlt und dir gesagt hat, du sollst solche Dummheiten bleiben lassen, da hast angefangen, einen Zorn auf ihn zu haben!«

Wer weiß, wie lange die beiden noch gestritten hätten, und was noch alles ans Tageslicht gekommen wäre, wenn in diesem Augenblick nicht der Viehhändler Motz in den Hof eingefahren wäre.

Währenddessen geht der Waliser mit weiten Schritten durch den Wald, immer bergwärts, steigt über die schon leicht verschneite Ringplatte und wieder bergab mit weitausgreifendem Schritt, weil er es schon nicht mehr erwarten kann, endlich das erlösende Wort aus dem Mund der Verona selbst zu hören. Einmal, als er der Hanniteralm schon ansichtig wird, bückt er sich um ein paar Blümlein und steckt sie auf seinen Hut. Je näher er aber kommt, desto mehr beengt es ihm die Kehle.

Er biegt um die Hütte. Alles ist still. Er schaut zum Fenster hinein und sieht niemanden. Zögernd tritt er durch die unverschlossene Türe und ruft ihren Namen. Keine Antwort. Aber sie kann ja nicht weit sein, sonst hätte sie ja die Hütte abgeschlossen!

Als er heraustritt, durchzuckt es ihn freudig. Auf dem sonnenbeschienen Hang hinter der Hütte sitzt Verona. Ihre Hände ruhen im Schoß. Ihr Gesicht liegt im Schatten einer Wetterföhre.

Der Waliser geht den Hang hinauf. Verona rührt sich nicht, schaut ihm entgegen und sagt erst, als er schon vor ihr steht:

»Hast du meinen Brief erhalten?«

Er setzt sich neben sie und nimmt seinen Hut ab.

»Wär ich denn sonst schon hier, Verona?«

»Ja, natürlich«, sagt sie, schaut ihn nur kurz einmal an und dann wieder in die Ferne hinaus. Geradeso, als sei er gar nicht da.

Er aber ist überwältigt, sie wiederzusehen, die schöne, junge Verona Steinbrecher. Oder ist sie es gar nicht mehr? Liegt nicht etwas Fremdes in ihrem Blick? Liegt um ihren Mund nicht eine Bitternis?

»Verona, ich dank dir tausend Mal für deinen Brief«, sagt er mit engem Atem.

»Hab ja nicht viel geschrieben«, antwortet sie.

»Und wenn du bloß das eine kurze Wörtl allein geschrieben hättest, es hätte mir genügt. Schau, darum hab ich ja gleich zu dir kommen müssen. Aus deinem Mund möchte ich es hören, Verona, dass du mein Weib werden willst.«

Er sieht, dass sie die Augen schließt und den Kopf weit zurücklehnt, geradeso, als horche sie in sich hinein, ganz tief. Und als ob sie von innen heraus die Bestätigung erhalten hätte, sieht sie ihn lange an und nickt.

»Ja, Emmeran. Wenn du mich nehmen willst, ich bin bereit.«

Jetzt hätte er jauchzen mögen, und doch verschlägt es ihm die Stimme. Überwältigt von seinem Glück, presst er aufstöhnend seinen Kopf in ihren Schoß. Und so sieht er auch nicht die Tränen, die ihr über die Wangen laufen. Er spürt nur ihre Hand ganz weich über sein Haar streicheln. Hört sie nach einer Weile sagen:

»Du musst mich nehmen, wie ich bin, Emmeran, und musst sogar ein bissel Geduld mit mir haben.«

»O Verona – die Stund werde ich dir nie vergessen. Brauchst nicht weinen, Verona, und keine Angst haben.«

»Ich hab keine Angst, Emmeran. Ich wünsche mir nur, dass du immer so gut bleibst, wie du bist.«

Er fasst nach ihrer Hand, und Verona schiebt die ihre ganz tief hinein.

»Wann?«, flüstert er. »Wann könnte die Hochzeit sein?«

Ohne lange zu überlegen, antwortet sie:

»Je eher, desto lieber ist es mir. In vierzehn Tagen werde ich von hier abziehen und dann –«

»Dann könnte ja in drei Wochen schon die Hochzeit sein? Gleich heute werde ich noch zum Pfarrer gehen und das Aufgebot bestellen! Ist es dir recht, Verona?«

»Was du tust, es wird mir immer recht sein, Emmeran.«

Dann stehen sie auf und gehen Hand in Hand zur Almhütte hinunter.

– 13 –

Das ist ein Gerede im ganzen Tal, es heißt, der Waliser von Maria-Eck heiratet die junge Hanniter Verona! Der Neid treibt seine Blüten bei den Mädchen, die bereits über dreißig sind, und die jüngeren rümpfen die Nase und meinen: einen vierzigjährigen Witwer, hätte sie denn gar keinen anderen bekommen?

Oh, genug wären da! Junge, stramme Burschen, die Verona jederzeit gerne als Bäuerin auf ihren Hof geführt hätten. Aber sie ist ja immer so stolz, so unnahbar gewesen.

Auch in der Villa im Erlenwinkel wird kurz darüber gesprochen, als der Hausherr einmal nicht da ist.

»Hätte denn die keinen jüngeren bekommen?«, fragt Frau Hildegard, worauf ihre Schwägerin Sophie meint:

»Die weiß schon, was sie will!«

»Ich kenne sie zwar nicht, aber bei den Bauernmädchen fragt man weniger nach Liebe. Man heiratet mehr aus Vernunft.« Dabei muss sie an Philipp denken, der sich doch so leidenschaftlich für dieses Mädchen eingesetzt hat. Und jetzt, Philipp ist noch keine vier Wochen fort, heiratet sie bereits einen anderen! Ihre Enttäuschung muss also nicht besonders groß gewesen sein.

Das müsste man Philipp bei nächster Gelegenheit schreiben, denkt Frau Helene. Sie will nur zunächst seine erste Post abwarten. Aber Philipp – es ist unverständlich – Philipp schreibt nicht.

Der Tag der Hochzeit kommt heran. Es ist ganz im Sinne des Waliser, als Verona ihn bittet, keine große Feier abzuhalten. Warum auch? Damit andere sich vergnügen?

So beschließen sie, sich in der Wallfahrtskirche in Birkenstein trauen zu lassen.

Es ist ein ganz stiller sonniger Tag, als sie sich dorthin fahren lassen. Das Land trägt schon herbstliche Farben, obwohl die Kuppe des Wendelsteins bereits mit Schnee überzogen ist. Das Observatorium auf seinem Gipfel blitzt wie Silber im strahlenden Glanz der Sonne.

Dann stehen sie in ihrer schmucken Festtagstracht vor dem herrlichen Altar des Kirchleins. Verona ist blass und still. Leise untermalt die Orgel die heilige Handlung. Und ehe Verona vor dem Priester ihr Ja gibt, wendet sie ihren Kopf dem Waliser zu, als müsse sie sich aus seinem ruhigen Gesicht die Festigkeit holen für ihren Schwur, ihm allzeit ein treues Weib zu sein, das nur der Tod von ihm scheiden kann.

Die feierliche Handlung dauert knapp eine dreiviertel Stunde, und als sie dann hinausgehen, wird es Verona plötzlich schwarz vor Augen, und sie wäre der Länge nach hingeschlagen, wenn nicht der feste Griff des Mannes da wäre, der sie stützt, so unauffällig, dass es nicht einmal die Hanniterin merkt, die unter dem hölzernen Laubengang steht und ihrer Tochter zulächelt, obwohl sie selber Tränen in den Augen hat.

Es ist das erste Mal, dass Verona ihre Mutter weinen sieht, und sie fragt sich, was in einer Mutter am Hochzeitstag der Tochter wohl vorgehen mag.

Dann treten sie hinaus in die Sonne. Die Birken um den kleinen Altar im Freien stehen in hellem Gelb, und an einer der Birken lehnt Simon, der unverwüstliche, treue Simon, dessen Haar so weiß ist wie die Rinde des Baumes daneben.

Spät in der Nacht erst kehren sie nach Maria-Eck zurück.

Die Fenster stehen offen, und der Nachtwind bauscht die dünnen Vorhänge. Verona nimmt den Myrtenkranz ab und legt ihn auf die Kommode. Dann geht sie zum Fenster hin und starrt in die Nacht hinaus, zu den Sternen hinauf und merkt kaum, dass ihr die Tränen über die Wangen rinnen. Sie hört, wie der Waliser die Schuhe auszieht. Einer davon fällt polternd zu Boden. Und dann spürt sie, dass er plötzlich hinter ihr steht. Seine Hände umfassen ihre Schultern, er dreht sie zu sich herum und erschrickt.

»Verona – du weinst?«

Ihre Unterlippe greift nach zwei Tränen, die im Mundwinkel sitzen. Dann wischt sie sich mit der Hand die Augen und versucht ein zages Lächeln.

»Es ist bloß, weißt du – Emmeran –«

»Das Heimweh – ich weiß schon. Aber wirst sehen, Verona. Morgen ist das alles anders.«

Sie nickt und legt ihre Hand auf seine Schulter.

»Bitt dich schön, Emmeran, hab ein bissel Geduld mit mir.«

Hatten die Dienstboten auf dem Waliserhof gemeint, mit diesem blutjungen Ding sei ganz leicht fertig zu werden, so wurden sie schon nach ganz kurzer Zeit eines anderen belehrt. Es kommt ein neuer Schwung in die Wirtschaft, und vor allem die Mägde müssen erkennen, dass die junge Bäuerin ihre Sache besser versteht, als es ihnen lieb ist. Sie räumt ohne viel Worte mit alten Gewohnheiten auf. Hatten sie bisher auf dem Hof alle gemeinsam aus einer Schüssel gegessen, so bekommt jetzt jedes seinen eigenen Teller. Es kommt jetzt auch ein ganz anderes Essen auf den Tisch. Statt der immerwährenden Schmalznudeln gibt es jetzt viermal in der Woche Fleisch und Gemüse. Das schätzen vor allem die Mannsleute am Hof, die überhaupt leichter zu der jungen Bäuerin finden als die Mägde. Vor allem die Jula hat immer noch etwas auszusetzen an dieser »jungen Gschaftlhuberin«, die sich da als Bäuerin aufspielt.

»Wie sie angibt!«, redet sie auf die Resi ein. »Ich hab schon einen Haushalt geführt, da war sie noch gar nicht auf der Welt! In der Woche vier Mal Fleisch! Der Bauer wird schon sehen, wohin er mit dieser Verschwendung noch kommt.«

»Geh, was willst denn mit dem Bauern!«, erwidert die Resi. »Der ist doch so verliebt, dass er auch auf dem andern Aug noch blind ist.«

Die Jula nickt dazu so heftig, dass sich ihr dürftiger Zopf aus dem Knoten löst und ihr im Nacken baumelt.

Immer ruhiger, immer ausgeglichener wird Verona, je mehr die Zeit vergeht. Schon fliegen die ersten Schneeflocken – der Winter kommt früh in diesem Jahr. Kurz vor Weihnachten wirft es eine Menge Schnee her. Die Knechte schaufeln einen Weg um das Haus und zur Kapelle, damit die junge Bäuerin hinüber kann, wenn es dämmert, um das Aveglöckchen zu läuten. Wenn sie dann zurückkommt, findet sie den Waliser in der Stube am Ofen, seine Pfeife rauchend. Sie setzt sich dann wohl eine Weile zu ihm und nimmt seine Hand, als möchte sie ihm immer wieder dafür danken, dass er so viel Geduld mit ihr hat. Immer weiter entfernen sich ihre Gedanken von dem Leid, das ihr durch einen anderen geschehen ist. Doch es vergessen – nein, das kann sie nicht, das wird sie wahrscheinlich auch nie können.

Als sie wieder an einem Abend vom Aveläuten herüberkommt und sich zu ihm setzt, meint er:

»Es muss nicht sein, Verona, dass du abends noch in die Kälte hinausgehst. Soll die Jula betläuten oder die Resi.«

»Nein, Emmeran. Du hast mir gesagt, dass dies auch der Dienst deiner verstorbenen Frau gewesen ist. Nun hab ich damit begonnen und werde es tun, solange ich hier Bäuerin bin.«

Es ist wohlig warm in der Stube. Im Ofen krachen die Scheite, und die Kuckucksuhr tickt so vertraut. Verona empfindet eine wundersame Geborgenheit, sie hat den Kopf an seine Schulter gelehnt, und er legt den Arm um sie. So nahe bei ihm, und seine Wärme spürend, wagt sie die Frage:

»Sag, Emmeran, wen magst du lieber, deine erste Frau oder mich?«

Er schweigt eine Weile, als ob er darüber erst nachdenken müsste, obwohl ihm die Antwort ganz leicht wäre.

»Warum willst du das wissen, Verona?«

»Nur so. Hast du sie sehr geliebt?«

»Anders als dich.«

»Wie anders?«

»Sie ist zum Beispiel nie so bei mir gesessen wie du. Und ich glaube, sie hat auch das Leben am Berg nicht recht vertragen. Sie kam ja aus dem Flachland.«

Still ist es wieder, so still, dass man den Kater schnurren hört, der auf der andern Seite des Ofens sitzt.

Oft schon hätte der Waliser eine Frage an Verona stellen wollen, aber er hat es nie gewagt, aus Angst, sie zu verstören. Nun aber, weil sie selber auf so ein Thema gekommen, entfährt auch ihm die Frage:

»Und wer ist – vor mir in deinem Leben gewesen?«

Er spürt, wie ihre Schultern unter seinem Arm zucken. Verona hat die Frage empfunden wie einen Schlag. Ihre empfindlichste Stelle hat er angerührt. Sie kann es nicht recht fassen, was ihn zu dieser Frage veranlasst hat. Ist es die Unruhe eines Mannes, der auch auf die Vergangenheit seiner Frau eifersüchtig ist? Und sie weiß nicht, was sie darauf antworten soll und darf.

Ihr Schweigen aber verleitet ihn zu der freudig erregten Frage:

»Dann bin ich der erste Mann in deinem Leben?«

Wenn ich die Wahrheit sage, überlegt sie, wird seine Stirne sich umdüstern, und er wird dann fragen und fragen, bis sie ihm auch den Namen noch sagt. Lügt sie aber, dann häuft sie eine zweite Lüge auf die noch größere, die auf ihr lastet, und die sie bis zu ihrem Ende weitertragen muss. Der erste Mann, hat er gefragt. Ja, er ist der erste wirkliche Mann. Philipp Fontano war nur ein Schwächling, ein Feigling.

»Ja, Emmeran, du bist der erste Mann in meinem Leben.«

Er reißt sie in seine Arme und bedeckt ihr Gesicht mit Küssen, und kaum lässt er sie frei, da steht sie auf und geht hinaus. Der Nacken ist gesenkt, in ihrem Blick dunkelt es wie in Trauer.

Kopfschüttelnd schaut der Waliser ihr nach. Da ist es wieder gewesen, dieses Fremde, das er nie ganz zu erfassen vermag. Es ist gerade, als habe sie eine unsichtbare Mauer um sich aufgebaut, durch die er nicht dringen kann. Aber er kennt sich zu wenig aus in einem Frauenherzen, um zu merken, dass sie gerade in solchen Zeiten seine helfende, stumme Güte braucht.

So alle drei Wochen kommt die Hanniterin am Sonntagnachmittag zu Besuch. Der Waliser und seine Schwiegermutter verstehen sich prächtig, und sie sind ein Herz und eine Seele, wenn es sich darum handelt, dass die Preise für die landwirtschaftlichen Erzeugnisse zu niedrig, die Gehälter der Minister aber viel zu hoch und die Diäten der Abgeordneten überflüssig seien, wobei die Hanniterin offensichtlich auf den Landtagsabgeordneten Robert Fontano anspielt.

Und mitten in der Unterhaltung fragt sie dann:

»Wie bist denn zufrieden mit ihr?«

»Mit der Verona? Ich hätte keine bessere bekommen können. Schau dich doch um! Das Glück lacht aus allen Winkeln. Und ich selber werd nochmal jung mit ihr. Am Anfang hab ich mir Sorgen gemacht, dass die Leute am Hof sie vielleicht nicht respektieren, weil sie so jung ist. Aber sie hat sich durchgesetzt. Heut muckt keine mehr auf, nicht einmal die Jula, die ihr Maul sonst gar nicht zügeln kann. Der hab allerdings ich ein paar Mal die Meinung richtig sagen müssen, bis sie es endlich geglaubt hat, dass im Haus herinnen keine andere anschafft als die Bäuerin, auch wenn sie noch so jung ist.«

Die Hanniterin lächelt zufrieden und kann nicht gehen, ohne nicht auch die Tochter, als sie allein sind, zu fragen:

»Bist glücklich, Mädel?«

Verona kann das bejahen, ohne dabei dem fragenden Blick der Mutter ausweichen zu müssen.

»Er ist ein guter Mensch.«

»Ja, nicht wahr? Und der Altersunterschied macht nichts aus, er sagt, dass er mit dir nochmal richtig jung wird.«

Still lächelt Verona vor sich hin.

»Du glaubst gar nicht, wie er mich umsorgt, Mutter. Kein unrechtes Wörtl gibt er mir, und grad schaun tut er, dass er mir alles recht machen kann.«

»Und mit den Leuten kommst zurecht?«

»Jetzt schon. Am Anfang hab ich die Aufsässigkeit gespürt, und die Mannsleut haben es gar nicht fressen können, dass sie sich auf einmal die dreckigen Stiefel vor der Tür draußen abputzen sollen.«

»Hättest es mir bloß sagen brauchen. Ich hätte ihnen den Kopf schon zurechtgesetzt.«

Dann trinken sie Kaffee miteinander, anschließend fährt die Hanniterin wieder nach Hause.

So gehen die Wochen dahin. Der Winter dauert diesmal nicht gar so lange. Im März bereits geht der Schnee weg. Ein warmer Südwind lässt die Palmkätzchen aufspringen und die Schneeglöckchen blühen. Die Amseln singen schon so frühlingsfreudig, und auf dem Waliserhof beginnt man mit dem großen Osterputz.

Herrlich schöne Tage tänzeln über das Land. Beim Waliser richten sie schon an zum Kartoffelsetzen. Verona aber steht im Pflanzgarten und stößt den Spaten kraftvoll in die schwarze Erde.

An diesen klaren Tagen kommt jeder Laut aus der Tiefe in klaren, ungebrochenen Tönen zur Höhe herauf. Man hört um acht Uhr den Pfiff der Lokomotive des Frühzuges, der die Milch nach der Stadt bringt, man hört die Glocken von Maria-Stern über den Wald herläuten und die von Kronach. Und man hört die Mittagssirene der Stuhlfarbik Fontano, ein langgezogener, singender Ton, vor dem Verona erschrickt, als sie ihn zum ersten Mal vernimmt. Aber dann gewöhnt sie sich auch daran. Fontano, der Name hat einmal eine große Rolle in ihrem Leben gespielt. Der Name war einmal goldener Klang für ihr Herz. Nun verlieren die Lettern allmählich ihr Glänzen, sie werden trüb, wie von einem Nebel überzogen, und verwischen sich dann ganz.

Das weiße Kopftuch in den Nacken schiebend, stützt sie sich rastend auf den Spaten und schaut in die Ferne, die von blauen Schatten gesäumt ist. Ein horchender Ausdruck liegt auf ihrem Gesicht, der Mund steht halb offen, und in den Augen ist ein unirdisch schönes Leuchten.

Da – jetzt war es wieder da, das leise Klopfen unter ihrem Herzen, vor dem sie das erste Mal so erschrocken ist. Das Geheimnis, das sie in sich trägt, und über das sie trotz hundertfachen Vorsatzes mit dem Mann nicht sprechen kann, obwohl sie oft und oft den bangen, hoffnungsvollen Blick spürt, mit dem er sie ansieht. Aber sie hat immer Angst, dass er ihr die eine Lüge, mit der sie in diese Ehe getreten, von der Stirne lesen könnte.

Am Karfreitag kommt die Hanniterin wieder einmal. Diesmal hat sie eine große Steige mit jungen Hühnern im Kofferraum des Wagens, die sie gegen die weiße Rasse des Waliser austauschen will.

Verona steht gerade vor dem Haus und putzt einen Kupferkessel mit Zinnkraut. Als sie den Wagen hört, richtet sie sich auf. In diesem Moment erkennt die Hanniterin mit einem einzigen Blick, was den Männern oft so lange entgeht. Sie steigt aus dem Wagen und kommt zum Brunnen.

»Was seh ich denn da! Du willst mich zur Großmutter machen? Na, da wird er sich freuen, der Emmeran! Hoffentlich wird es ein Bub!«

»Man muss Gott für alles danken«, erwidert Verona.

»Aber Kind«, fragt dann die Hanniterin vorwurfsvoll, »warum schnürst du dich denn so? Es ist doch keine Schande!« Gleichzeitig greift sie nach dem Schürzenband und lockert es. »Das könnte dem Kindl schaden. Hast es ihm schon gesagt, dem Emmeran?«

»Nein.«

»Na so was! Aber freilich, ich hab deinem Vater auch nichts gesagt. Und gemerkt hat er es erst, als du schon gleich dahergepurzelt bist. Wo steckt er denn?«

»Emmeran ist nach Kronach gegangen. Er wird aber nicht lange aus sein.«

»Na ja, das Geschäft, das mich heut hertreibt, ist sowieso Weibersache. Ich hab dir zwölf Perlhühner mitgebracht, und du gibst mir dafür zwölf von deinen weißen.«

Wider Erwarten bleibt der Waliser heute länger als sonst. Die Hanniterin kann nicht mehr warten. Als sie schon im Wagen sitzt, reicht sie der Tochter die Hand.

»Tu nicht zu sauer essen jetzt, und schnür dich nicht mehr. Am besten ist's, du gehst in das Kronacher Krankenhaus, wenn es soweit ist. Und tu mir nicht zu schwer heben!«

»Na, na«, lächelt Verona. »So zart bin ich grad auch nicht gebaut, dass mir die Arbeit schaden könnt.«

»Ich hab bloß gesagt, nicht zu schwer heben. Arbeiten ist sogar besser als Nichtstun. Also, behüt dich, Verona! Und komm doch einmal wieder nüber zu mir. Ganz darfst deine alte Heimat nicht vergessen.«

»Am Ostermontag wollen wir nüberfahren.«

Der Wagen setzt sich in Bewegung. Sie ist immer noch gut anzusehen, die Hanniterin. Wie kerzengerade sie im Wagen sitzt, als seien die Jahre ganz spurlos an ihr vorübergegangen! Eine glückselige Zufriedenheit spiegelt sich auf ihrem Gesicht. Es geht alles nach Wunsch. Verona ist glücklich, soweit man das an ihren kargen Äußerungen ermessen kann, und bekommt nun ihr erstes Kind. Sie denkt an ihre eigene Zeit zurück. Damals ist sie freilich schon viel älter gewesen als die Verona jetzt. Aber das Glück ist wohl das gleiche gewesen, das gleiche, bange Horchen auf den Schlag unter dem Herzen, das gleiche ungeduldige Warten auf die Stunde der Geburt.

Mitten aus diesen Gedanken wird die Hanniterin aufgeschreckt, sie muss scharf bremsen, weil der Waliser ihren Wagen aufhält.

Die Hanniterin kurbelt das Wagenfenster herunter.

»Ach, du bist es, Emmeran! Hab mir schon gedacht, ich müsst heut heimfahren, ohne dich gesehn zu haben.«

»Hab leider keine Ahnung gehabt, dass du heut kommst.«

»Bist in Kronach gewesen?«

»Ja, in Kronach«, antwortet er und deutet auf ein kleines Päckchen unter seinem Arm. »Ein paar Zahnräder hab ich kauft für die Sämaschine.«

»Ach so! Ich hab mir denkt, Kindswäsch hättest eingekauft«, meint die Hanniterin verschmitzt. Dem Waliser gibt es sofort einen Stich. Einen Schritt nähertretend, starrt er in das Gesicht, das ihn aus dem Wagen spöttisch anschaut.

»Was meinst denn damit, Hanniterin?«

»Hast denn du das noch nicht gemerkt, was bei der Verona los ist?«

Zweifel, Freude und Hoffnung, das alles verwirrt ihn beinahe und macht den starken Mann bis in die Knie hinein zittern.

»Du meinst –?«

»Freilich, mein ich, dass du Vater wirst! Und da will ich dir gleich noch einen guten Rat geben –«

Weg ist er. Er rennt schon den Berg hinauf, zweigt von der Straße ab und steigt über die steilen Lehnen. So kommt er auf seinem Hof an, tief atmend und doch mit einem Leuchten in den Augen, so dass die Jula, die ihm als Erste über den Weg rennt, meint, der Bauer habe sich einen Schwips angetrunken. Im Flur schon wirft er das Päckchen und seinen Hut auf die Bank.

»Wo ist die Bäuerin?«

Die Jula deutet die Stiege hinauf.

Er findet sie in der Kammer. Sie richtet gerade Wäsche in den Schrank, blütenweißes Leinen, das auf der Bleiche in der ersten Frühlingssonne gelegen hat. Langsam wendet sie den Kopf und zieht die Brauen ganz leicht hoch, als er so stürmisch hereingerannt kommt. Wie seine Augen schimmern, wie seine Hände zittern, als er sie an den Schultern fasst, und wie seine Stimme bebt:

»Verona, ist es denn wahr, was mir – die Mutter grad gesagt hat?«

Ihr Mund öffnet sich zu einem zaghaften Lächeln. Dann lehnt sie ihre Stirne an seine Hand.

»Ja, Emmeran, es ist schon so.«

»Warum hast mir denn nichts gesagt, Weiberl?«

»Hab mir denkt, du merkst es schon.«

Er lässt sie jetzt los und betrachtet sie vom Fuß bis zum Kopf. Dann sagt er mit glücklicher Stimme:

»Wird es ein Sohn, Verona?«

»Das weiß man nicht vorher, Emmeran. Würde ein Mädel dich weniger freuen?«

»Wie kommst denn darauf? Kind ist Kind! Und du schenkst es mir!«

Von dieser Stunde an umgibt er sie mit noch mehr Fürsorge. Überall verfolgt sein Blick sie, damit sie ja kein schweres Schaff hebt oder vielleicht zu schnell die Stiege heruntergeht und dabei stürzt. Ihrem Zustand schreibt er es auch zugute, wenn sie einmal schlechter Laune ist. Er meint es wenigstens, dass sie schlecht gelaunt sei, wenn sie manchmal wie geistesabwesend vor sich hinstarrt. In Wirklichkeit ist es aber nur die furchtbare Belastung, die auf ihrer Seele liegt. Sieben Todsünden können nicht so schwer sein wie die eine Sünde, die eine große Lüge, die sie durch ihr ganzes Leben schleppen muss, denn zu einem Bekenntnis ist es jetzt viel zu spät.

Einmal, so mittendrin, als er sie im Arm hält, schießt jäh in ihr ein Gedanke auf.

»Sag, Emmeran, hättest du mich auch genommen, wenn ich ein lediges Kind gehabt hätte?«

Sie hat die Frage noch nicht ganz über den Lippen, da bereut sie es schon, weil sie sieht, wie schwer sich sein Gesicht umschattet. Auch die Antwort lässt lange auf sich warten.

»Ja«, sagt er endlich. »Ich hätte dich auch dann genommen. Musst ja wissen, Verona, dass ich dich von Herzen gern hab. Aber lieber ist mir schon ein eigenes Kind.«

Da weiß sie, dass sie weiter schweigen, dass es ihr Geheimnis bleiben muss bis ans Grab. Er ist so gut, so voller Liebe zu ihr. Warum soll sie ihm weh tun? Es wäre ein schwerer Schlag für ihn, erführe er jetzt die Wahrheit. Nein, da ist es schon besser, aus Barmherzigkeit mit dieser Lüge weiterzuleben.

Er lässt sie jetzt sonntags nicht mehr allein nach Kronach in die Kirche gehen vor lauter Angst, es könnte ihr etwas passieren auf dem weiten Weg. Sie gehen zusammen, er führt sie an der Hand, und die Leute lächeln hinter ihnen her.

Dann wird auch der Weg nach Kronach zu weit. Nach Follnstein wäre es noch viel weiter gewesen, und so gehen sie jetzt sonntags nach Maria-Stern in die Klosterkirche. Dort liest ein junger Pater das Hochamt. Es ist viel schöner dort als anderswo. Die Kirche ist nicht so groß, und der Gesang der Nonnen hat so etwas beruhigend Feierliches.

Einmal lädt die Äbtissin sie nach der Kirche zu einem kleinen Trunk in den Empfangsraum neben der Klosterpforte ein. Die Äbtissin ist noch jung, sehr schön und von adeligem Geblüt. Sie will die Frau des Waliser kennenlernen – des »lieben Waliser«, wie sie sagt – und erzählt Verona, wie oft der Waliser hier schon ausgeholfen hat, wenn sie in Not gewesen wären. Immer sei er dem Klostergut mit Rat und Tat beiseite gestanden.

Sie trinken ein goldgelbes Getränk. Es ist Met, den man im Kloster selber herstellt. Nach einer halben Stunde geleitet die Äbtissin das Ehepaar Reindl wieder hinaus.

»Gottes Segen«, sagt sie, »für das Kind und auch für Sie, liebe Waliserin.«

Ja, den brauche ich notwendig, denkt Verona. Notwendiger, als ihr es alle wisst. Gottes Segen und Gottes Verzeihung.

Langsam gehen sie zurück nach Maria-Eck. Feiner Dunst steigt aus den Äckern, zartes Grün bedeckt schon die Wiesen. Pechwurz und Buschwindröslein und die dunkelgelben Sterne des Lattichs sieht man am Bachrand leuchten.

Wie ein Rausch fällt der Frühling ins Land. Das Getreide schießt in die Halme. Das sanfte Gebrumm der Bienen hört sich an wie ein Wiegenlied, und im Pflanzgarten des Waliserhofes blühen schon die Hochstammrosen, rote, gelbe und weiße, als Verona Reindl sich in der Königskammer ins Himmelbett legt, sich beinahe vierundzwanzig Stunden abmüht, um ihr erstes Kind zur Welt zu bringen.

Es ist ein Mädchen, das dem Waliser von der Hebamme in Kissenbauschen entgegengehalten wird. Er sagt kein Wort, atmet nur tief und schaut in das weinerliche Gesichtchen, das noch voller Ausdruckslosigkeit ist. Er sieht nur, dass es einen braunen Haarflaum hat und – ein Grübchen im Kinn.

»Für sieben Monate ein kräftiges Kind«, sagt die Hebamme. »Das hat man selten.«

»Sieben Monate?«, fragt er und schaut sie fremd an.

»Ja, nicht wahr, Waliserin?«

Verona liegt mit schweißbedeckter Stirne in den Kissen, hält die Augen geschlossen und nickt nur. Sie hat es durchgesetzt, nicht ins Krankenhaus zu müssen. Dort hätte man ihr die sieben Monate wahrscheinlich nicht geglaubt. Vielleicht glaubt es auch die Hebamme nicht, weil sie so genau wissen wollte, ob sie sich erinnern könne, einmal gestürzt zu sein, oder ob sie sich sonst an einen Vorgang erinnern könne, dem diese Frühgeburt zuzuschreiben sei. Verona kann sich an nichts erinnern, oder doch ja, sie habe vor etwa acht Tagen einmal den schweren Kübel mit Sautrank in den Stall hinübergetragen. Sonst kann sie sich an nichts erinnern, und sie ist auch zu sehr erschöpft, um eine weitere Lüge zu finden.

Sie hat ein Mädchen geboren, und weiß nicht, warum sie sich gerade auf ein Mädchen so sehr gefreut hat. Man wird es Angela nennen, weil dieser Name im Kalender für den andern Tag ansteht.

Der Waliser ist jetzt nahe an das Bett herangetreten und sucht nach einem herzlichen Wort, das er der jungen Frau nun nach der überstandenen Qual geben könnte. Aber er findet keines, das ihm groß genug dünkt. Er beugt sich über sie. Das künstliche Auge schimmert schieferbläulich, und in dem anderen stehen Tränen. Er sinkt auf die Knie und legt seine Wange auf ihre Hand, sagt, dass sie sehr tapfer gewesen sei und sich nichts denken solle, weil es nun ein Mädchen ist.

»Es ist von unserm Blut«, sagt er, und gerade das hätte er jetzt nicht sagen sollen. Denn daraufhin dreht Verona das Gesicht zur Seite in die Kissen und schluchzt bitterlich auf.

– 14 –

Vielleicht hat es erst dieser Geburt bedurft, damit Verona erkennt, wie sehr sie an ihrem Manne hängt, wie seine gleichmäßige Güte ihr zum Bedürfnis geworden ist. Zwar trägt sie noch zeitweise schwer an ihrer Sünde, die sie jetzt, da sie ihn mit jedem Monat lieber gewinnt, schon überhaupt nicht mehr beichten kann. Aber je mehr Monate vergehen, desto ferner wird das Bild des anderen, der sie so schmählich verraten hat. Aber wenn sie das kleine Mädel ansieht, das im Spätherbst schon sitzen kann und dem Vater munter zulächelt, wenn er heimkommt vom Feld, dann geht doch manchmal ein heißer Schreck durch sie hin, denn Angela hat die Augen ihres Vaters, sie hat seine hohe Stirn und – das Grübchen im Kinn. Ein ganz deutlich ausgeprägtes, rundliches Grübchen, in das Verona manchmal ihren kleinen Finger legt, als wollte sie es zudecken, damit es niemand sieht.

Das Kind sähe ganz dem Waliser gleich, sagen die Leute. Ob das nun Wirklichkeit ist oder nur Schmeichelei, der Bauer hört das ganz gerne, sagt nur einmal zu seiner Frau:

»Das Grüberl im Kinn, das hat sie nicht von mir. Aber wenn ich mich recht erinnere, meine Mutter hat auch eins gehabt. Und so was vererbt sich oft erst wieder im dritten oder vierten Glied, hab ich einmal gelesen. Verona antwortet darauf nicht. Sie denkt um diese Zeit nur daran, dass das nächste Kind vielleicht ein Sohn ist, und dass dieser Sohn dann wirklich ganz ihm, dem Waliser, gleichen werde.

Im Frühjahr darauf ist es so weit. Diesmal wartet sie nicht mehr, bis die Hanniterin oder er selber es merkt. Diesmal sagt sie es ihm schon, kaum dass sie es selber weiß.

Ein ernteschwerer Sommer geht vorüber. Verona trägt diesmal ihre Schwangerschaft schwerer als das erste Mal. Schwerer und doch freudiger, weil diesmal nichts mit einem Schleier von Lüge verhangen ist. Kraftstrotzend und mit leuchtenden Augen geht sie durch ihre Tage, und immer tiefer wird ihre Liebe zu dem Mann, der seine Jahre überhaupt nicht zu spüren scheint und wie ein Junger über den Hof geht, straff in den Schultern aufgerichtet, und trotz aller Schlankheit von einer zähen Kraft.

Als die Sonnenblumen auf der Sonnenseite des Zuhäusels schon herbstlich ihre tellergroßen Blüten neigen, legt Verona sich zum zweiten Mal ins Himmelbett, obwohl sie diesmal ins Krankenhaus hatte gehen wollen. Aber es geht alles so schnell, kaum dass der Waliser mit dem Auto die Hebamme von Kronach noch rechtzeitig herbringt. Dem jungen Waliser pressiert es, in die Welt zu purzeln. Zwei Stunden nach den ersten Wehen ist er schon da, ein kräftiger, zehn Pfund schwerer Bub, den sie drei Tage später in der Klosterkirche zu Maria-Stern auf den Namen Lukas taufen.

Diesmal tritt der Waliser schon mit der Angela an der Hand an das Bett der Wöchnerin, hebt die Kleine hinauf, damit sie ihr Brüderl sieht, und kann selber kaum schlucken vor lauter Glück.

Nun hat die Natur wieder einmal dafür gesorgt, dass das Geschlecht der Waliser nicht ausstirbt. Es gibt bereits wieder einen jungen Waliser, der das Geschlecht weitertragen kann. Diesmal sagen die Leute, die zur Wöchnerin auf Besuch kommen, dass der Bub ganz seiner Mutter gleiche. Auch die Hanniterin behauptet es. Und ihr glaubt der Bauer es aufs Wort.

Wie herzlich er lachen kann, als er sagt:

»Dann ist's recht, denn dann weiß ich, dass es einmal ein bildhübscher Kerl wird!«

Der Bub gedeiht prächtig, der Bauer kann nur noch nicht recht viel damit anfangen, solange der Kleine noch in den Windeln liegt. Dafür hängt sich die Angela fester an ihn. Wo er auch hingeht, überall läuft sie ihm nach oder sucht ihn, und manchmal sieht es so aus, als hänge sie viel mehr am Vater als an der Mutter.

Sie plappert nun schon viel, die kleine Angela. So viel hat sie zu fragen, und Verona wird manchmal ungeduldig dabei. »Jetzt lass mir doch endlich einmal meine Ruh«, sagt sie dann und schiebt das Kind aus der Küche. »Geh zum Vater, der weiß viel mehr als ich.«

»Warum weiß der Vater mehr?«, will das Kind wissen.

»Weil er älter ist und – viel gescheiter als ich.«

»Das darfst du nicht sagen«, verweist der Waliser sie, als er es zufällig hört. »Ich bin nicht gescheiter als du, und – dass ich älter bin, das hast du ja gewusst.«

Verona erschrickt.

»Aber so hab ich es doch nicht gemeint, Emmeran! Und – es ist nun einmal die Wahrheit, dass du viel mehr weißt als ich.«

»Vielleicht hab ich nur mehr Geduld als du. Man muss auf alles eine Antwort geben, wenn ein Kind fragt.«

Damit dieses Thema schnell beendet sei, legt Verona ihm ihren Arm um den Hals.

»Musst mich halt nehmen, wie ich bin, Emmeran! Wir wollen uns doch nicht streiten, wer es besser meint mit den Kindern.«

Streiten? Nein, das kann er gar nicht. Er wird immer gesetzter und ruhiger, hat auch angefangen, in das Geschick der Gemeinde einzugreifen. Zuerst erscheint er nur da und dort auf einer Bauernversammlung. Dann meldet er sich einmal zu Wort, weil ihm etwas nicht passen will. Und da merkt er, dass es ihm gar nicht so schwerfällt, zu reden. Noch viel mehr stellen dies die Bauern fest, für deren Interessen er sich so warm einsetzt. Man sagt ihm, dass er öfter reden müsse. Das gibt ihm noch mehr Selbstbewusstsein. Immer geschliffener werden seine Reden, immer schärfer seine Angriffe gegen das, was ihm verkehrt zu sein scheint.

Einmal steht dann so eine Rede im Kronacher Wochenblatt, das man über dreißig Kilometer im Umkreis liest. Es bleibt nicht aus, dass auch der Landtagsabgeordnete Dr. Robert Fontano auf diesen eigenwilligen Bauern aufmerksam wird. Ärgerlich runzelt er die Stirne, es bleibt ihm wohl nichts übrig, als bei der nächsten großen Bauernversammlung in Kronach das Wort zu nehmen, um die Angriffe abzuwehren. Die unberechtigten Angriffe auf die Regierung, wie er sagt.

Weil sein Name groß auf den Plakaten geschrieben steht, strömen die Bauern aus der ganzen Umgebung herbei.

Der Waliser freut sich auf die Versammlung. Zwar hat er beileibe nicht im Sinn, sich zur Diskussion zu melden, es interessiert ihn nur, aus berufenem Munde den neuesten Stand der Dinge zu erfahren.

Kurz nach dem Mittagessen fährt er. Verona, den

kleinen Lukas auf dem Arm, begleitet ihn zum Wagen. Angela hängt am Hosenbein des Vaters und möchte am liebsten mitfahren. Der Waliser täschelt ihr die Wange.

»Heut kann ich dich nicht mitnehmen, Mädel.«

»Redest du heute auch wieder?«, will Verona wissen.

Er hat den Fuß bereits auf dem Gas, da würgt er den Motor nochmal ab.

»Warum, hast du es nicht gern?«

»Doch, doch. Wenn es dir Freude macht, Emmeran. Ich bin immer so stolz auf dich, wenn in der Zeitung steht: der Waliser von Maria-Eck. Aber dabeisein möchte ich doch nicht, wenn du redest. Da hätte ich immer Angst, dass du steckenbleibst!«

Er lacht gutmütig, fasst nach ihrer Hand und drückt sie. Dann steigt er ein und lässt den Motor an.

»Heute rede ich nicht«, sagt er. »Du brauchst also gar keine Angst haben.«

Es kommt aber dann doch anders. Der Saal ist brechend voll, als Emmeran Reindl ihn betritt. Gleich auf den ersten Blick sieht er die Hanniterin mit dem jungen Andreas an einem Tisch. Die Hanniterin hebt die Hand und winkt ihm.

»Setz dich zu uns her, Waliser!«

Nach etwa einer Viertelstunde eröffnet der Kreisvorsitzende des Bauernverbandes die Versammlung, heißt den Herrn Landtagsabgeordneten Dr. Fontano herzlich willkommen und erteilt ihm das Wort.

Die Rede ist eine Glanzleistung, und doch merken die Bauern mit ihrem feinen Empfinden für alles, was mit Acker und Wiese zusammenhängt, dass das alles nur einstudiert ist und nicht von der Wurzel her kommt. Es stimmt nicht ganz, was der Abgeordnete sagt. Es zeigt sich, dass er über die Preise nicht genau Bescheid weiß. Aber das hätten die Bauern ihm noch nachgesehen. Erst als er anfängt, von revolutionären Gedanken zu sprechen, die gewisse Redner verbreiten, und dass es unverantwortlich sei, die Maßnahmen der Regierung in solch hanebüchener Art zu kritisieren, werden die Bauern unruhig und blicken immer öfter zu dem Fensterplatz hinüber, wo der Waliser sitzt. Sie wissen, wen der Abgeordnete meint, und Emmeran Reindl weiß es auch. Ein paar Mal läuft ihm der Kopf rot an. Aber dann lächelt er wieder.

Als Dr. Robert Fontano endet und sich mit einem Taschentuch den Schweiß von der Stirne wischt, ist der Beifall nicht so, wie er ihn erwartet hat. Und als der Kreisvorsitzende nun um Diskussion bittet, erhebt sich der Waliser sofort und geht zur Bühne vor.

Er wirkt imponierend, als er so hinter dem Pult steht, hochaufgerichtet, die Hände hinter dem Rücken verschränkt, bläulichen Schieferglanz im linken Auge.

Er habe, so beginnt er, noch niemals die Maßnahmen der Regierung in hanebüchener Form, wie sich Herr Dr. Fontano auszudrücken beliebte, kritisiert, sondern immer nur in sachlicher Form und vom Standpunkt der Bauern aus. Zu denen rechne er sich, und der Herr Abgeordnete möge zur Kenntnis nehmen, dass das Wort »revolutionäre Gedanken« ganz unpassend und nicht zutreffend sei. Wenn ein Mensch die Wahrheit sagt und seine Sache so vorbringt, wie er sie empfinde, so sei das sein freies Recht und nicht eine revolutionäre Empfindung. Mit diesem Recht sehe er sich veranlasst, einige Darlegungen des Herrn Vorredners zu widerlegen. Und wenn er dazu kein Konzept brauche, wie der Herr Vorredner, so möge dieser jedoch keine Zweifel daran hegen, dass die Zahlen etwa nicht stimmten. Der Herr Landtagsabgeordnete hätte hier nur seinen Herrn Vater hören sollen, dann wäre ihm dieser Irrtum nicht unterlaufen.

Ungefähr eine halbe Stunde spricht der Waliser, ohne nur einmal ins Stocken zu geraten. Manchmal steigern sich seine Worte zu schneidender Schärfe, dann wirkt er wieder ganz ruhig, so ruhig und gelassen, dass es auf Dr. Robert Fontano beinahe unheimlich wirkt. Er verzichtet auch auf ein Gegenwort und verabschiedet sich von den Herren seiner nächsten Umgebung rasch, als der Beifall für den Waliser immer noch anhält.

Der geht wieder auf seinen Platz zurück, nimmt sein Bierkrügl und macht einen langen Zug.

»Das freut mich«, lächelt die Hanniterin zufrieden, »dass du dem Fontano die Meinung richtig gesagt hast.«

»Er hat mich ja dazu herausgefordert.«

»Und wie!«, sagt der junge Andreas und schaut seinen Schwager begeistert an.

Von diesem Sonntag an ist der Name des Waliser in aller Munde. Auch der alte Fontano liest die Rede zwei Tage später im Kreisblatt. Er weiß, wer dieser Waliser ist, und obwohl er nur noch selten in die Stuhlfabrik geht, an diesem Vormittag erscheint er doch mit der Zeitung in der Hand im Büro seines Sohnes Robert.

»Hast du das gelesen?«

»Ich habe davon Kenntnis genommen und werde diesen Bauernkerl zur Rechenschaft ziehen.«

»Wieso? Es stimmt ja alles haargenau, was er gesagt hat.«

»Du sprichst vom Standpunkt des Landwirts, Papa.«

»Natürlich! Und es wäre dir gar nicht schlecht angestanden, wenn du dich vorher bei mir informiert hättest. Dann hättest du dir die Blamage erspart. Und wenn du dir eine weitere ersparen willst, dann lass den ›Bauernkerl‹ in Ruh, es könnte sonst sein, dass eines Tages dein Mandat zu wackeln beginnt. Der Mann scheint Ehrgeiz zu haben. Oder vielleicht hat ihn seine

Frau. Wenn man weiß, woher sie stammt, ist das sogar sehr naheliegend.«

»Ach, ich verstehe«, antwortet Robert. »Sie ist ja die Tochter deiner alten Feindin da oben!«

»Alte Feindin ist wohl zu viel gesagt. Immerhin, sie versteht ihr Geschäft, und es ist nicht anzunehmen, dass der Hanniterin solche Fehler unterlaufen wären wie dir in deiner Rede vor den Bauern. Da kommt es nämlich nicht darauf an, ein geschliffenes Hochdeutsch zu sprechen, sondern so, wie einem der Schnabel gewachsen ist.«

»Ich werde mir das merken.«

»Das glaube ich nicht, denn nun brennst du in Ehrgeiz darauf, den Waliser bei irgendeiner Gelegenheit vor das Forum zu bekommen, und dann wirst du wieder in den gleichen Fehler verfallen wie vorgestern.«

Robert greift nach dem Füllfederhalter und zieht ein Schriftstück heran.

»Es ist ja auch nicht meine Aufgabe, auf Bauernversammlungen zu sprechen«, sagt er noch und zeichnet eine Unterschrift.

»Sehr richtig, das ist nämlich ein heißes Eisen, und man kann sich bloß die Finger verbrennen dabei.«

Die Zeitung auf den Schreibtisch legend, geht der alte Fontano in das nächste Büro und von dort in den Furniersaal, in dem es so stark nach Lack und Beize riecht. Dabei bleibt er immer wieder einmal kurz stehen und drückt sich mit der Faust gegen den Leib.

Nein, er ist nicht mehr der Gesündeste, der alte Fontano. Seine Gesichtsfarbe ist fahl, sein Mund presst sich manchmal ganz dünn zusammen, als ob er einen Schmerz zu verbeißen hat. Er weiß auch, dass es von der Leber kommt und getraut sich kaum mehr, etwas zu trinken. Das andere aber, das ihn noch schwerer bedrückt, ist das Verhalten seines jüngsten Sohnes Philipp.

Es ist nun schon drei Jahre her, dass er fort ist und außer einer flüchtigen Karte kein Lebenszeichen mehr gegeben hat. In Brasilien ist er niemals angekommen. Er ist verschollen.

»Er muss tot sein«, sagt Helene immer und jammert: »Ihr seid damals viel zu hart mit ihm gewesen«, wobei sie vergisst, dass sie seinerzeit mit allem einverstanden war.

Dies denkt übrigens Regina auch, die inzwischen neunzehn geworden ist und mit ihrer dunklen Schönheit fremdartig wirkt in diesem Kreis.

Sie hat die letzten Worte nicht vergessen, die Philipp ihr zugeflüstert hat: »Lass dir nie einen Menschen aufzwingen, den du nicht wirklich liebst...«

Im übrigen ist sie überzeugt, dass Philipp eines schönen Tages wieder auftauchen wird als Weltenbummler, der sein Glück gemacht hat, denn nach ihrer Meinung kann ein Mensch wie Philipp gar nicht untergehen.

Als es diesmal Herbst wird, kommt doch unerwartet ein Lebenszeichen von Philipp. Es ist ein eingeschriebener Brief mit italienischen Marken, an die Adresse des Herrn Thomas Fontano gerichtet.

Eingeschriebene Briefe darf auch Robert nicht öffnen, und so erfährt zunächst nur der Vater allein, welche Schande Philipp nun schon zum zweiten Mal über die Familie bringt. Robert sieht, wie der Vater kalkweiß im Gesicht wird und sich an den Schreibtisch lehnt.

»Ist dir was, Vater? Ist es von Philipp was?«

»Ja, von Philipp. Und ich fürchte um deine Karriere, Robert. Man hat ihn als Chef einer internationalen Waffenschmuggelbande in Bari verhaftet und vor Gericht gestellt. Drei Jahre Zuchthaus und eine Geldstrafe von fünfzig Millionen Lira. Das schreibt sein Rechtsanwalt.«

»Auch das noch! Was gedenkst du jetzt zu tun, Vater?«

»Ich?« Thomas Fontano legt die Hand über die Augen. Ein schweres Stöhnen kommt aus seiner Brust.

»Ich werde auf die Jagdhütte gehn. Sieh zu, wie du es deiner Mutter schonend beibringen kannst, bevor sie in der Presse darüber liest.«

Langsam geht er hinaus, ein geschlagener Mann, dem sein jüngster Sohn nun gestorben ist.

Tote fordern aber nichts mehr. Philipp jedoch verlangt durch seinen Rechtsanwalt Conti aus Brindisi, dass man ihm sein mütterliches Erbteil ausbezahlt, damit die Strafe bezahlt werden könne und außerdem habe der Rechtsanwalt noch etwa drei Millionen Lire an Honorar zu bekommen.

Thomas Fontano sieht nach zwei Tagen schon ein, dass die Sache damit nicht aus der Welt geschafft ist, wenn er sich grollend in die Jagdhütte zurückzieht. Es wird also wieder einmal ein Familienrat zusammengerufen, wie damals, als man Philipp nach Brasilien abschieben wollte.

Es ist überflüssig, einen Atlas auf den Tisch zu legen, denn Thomas Fontano weiß genau, wo Bari liegt. Aber Frau Helene ist schon den ganzen Nachmittag vor den Landkarten gesessen und ist mit dem Finger immer wieder die Strecke entlanggefahren, über Bozen nach Verona, dann nach Ancona und von dort über Pescara nach Foggia und schließlich nach Bari.

Als Thomas Fontano sich gesetzt hat, richtet er seine Augen auf Robert, der ein Schreibheft vor sich hat.

»Vermutlich hast du bereits nachgesehn, wie die Lira im Kurs steht und wieviel die fünfzig Millionen in deutscher Mark ausmachen.«

Robert hebt das schmale Gesicht, nimmt die Brille ab und putzt mit seinem Stecktüchlein umständlich die Gläser.

»Ja, das habe ich tatsächlich getan. Es sind mehr als 50.000 DM.«

»Dazu käme noch das Honorar für den Rechtsanwalt.«

»Sind nochmals um die dreitausend Mark herum.«

Fontano schweigt und blickt lange auf seine geballte Faust, die vor ihm auf dem Tisch liegt. Endlich hebt er die Augen und sieht alle der Reihe nach an.

»Den Rechtsanwalt werden wir bezahlen«, sagt er dann. »Das andere aber nicht.«

Frau Helene wechselt die Farbe, wird zuerst bleich, und dann stehen zwei hektische, rote Flecken auf ihren Wangen.

»Das können wir doch nicht machen, sonst muss er ja diesen Betrag auch noch absitzen!«

»Ja und? Bin ich vielleicht schuld, dass es soweit mit ihm gekommen ist? Wir hatten damals alle die beste Absicht, als wir ihn nach Brasilien schicken wollten in der Hoffnung, dass er sich bessere und ein nützliches Glied der Gesellschaft würde. Was aber hat er getan? Er ist nie nach Brasilien gefahren, sondern hat sich in dunkle Geschäfte eingelassen und muss nun auch die Folgen tragen. Von mir jedenfalls hat er keine Hilfe zu erwarten. Wenn einer von euch anderer Meinung ist, dann soll er es sagen.«

O ja, es ist schon jemand anderer Meinung! Regina meint, dass man Philipp nicht im Stich lassen dürfe, worauf sie von ihrem Vater in scharfem Ton belehrt wird, dass sie mit ihren neunzehn Jahren am besten den Mund hielte. Der Mutter kann Dr. Robert Fontano freilich den Mund nicht verbieten. Frau Helene sagt zunächst auch nicht, dass sie in diesem Falle grundsätzlich anderer Meinung sei, sie knüpft vielmehr an das Vergangene an und setzt sich geradezu leidenschaftlich für ihren Sohn Philipp ein.

»Ich bedauere nicht erst seit heute«, beginnt sie ziemlich laut und nachdrücklich zu sprechen, »dass ich mich damals eurer Meinung angeschlossen habe und damit einverstanden gewesen bin, Philipp nach Brasilien zu schicken.«

»Wo er nie angekommen ist«, wirft jetzt Anton ein, der an sich nie viel spricht.

»Wissen wir, was ihn davon abgehalten hat? Vielleicht hat er beweisen wollen, dass er sich auch anderswo durchsetzt. Ich bin sogar fest überzeugt, dass der arme Junge es zunächst allen Ernstes versucht hat, bevor er in diese unglückselige Geschichte hineingeschliddert ist. Hunderte tun vielleicht dasselbe, werden reich und haben eben das Glück, nicht erwischt zu werden.«

»Das ist kein Standpunkt«, unterbricht Thomas Fontano.

»Nein, das vielleicht nicht. Aber hatten wir einen Standpunkt, als wir den Stab über ihn brachen? Was hat er denn überhaupt getan? Ein Mädchen ist ins Wasser gegangen. Wir haben nicht ernsthaft nachgeprüft, ob sie wirklich Philipps wegen den Freitod gesucht hat. Sie war krank, das jedenfalls ist bewiesen.«

»Du darfst nicht vergessen, dass er dann auch noch etwas mit dieser Hannitertochter angefangen hat«, fühlt Robert sich verpflichtet, die Mutter darauf aufmerksam zu machen.

»Ja und? Warum sind wir dagegen gewesen? Bloß weil Vater mit der Hanniterin verfeindet ist. Ich habe viel darüber nachgedacht. Die Verona wäre vielleicht für Philipp sogar die richtige Frau gewesen. Bei ihr wäre er in einer festen Hand gewesen, und sie versteht etwas von der Bauernwirtschaft.«

»Das ist ja eine ganz neue Einstellung«, sagt Thomas Fontano. »Damals hast du ganz anders geurteilt.«

»Weil ich eben auch Vorurteile hatte und mich von euch übertölpeln ließ!«

Schmerzlich zieht der alte Fontano seine weißen Brauen zusammen.

»So ein Geständnis höre ich von dir zum ersten Mal, und es wirkt wenig glaubhaft, denn wann hätte man dich jemals übertölpeln können? Aber ich weiß, Philipp war immer dein Lieblingssohn, und du hast ihm stets alles nachgesehen. Das ändert aber nichts an der Tatsache, dass er ein Lump geworden ist und im Zuchthaus sitzt.«

»Ist Waffenschmuggel eigentlich etwas Ehrenrühriges?«, will Regina wissen.

»Darum geht es jetzt gar nicht«, fährt ihr Vater sie an. »Wir haben uns damit zu beschäftigen, dass unser Name mit einer Schande bedeckt ist, die nicht mehr ungeschehen gemacht werden kann.«

Thomas Fontano steht jetzt auf.

»Robert hat Recht. Und meine Meinung wisst ihr. Ich werde mit Ausnahme des Honorars für den Rechtsanwalt keinen Pfennig schicken. Erledige das, Robert. Im übrigen wünsche ich, dass diese Angelegenheit in meiner Gegenwart nicht mehr zur Sprache kommt.«

Mit weiten Schritten geht er hinaus und wirft krachend die Türe hinter sich zu.

– 15 –

Und die Zeit verstreicht. Auf dem Waliserhof hat Verona ihrem Mann einen weiteren Buben und noch ein Mädchen geschenkt. Es sind schöne und gesunde Kinder. Die Schönste ist freilich die Angela, die in diesem Herbst bereits begonnen hat, zur Schule zu gehen.

Angela ist so auffallend zart und schön, dass der Waliser oft darüber nachdenkt, wer von seinen Ahnen wohl einmal so zartgliedrig gewesen sein könnte. Wer hat wohl diese nachtdunklen Augen mit den langen, schattigen Wimpern gehabt, wer dieses niedliche Grübchen im Kinn, und wer diese dunkelblonde Lockenpracht? Wohl hat auch Verona dunkle Augen, aber ihr Haar ist gegen das des Kindes fast schwarz.

Verona braucht das Kind nicht auf seine Merkmale hin zu prüfen. In diesem schmalen Gesicht grüßt sie die Vergangenheit, und sie hat sich damit abgefunden, in Angela das Ebenbild dessen zu sehen, der ihre Jugend und ihr Vertrauen missbraucht und sie dann schnöde hat sitzenlassen. Aber es ist kein böser Gedanke mehr in ihr. Philipp ist mit den Jahren aus ihrem Herzen verschwunden.

Noch nie ist sie so schön gewesen wie jetzt in der Zeit ihrer reifen Blüte. Wohl ist Verona ein bisschen fülliger geworden. Aber ihre Gestalt ist immer noch straff, ihre Bewegungen sind rasch und geschmeidig, ihr Blick spiegelt das Glück eines beständigen Friedens wider.

Nicht einmal die Hanniterin kommt auf den Gedanken, dass Angela irgendwie aus der Art schlägt. Nur als sie den alten Simon, der mit den Jahren schon recht hinfällig geworden ist, auf einen Sonntagsbesuch mitbringt, schaut der Alte lange auf das Kind und sagt dann, als er mit Verona kurz allein ist:

»Die sieht doch genau dem andern gleich.«

Verona erschrickt und wechselt die Farbe.

»Meinst du, Simon?«

»Meinst du es nicht?«

Da senkt Verona schuldbewusst die Stirne.

»Außer dir weiß das niemand, und du hast mir versprochen zu schweigen.«

»Was hätte ich davon, wenn ich reden würde? Damit ist niemandem geholfen!«

Diese Beobachtung Simons macht Verona doch für eine Weile recht unsicher, und sie wird erst ruhig, als der Besuch fort ist und der Waliser den Arm um ihre Schultern legt. Da merkt sie wieder, was sie an ihm hat, und wie nahe er ihrem Herzen steht, und wie sehr sie sich bei ihm geborgen fühlen kann.

Thomas Fontano liegt nun schon zwei Monate daheim, seit man ihn aus der Klinik entlassen hat, weil die Ärzte mit ihrer Kunst am Ende sind.

Wie ein Baum, den man gefällt hat, mitten im Saft, so liegt er in dem kleinen Giebelzimmer seiner Villa, hochgebettet, damit er einen Blick hat zum Gutshof hinüber, auf die Wiesen und Felder, auf denen mit merkwürdig verbissenem Eifer seine Enkelin Regina Magddienste verrichtet. Aus Trotz oder aus irgendeiner Laune oder vielleicht nur, um ihren Vater zu ärgern? Niemand ist so recht dahintergekommen, als Regina eines Tages erklärt, sie habe es satt, das Fräulein zu spielen und möchte nun mit den Dingen vertraut werden, von denen man lebe.

»Lass sie nur«, hat Frau Sophie ihren Mann beschwichtigt. »Sie wird bald genug haben davon. Das ist jetzt bloß eine momentane fixe Idee von ihr. In zwei Wochen hat sie alles längst satt.«

Es ist aber weder eine fixe Idee von Regina noch hat sie ihren Magddienst nach zwei Wochen schon satt. Ihre Hände sind in den zwei Wochen wohl schrundig geworden von der ungewohnten Arbeit. Aber mit verbissenem Willen macht sie weiter. Die rauhen Hände findet ihre Mutter höchst unpassend, und die Großmutter Helene betrachtet am späten Abend noch, wenn Regina schon schläft, dieses sonnverbrannte, müde Gesicht, das ganz erschöpft vom schweren Tagwerk in den Kissen liegt, und zerbricht sich den Kopf darüber, was das Kind zu dieser Wandlung getrieben hat.

Wenn aber die einen es hässlich oder unpassend finden, so gibt es auch jemanden, der die rauhen Hände nur zu gerne streichelt und sein Gesicht nur zu gerne gegen das braungebrannte Magdgesicht lehnt und sagt, dass sie recht tapfer sei, weil sie dies alles auf sich nimmt.

Dieser Jemand ist jung wie sie, hat helles Blondhaar und hat ihr in einer Juninacht gesagt, dass sie schön sei, und dass man sie lieben könne, wenn sie nur eine Bauernmagd wäre oder eine Bauerntochter, nicht das verhätschelte Fräulein Regina Fontano, das weder eine Kuh melken noch eine Garbe binden könne.

Darum lernt Regina, Kühe zu melken und Ähren zu binden, Distelstechen und Mistbreiten. Ja, darum tut sie das alles, und weil jemand ihr einmal gesagt hat: Lass dir nie einen Menschen aufzwingen, den du nicht wirklich liebst.

Und weil Philipp, der ihr das gesagt hat, selber zu einem einfachen natürlichen Leben den Mut nicht gefunden hat, darum will sie diesen Mut beweisen und ist mit ganzem Herzen bereit, um ihrer ersten Liebe willen in schlichtem Magddienst das zu erlernen, was sie einmal nötig brauchen wird. Denn diese Liebe heißt Andreas Steinbrecher und ist der Sohn der Hanniterbäuerin.

Um seinetwillen hat Regina das alles auf sich genommen. Sie hat das »Fräulein« abgelegt, leidet unter dem Durst, denn die Arbeit zermürbt sie, die Hitze verbrennt sie, ihre Jugendfrische scheint zu verwelken. Nur ihr Herz blüht weiter in der Liebe zu dem blondschopfigen Bauernbuben vom Berg, der zwar schlichter in seinem Auftreten, aber in seinem Wesen größer ist als der gutgekleidete, auf gutes Benehmen bedachte Regierungsrat, den ihr Vater einmal aus der Stadt mitgebracht hat, und der nun zuweilen an einem Sonntag zum Kaffee erscheint und für Frau Helene sieben schneeweiße Gladiolen mitbringt und sie als Seniorchefin betitelt, seit er weiß, dass im Erlenwinkel nur über sie hinweg die Fäden gesponnen werden können.

Andreas hat keine Gladiolen. Er bringt ihr nur einmal ein Sträußlein Almenrausch. Er spricht nicht viel über die Liebe, er nimmt sie einfach in den Arm und küsst sie, und es stört ihn nicht, dass ihre Hände rauh geworden sind. Die seinen sind es auch, und Regina weiß, dass seine Forderung, das zu erlernen, was sie später einmal als junge Hanniterin braucht, die Grundlage ist für ihr ganzes weiteres Leben. Und darum auch ist sie so tapfer, wie man es nur aus Liebe sein kann.

So wächst sie hinein ins bäuerliche Leben, während der Großvater Thomas Fontano aus dem Leben zu gehen bereit ist. Er weiß, was er verkehrt gemacht hat. Nicht jede Rechnung ist ihm aufgegangen. Einen Sohn hat er nicht so erzogen, dass er ins Leben taugt, und eine Feindschaft hat er nicht ausgleichen können, eine Feindschaft, die er nicht ins kalte Grab mitnehmen möchte.

Durch Kissen hoch aufgerichtet, sieht er das fruchtbare Bauernland weit hinauf vor sich. Er sieht den Hanniterhof auf seiner Höhe liegen und lässt sich das Fernglas bringen. So sieht er die Enkelin, wie sie sich mit den

Mägden tief zur Erde beugt und Kartoffeln aufliest. Wenn er den Kopf ein wenig wendet und am Glas schraubt, dann schwebt der Hanniterhof rechts nahe heran. Aber er muss oft lange warten, bis er die Frau da oben aus der Haustüre treten sieht. Seine Arme sind dann meist schon so schlaff, dass er das Glas sinken lassen muss.

Frau Helene kommt mit der Regelmäßigkeit einer Uhr sechs Mal am Tag ins Giebelzimmer, um ihm die Spritze mit Morphium zu verabreichen. Bald, er weiß es genau, wird sie acht Mal und dann alle Stunden kommen müssen. Und dann nicht mehr.

Am Abend kommen all die anderen, stehen um ihn herum, Robert erstattet Bericht über die Fabrik.

Dann liegt er meist mit geschlossenen Augen da, weil er die Leichenbittermienen nicht vertragen kann.

An einem Maimittag lässt er Stephan zu sich kommen und befiehlt ihm:

»Du nimmst jetzt den Wagen, fahrst nach Hanniten hinauf und sagst einen schönen Gruß von mir, die Bäuerin möchte zu mir kommen. Sag ihr ruhig, dass es dahingeht mit mir, sonst kommt sie vielleicht gar nicht.«

Er hört den Wagen aus dem Hof fahren, verfolgt ihn auch noch eine Weile mit dem Fernglas die Serpentinen hinauf. Dann fallen ihm wieder die Augen zu.

Es ist kalt und regnet an dem Tag, an dem die Hanniterin in den Erlenwinkel geht. Darum hat sie schon das strenge Wintergewand an und sieht damit aus wie eine Leidtragende.

In der großen Halle, in der heute bereits ein kleines Feuer im offenen Kamin brennt, begegnet ihr Frau Helene.

»Ach«, sagt sie, »Sie kommen schon?« Es hört sich an, als ob sie sagen wollte, in der nächsten Woche lebe er sowieso nicht mehr.

»Jawohl«, antwortet die Hanniterin steif. »Man hat mich gebeten, und ich muss gehen, wenn es mir die Zeit erlaubt. Wollen Sie mir den Weg weisen?«

»Bitte«, sagt Frau Helene.

Zwei Stiegen sind es, die Frau Helene behende hinaufläuft. Die Hanniterin aber muss auf dem ersten Absatz schon stehenbleiben, und an ihr Herz greifen.

»Geht es nicht mehr?«, fragt Frau Fontano drei Stufen höher.

»Doch, es geht schon wieder«, antwortet die Hanniterin und presst sich die Hand aufs Herz. Nur vor dieser strichdünnen Schmalgeiß keine Schwäche zeigen, denkt sie. Im übrigen ist sie innerlich gewappnet für den großen Diskurs. Und es wird ihr eine Wonne sein, ihrem alten Feind den Trumpf hinzuspielen, den sie bereit hat. Hundert Mal hat sie es sich vorgesagt und sich ausgemalt, wie er aufbrausen wird. Doch in dem Augenblick, wo sie das kleine Zimmer betritt und ihn liegen sieht, sind all ihre Vorsätze dahin.

»Es ist sein eigener Wunsch, hier zu liegen«, sagt Frau Helene wie zur Entschuldigung. Dann wendet sie sich an den Kranken. »Frau Steinbrecher ist gekommen!«

Er richtet sich noch höher in den Kissen auf. »Lass uns allein, Helene.«

Zögernd entfernt sich die Frau.

»Aber denke daran, Thomas, du darfst dich nicht aufregen!«

»Wer sagt denn, dass ich mich aufregen werde?«

»Schon gut!«

Die Türe schließt sich hinter Frau Helene, und im

Raum macht sich nun zwischen den zwei Menschen ein Schweigen breit, das so schwer ist wie der Tod.

Nie hätte die Hanniterin gedacht, diesen bärenstarken Menschen jemals so hilflos vor sich liegen zu sehen. Sein Gesicht ist eingefallen und schimmert wächsern wie die Hände, die auf dem Deckbett liegen, gleich müde gewordenen Vögeln. Wie tief seine Augen liegen, wie mager sein Hals geworden ist und das Haar so schneeweiß.

»Ich danke dir, dass du gekommen bist«, sagt er leise. »Bitte, nimm Platz.«

Die Hanniterin setzt sich auf den Stuhl, der neben dem Bett steht. Sie will etwas sagen, aber angesichts soviel Leides verschlägt es ihr das Wort. So sitzt sie eine ganze Weile da und betrachtet seine Hände.

»Du hast mich rufen lassen«, sagt sie schließlich.

»Ja, und ich hoffe, dass der Stephan darum gebeten und nicht befohlen hat.«

»Du weißt, dass ich dann nicht gekommen wäre.«

»Ja, das weiß ich genau. Vielleicht wunderst du dich auch, warum ich nach dir geschickt habe?«

»Nein, ich wundere mich gar nicht. Ich kann es mir denken.«

»Um so besser. In der nächsten Woche könnte ich dich wahrscheinlich nicht mehr zu mir bitten, denn man kann mir nichts vormachen. Aber ich will nicht mit deiner Feindschaft ins Grab. Für das, was ich dir an Leid zugefügt habe, bitte ich dich jetzt um Verzeihung – Rosina …«

Die Hanniterin ist blass geworden. Darauf war sie nicht gefasst. Alles andere hätte sie erwartet, nur das nicht. Es stimmt, die ganzen langen Jahre ist der Name Thomas Fontano eine Last für ihre Seele gewesen. In diesem Augenblick aber schmilzt alles Dunkle weg wie

Schnee im Föhnwind. Sie sieht seine bittenden Augen auf sich gerichtet, sie sieht seine wachsgelbe Hand, die sich zögernd zu ihr herstreckt, und legt dann die ihre hinein. Tränen glänzen in ihren Augen.

»Mach dir darum das Herz nicht schwer. Ich habe es vergessen.«

»Dank dir schön, Rosina. Jetzt ist mir leichter. Man macht manches verkehrt im Leben, aber das erfährt man erst, wenn man am Ende steht. Manchmal tut man auch etwas und weiß erst viel später, dass man recht getan hat. Ich verstehe es gut, wie verbittert du gewesen sein musst, weil ich es nicht hab zugeben können, dass mein Philipp und deine Verona – glaub mir, Rosina, das wäre ein Unglück geworden für das Mädel. Er ist ein Leichtfuß, er hätte sie nur unglücklich gemacht. Und das wollte ich nicht. Ich wollte nicht ein zweites Mal schuldig werden an dir. Er ist der einzige von meinen Buben, der danebengeraten ist.«

Die Hanniterin hat ihre Hand aus der seinen gezogen. Steil aufgerichtet sitzt sie da, ein Bild fraulicher Kraft, das Kinn vorgestreckt, die Augen schmal geklemmt. Was sie soeben vernommen hat, hat sie wie ein Blitz aus heiterem Himmel getroffen. Und wie ein Blitz zuckt das Bild vor ihr auf, das Bild der kleinen Angela. Diese jähe Erkenntnis fällt so schwer über sie her, dass sie am liebsten geweint hätte. Nun wird ihr die überstürzte Hochzeit mit dem Waliser und – die sieben Monate...

Müde und schwach trifft die Stimme des Kranken ihr Ohr.

»Kannst du mich verstehn, Rosina? Der Philipp ist ein Lump.« Sich weit vorbeugend fügt er mit Flüsterstimme noch hinzu: »Zur Zeit sitzt er im Zuchthaus. Nun sag selber, ob ich nicht recht gehandelt habe. Deine Tochter wäre nur unglücklich geworden mit ihm.«

Die Hanniterin senkt tief den Kopf. Sie schämt sich, einzugestehen, dass sie von allem nichts gewusst hat. Dann sagt sie leise:

»Ja, du hast recht gehandelt in diesem Falle. Aber was ist mit den beiden anderen?« Ihr Blick ist auf einmal hart geworden und richtet sich eindringlich auf ihn. Einem Sterbenden kann und darf sie keinen Trumpf mehr hinspielen, so wie es ihre Absicht gewesen ist. Sie hat ihm sagen wollen, dass ihr Andreas und seine Enkelin Regina zusammengehören, und dass er sich ja nicht einfallen lassen solle, hier wieder einen Strich durch die Rechnung zu machen. Sie würde mit allen Mitteln kämpfen, dass die beiden zusammenkommen.

Aber das kann sie jetzt alles nicht mehr sagen. Hier muss jede Bitterkeit schweigen, hier kann man höchstens noch bitten, dem Glück der beiden sich nicht entgegenzustellen. Das Harte in ihrem Blick erlischt, ihr Mund ist auf einmal voller Weichheit. Sie legt ihre beiden Hände auf die seinen und sieht ihm tief in die Augen.

»Mein Andreas ist kein Lump, Thomas.«

»Aber davon ist doch gar keine Rede! Wären alle jungen Burschen so wie er! Ich gäbe viel darum, wenn mein Philipp bloß die Hälfte von der Beständigkeit und Sesshaftigkeit deines Sohnes hätte.«

»Deine Enkelin Regina denkt nicht anders.«

Sie merkt, wie seine Hände unter den ihren leicht zucken. Aber es ist eher ein freudiges Erschrecken. In seinem müden Blick leuchtet es ganz hell auf.

»Was sagst du da?«

»Ja, Andreas und Regina. Zuerst bin ich auch erschrocken, aber dann hab ich mir gesagt, die Gerechtigkeit will da einen Ausgleich suchen und habe die Sache sogar gefördert. Das heißt – ich habe mich nicht dagegengestellt, als der Andreas mir erklärt hat, wie es um ihn steht. – Was ist? Du hörst mir doch zu?«

Thomas Fontano hat sich in die Kissen zurückfallen lassen, hat die Augen geschlossen, und unter den geschlossenen Lidern rinnen ihm ein paar Tränen über die eingefallenen Wangen.

»Sprich weiter«, bittet er mit zuckendem Mund. »Und lass deine Hände bei mir.«

»Es gibt nicht viel zu sagen darüber. Die beiden hängen aneinander, wie vor vielen Jahren einmal zwei andere Menschen aneinanderhingen, bis sie getrennt wurden!«

»Aber das war nicht meine Schuld allein, Rosina. Das Schicksal hat es anders gewollt, und es hat so vieles mitgespielt damals.«

»Ich mache dir keinen Vorwurf mehr. Aber als der Andreas mir seiner Liebe zu Regina eingestand – ich leugne es nicht, Thomas – da hab ich nichts gespürt in mir als Schadenfreude. Jetzt, hab ich mir gesagt, jetzt kann ich ihm alles heimzahlen! Und damit du es weißt, Thomas, ich war es, die deine Regina zu sich gerufen und ihr gesagt hat, dass ich nicht dagegen wäre. Aber sie müsse von Grund auf alles lernen, was zu einer tüchtigen Bäuerin gehört. Bei mir oben ist sie zum ersten Mal unter einer Kuh gesessen und hat zu melken probiert. Bei mir oben hat sie gelernt, wie man einen richtigen Braten macht und alles, was dazu gehört. Das arme Hascherl hat ja nicht einmal gewusst, wie man eine aufgeschmalzene Brotsuppe macht!«

Mit zitternder Hand wischt er die Tränen fort und versucht nun sogar ein Lächeln.

»Und von allem haben wir nichts gewusst …«

»Aber jetzt weißt du es, und ich hoffe, dass du nichts tust, um die beiden auseinanderzubringen.«

»Ich?« Er schüttelt den Kopf. »Du weißt vielleicht gar nicht, wieviel Schönes du mir da sagst. Immer ist eine heimliche Angst in mir gewesen, was aus dem Mädel wohl einmal werden soll. Jetzt weiß ich es und danke es dir. Was die anderen dazu sagen werden, das weiß ich noch nicht. Ist aber auch egal. Noch lebe ich, und ich werde es schon einrichten, dass alles recht wird. Morgen müssen sie ja noch nicht heiraten.«

»Ich habe Regina gesagt, sie soll noch ein Jahr warten, dann ist sie mündig und kann den Weg gehen, den sie will.«

Wieder versucht er dieses Lächeln, das ihm in gesunden Tagen schon nie gelungen ist. Aber zu einem richtigen Lachen kann es nicht reichen, weil die Schmerzen wieder im Anzug sind. Darum fällt ihm auch das Sprechen jetzt schwerer.

»Es ist so in letzter Zeit, dass ich mich abgefunden habe mit dem Sterben, und ich danke dir, dass du zu mir gekommen und mir verziehen hast – und vor allem danke ich dir auch für die große Freude, die du mir mit dem gemacht hast, was du mir von deinem Andreas und der Regina erzählt hast. Jetzt kann ich ruhiger sterben – alte Schuld wird getilgt.«

Die Hanniterin friert ein wenig, als er so selbstverständlich vom Sterben spricht. Es ist überhaupt alles so merkwürdig, denn schließlich hat sie diesen Mann, der jetzt nur mehr ein Wrack ist, innigst geliebt. Und es kommt ihr in dieser Stunde so vor, als müsse sie ihm gerade deswegen noch ein gutes Wort sagen. Weil ihr gerade die Seegraswiese in den Sinn kommt, sagt sie:

»Brauchst du das Seegras sehr, Thomas?«

»Ich nicht mehr. Aber du hast Recht, sie könnten mir auch Seegras von deiner Wiese in den Sarg tun statt Holzwolle.«

»So habe ich es nicht gemeint.«

»Ich weiß schon, Rosina. Aber diesmal – musst du es schon schriftlich machen. Ordnung muss sein im Leben. Die muss auch – ich jetzt noch schaffen – und wenn du heimgehst, geh über das Gut. Wenn du Regina siehst – dann schick sie gleich zu mir.«

»Ja, Thomas.«

Er bäumt sich auf. Der Schmerz ist wieder da. Schweiß steht ihm auf der Stirn. Ein schweres Stöhnen kommt aus seiner Brust.

»Rosina –«, flüstert er aus den hartgepressten Lippen hervor, »im Nachtkastl liegt eine Spritze. Sei doch so lieb und gib sie mir.«

Er streckt ihr den Arm hin.

»Ich kann das nicht, Thomas.«

»Doch, Rosina, du kannst es. Du denkst jetzt an unsere Jugend, und dass du mir etwas Liebes tust, ein gutes Werk. Du brauchst bloß leicht einzustechen in den Arm, und dann hinten langsam daraufdrücken. Es tut mir gar nicht weh.«

Er zuckt mit keiner Wimper, als sie einsticht. Ihr aber ist zumute, als täte sie ihm ein Leid an, und in diesem Augenblick merkt sie, dass in ihrem Herzen noch etwas nachläutet aus den Tagen der Jugend und ihrer Liebe.

Gleich darauf entkrampft sich sein Gesicht wieder, und er setzt zu einer Rede an, die ihn ganz in die Vergangenheit führen will. Aber sie legt wieder ihre Hand auf die seine.

»Ich glaube, dass es nicht gut ist, Thomas, wenn du soviel redest.«

»Ist nicht so schlimm«, meint er. »Es macht nicht viel aus, wenn ich Stimme und Luft jetzt verbrauche, die ich hernach nimmer nötig habe. Und du sollst es ruhig wissen, was du mir für eine Freude gemacht hast. Schau, die

Regina ist von ihrer Mutter so erzogen worden, dass sie nie erfahren würde, was für einen Zusammenhang es gibt zwischen Himmel und der Erde. Die Erde ist unser guter Ackerboden, dem man mit Liebe dienen soll. Davon hat Regina nichts gewusst. Du aber hast es sie gelehrt. Sie ist die Einzige dann, die dorthin zurückkehrt, von wo ich gekommen bin, zu Wiese, Acker und Wald. Ich weiß, man nennt mich den ›Herrn‹ überall. Im Grunde meiner Seele aber bin ich doch Bauer geblieben. Meine Kinder wissen nichts davon, aber mein Kindeskind findet wieder zum Ursprung zurück. Und das danke ich dir, Rosina.«

»Wollen wir doch von keinem Dank sprechen. Der Herrgott hat es so gefügt. Aber – du wirst verstehn, Thomas, ich muss mich jetzt wieder auf den Heimweg machen.«

Sie weiß, dass es ein Abschied fürs Leben ist, und ihr Mund streicht weich und zärtlich über seine Hand.

Als Thomas die Augen öffnet, ist er allein. Lautlos hat sie die Tür hinter sich zugezogen und hat das Glück, im Haus niemandem zu begegnen. Die Augen blind von Tränen, tritt sie ins Freie und geht, so wie er es gewünscht hat, über den Gutshof und von dort aus erst über die herbstlichen Wiesen nach Hanniten.

Drei Tage später ist Thomas Fontano tot. Im Kronacher Kreisblatt sind als Tieftrauernde alle Familienmitglieder einschließlich der Enkelin Regina aufgezeichnet, nur Philipp Fontano nicht, obwohl Platz gewesen wäre für seinen Namen, denn die Anzeige nimmt die ganze letzte Seite ein.

Philipp gilt für die Fontanos als tot, obwohl er nicht tot ist, denn jener Rechtsanwalt aus Brindisi hat damals,

als Frau Helene ihm heimlich fünfzigtausend Mark geschickt hat, geschrieben, dass Philipp die ersten beiden Jahre gut überstanden habe, und dass es ihm verhältnismäßig gut ginge.

Man begräbt Thomas Fontano so, wie es einem Herrn gebührt, der den Namen des Dorfes Follnstein weit über die Grenzen des Landes hinaus bekanntgemacht hat. Es gibt kein Haus in Follnstein und keinen Hof im Umkreis, aus dem nicht wenigstens eines an der Beerdigung teilgenommen hätte.

Die Fabrik steht an diesem Tag still, die Belegschaft geht hinter dem Sarg zusammen mit einer Anzahl auswärtiger Gäste.

Robert Fontano führt seine tiefverschleierte Mutter am Arm, und während die Musik einen Trauermarsch spielt und die Fahnen der Vereine, denen der Verstorbene angehört hat, im Winde wehen, fragt Robert sich, weshalb der Vater zwei Tage vor seinem Ableben den Notar nochmals hat kommen lassen. Das Testament ist doch schon lange abgefasst gewesen. Hat der Vater es nochmals geändert? Hat er schließlich im Sterben noch Mitleid empfunden für Philipp und auch ihn bedacht? Dann wird er das Testament anfechten. Die Firma wird in Zukunft heißen: Gebrüder Fontano. Aber es gibt nur zwei Brüder Fontano. Der dritte ist für die Familie gestorben.

Der Friedhof kann die vielen Menschen kaum fassen. Es gibt so viele Kränze, dass sie kaum zu zählen sind. Man hat sie an einer Holzpalisade aufgehängt. Schöne, teuere Kränze mit goldbestickten Schleifen. Vielleicht aber ist doch der kleine aus schlichten Tannenreisern, in die drei weiße Rosen eingeflochten sind, der schönste. Keine Schleife gibt zu wissen, von wem er ist, und niemand wird es je erfahren, dass dieser Kranz in einer

Nacht auf Hanniten geflochten und von einer Frau im Morgengrauen hierhergelegt worden ist.

Inmitten der großen Trauerversammlung steht die zwanzigjährige Regina. Man hat ihr gesagt, dass es nicht schicklich sei, am Grabe etwa laut aufzuschreien, wie Bauernweiber es zu tun pflegen. Eine Fontano habe Haltung zu bewahren. Und deshalb fallen die Tränen bei ihr nach innen. Das tut viel weher, und es kann sein, dass gerade sie am meisten um den Großvater trauert, der sie vor seinem Tod noch mal zu sich gerufen und ihr seinen Segen gegeben hat für ihre Liebe zu dem jungen Hanniter.

Im scheuen Aufblicken sieht sie auf der anderen Seite drüben unter den vielen Bauerngesichtern den blonden Haarschopf des Hanniter Andreas herausleuchten. Und als ob sie es ausgemacht hätten, sieht er im gleichen Augenblick auch zu ihr herüber. Vielleicht ist ihm gar nicht ganz wohl, als er Regina inmitten der tiefschwarz gekleideten Verwandtschaft stehen sieht, die mütterlicherseits sehr vornehm wirkt. Regina ist die einzige unter ihnen, deren Gesicht von Sonne und Wind tiefbraun ist. Sie ist auch die einzige, die keinen Schleier vor dem Gesicht trägt, die deshalb auch ungehinderter umherschauen kann, und als sie einmal den Blick zu den Bergen hinaufrichtet, ist ihr, als sähe sie oben beim Wegkreuz, wo die sechs Lärchen stehen und der Weg nach Hanniten abzweigt, jemanden sitzen. Aber die Entfernung ist zu groß, um es genau feststellen zu können.

Ja, die Hanniterin sitzt dort oben. Die Ellbogen auf die Knie und das Kinn auf die Fäuste gestützt, so starrt sie hinunter auf den Friedhof. Ihre Augen sind trocken, ihre Stirne in strenge Falten gelegt, als denke sie nach über die vielen Absonderlichkeiten des Lebens, zu denen auch gehören mag, dass sie nun hier auf ihre Weise von einem Menschen Abschied nimmt, der von allen, wie sie da unten ganz am Grab stehen mögen, ihr am allernächsten gestanden ist, auch wenn das schon lange, sehr lange her ist.

Erst als der dreimalige Donner eines Schusses im Echo über die Hügel herauffliegt, als das Hornsignal der Jäger das Halali über das Grab spielt und sich die schimmernde Pracht der Fahnen über die Grube senkt zum letzten Gruß, da wirft die Hanniterin die Arme vor das Gesicht und weint laut auf.

Doch wie selber erschrocken über diesen Ausbruch, reißt sie gleich den Kopf wieder zurück und schaut sich um. Aber es ist niemand in der Nähe. Nur der Wind geigt in den Lärchenzweigen, und ein Vogel ruft sein trauriges Lied in den Tag.

Dann beginnen drunten die Glocken zu läuten. Der Menschenhaufen bewegt sich und strömt in die Kirche. Der Friedhof wird leer. Der Wind bewegt die Kranzschleifen, er streicht durch den ganzen Gottesacker. Der Luftzug berührt auch die weißen Astern, die auf dem Grabe der Schlosser-Anna so schneeweiß blühen. Die zarten, federdünnen Blumenblätter zittern, und manchmal fällt eins davon ab und legt sich sanft auf die dunkle Erde.

Die Hanniterin geht langsam auf ihren Hof zurück. Zum ersten Mal hätte ein stiller Beobachter merken können, dass ihre Schultern sich nach vorn beugen, dass ihr Schritt müde, und dass unverhofft viel Silber in ihr Schläfenhaar gekommen ist.

Das Notariatsgebäude in Kronach ist ein alter Bau, mit Fenstern, die von wildem Efeu umwuchert sind.

Frau Helene und ihre beiden Söhne Robert und Anton finden sich dort zehn Tage nach der Beerdigung des Mannes und Vaters um neun Uhr vormittags ein.

Der Notar gibt ihnen den letzten Willen des Verstorbenen bekannt. Die beiden Brüder werden Inhaber der Stuhlfabrik und haben ihrer Mutter eine so hohe Rente auszuzahlen, dass Robert blass wird. Als sich aber Frau Helene niederbeugt, um ein Schriftstück zu unterschreiben, raunt Anton ihm zu:

»Mitnehmen kann sie es ja doch nicht.« Was soviel heißen soll: Später fällt es ja doch wieder uns zu.

Aber dann kommt die große Überraschung. Thomas Fontano hat in einem Testamentszusatz verfügt, dass für seine Enkelin Regina Fontano bei der Bank hunderttausend Mark zu hinterlegen seien, die man ihr am Tag ihrer Hochzeit oder an ihrem einundzwanzigsten Geburtstag ausbezahlen müsse, falls sie es verlangt.

Das findet zunächst einmal Frau Helene unverständlich, und Anton meint:

»Papa kann bei diesem Entschluss unmöglich im Vollbesitz seiner geistigen Kräfte gewesen sein.«

Der Notar muss ihm widersprechen:

»Ihr Herr Vater war vollständig klar, als er das in meiner Gegenwart unterschrieb.«

»Das verstehe ich nicht«, sagt Anton. »Und wie steht es überhaupt mit dem Gut?«

»Gut und Fabrik gehören zusammen, das geht aus dem Wortlaut des Testamentes hervor. Nur soll es nach seiner Meinung verpachtet werden, bis aus einer Ehe der Erben ein männlicher Nachkommen da ist, den man so erziehen soll, dass er den Hof einmal übernehmen kann.«

Robert wird ganz grün im Gesicht, denn er weiß, dass seine Frau ihm keine Kinder mehr schenken kann. Anton aber erwartet gerade jetzt von seiner Frau das erste Kind und wünscht sich in dieser Minute inbrünstig, dass es ein Sohn wird.

Das söhnt ihn mit dem anderen wieder aus, obwohl er nicht verstehen kann, was den Vater dazu bewogen hat, auch Regina als erbberechtigt einzusetzen.

»Vater wird sicher seine Gründe dafür gehabt haben«, meint Robert und streift die Handschuhe über. Regina ist ja seine Tochter, und was ihr von dieser Seite jetzt zufließt, kann er sich später einsparen. Im übrigen ändert es an der Sache im Augenblick überhaupt nichts. Es besteht gar keine Aussicht, dass Regina demnächst schon heiraten wird. Also kann er mit diesem Geld arbeiten und es ins Geschäft stecken, wenn es nötig sein sollte.

»Ist das Geld bei der Bank bereits hinterlegt?«, will Anton noch wissen.

»Ja, das ist von mir sofort veranlasst worden im Auftrage Ihres Herrn Vaters.«

»Merkwürdig, dass wir davon erst heute erfahren«, meint Robert. Dann öffnet er seiner Mama die Türe. Schweigend gehen sie den muffigen Gang hinunter und treten ins Freie, wo Stephan mit dem Wagen wartet.

– 16 –

Um dieselbe Zeit sitzt etwas außerhalb von Kronach in einer Kneipe, die Fuhrleuten, Holzknechten und Tagwerkern als Einkehr dient, ein Mann in einem abgeschabten Anzug. Er hat soeben ein Teller recht dünne Suppe verzehrt, und stiert nun in sein halbvolles Bierglas. Am Tisch daneben sitzen ein paar Straßenarbeiter und ein Händler, der seine umfangreiche Kürbe neben sich auf die Bank gestellt hat.

Auf einmal reißt es dem Fremden den Kopf in die Höhe. Seine rotgeränderten Augen starren durchs Fenster hinaus auf die Straße, wo soeben ein schwarzer Mercedes vorüberfährt.

»Ah, die Fontanos«, sagt der Mann mit der Kürbe, der mit Kurzwaren handelt. »Werden beim Notar gewesen sein heut. Ob sie zurechtkommen werden miteinander? Ein altes Sprichwort sagt ja: Lass die Menschen erben, dann lernst du sie kennen.«

»Die streiten nicht«, meint einer von den Straßenarbeitern. »Der alte Fontano hat es sicher so gemacht, dass kein Anlass für die Hinterbliebenen zu einem Streit besteht.«

Der Fremde zuckt zusammen. Was er da hört, trifft ihn wie ein Schlag. Sein Bierglas nehmend, setzt er sich an den anderen Tisch hinüber.

»Wird hier vom Thomas Fontano gesprochen – von der Stuhlfabrik in Follnstein?«

Man misst den Fragenden zuerst mit misstrauischen Blicken. Hier ist es nicht Sitte, dass Fremde sich ohne weiteres an einen Tisch der Einheimischen setzen und sich obendrein auch noch in deren Gespräch einmischen.

»Kennst du ihn vielleicht?«, fragt schließlich der Händler.

»Ja – ich bin – ich war einmal Praktikant auf seinem Gut. Was ist mit dem alten Fontano?«

»Den haben s' vor ungefähr vierzehn Tagen beerdigt«, mischt sich jetzt die Kellnerin ein, die aus Follnstein stammt und Bescheid weiß.

Der Fremde hat mit beiden Händen sein Bierglas umklammert, als möchte er es zerdrücken. Den Kopf hat er tief gesenkt, seine Brauen zucken. Als er wieder aufschaut, ist sein Blick umflort.

»Tot«, sagt er leise. »So alt war er ja noch nicht?«

»Für 'n Krebs haben sie halt noch kein Pflaster gefunden. Und die schönste Gerechtigkeit im Leben ist die, dass auch die Reichen sterben müssen«, philosophiert der Händler.

»Die täten sich das ewige Leben kaufen«, sagt einer von den Arbeitern. »Und mitnehmen können sie auch nichts«, fügt er hinzu, und es scheint als freue ihn dies am meisten.

»Aber die zurückbleiben, sitzen in einem goldenen Nest«, sagt ein anderer. »Wenn man sich vorstellt, ein solches Unternehmen und bloß zwei Söhne, die erben.«

»Waren es denn nicht drei?«, fragt der Händler.

»Ja, aber einer, der Jüngste, ist verschollen. Tot sagen sie«, gibt das Mädchen wieder Auskunft.

»Ach ja, richtig, das ist der«, erinnert sich jetzt der Händler, »wegen dem doch das Mädchen ins Wasser gegangen ist.«

Der Fremde steht auf und geht hinaus. Er bleibt auffällig lange draußen, und als er wieder hereinkommt, greift er aus seiner Hosentasche nach ein paar Münzen und wirft sie in den Spielapparat, der neben der Tür an der Wand hängt. Immer wieder eine Münze. Einmal klingelt es, und drei Zehnpfennigstücke fallen heraus. Auch die wirft er wieder hinein.

Die Arbeiter gehen, und auch der Hausierer buckelt seine Kürbe und verschwindet. Er will noch Geschäfte machen an diesem Nachmittag.

Nach einer halben Stunde schüttelt der Fremde den Kopf. Es ist wie immer in seinem Leben. In dem Augenblick, wo er es mit einem Spiel versucht, und sei es auch nur bei so einem simplen Automaten, narrt ihn das Glück. Den Nacken einziehend, als fröre ihn, dreht er sich um.

»Komm, Mädchen, schenk zwei Cognac ein, für mich und für dich.«

Wahrscheinlich hat dieser Mann in früheren Zeiten kaum aus so schmutzigen Gläsern getrunken. Offensichtlich hat er einmal bessere Tage erlebt. Seine Hände sind so feingliedrig und schmal, sein Haar so seidenweich.

»Wo kommst du denn her?«, fragt die Kellnerin jetzt und beweist damit, dass sie ihn nicht als Herrn einschätzt, sondern als einen jener Tippelbrüder, denen die Landstraße Heimat ist.

»Von weither«, antwortet er mürrisch. »Bist du von Follnstein?«

»Ja, von Follnstein. Seit einem Jahr bin ich hier. Suchst du Arbeit?«

»Arbeit? Möglich.«

»Am Straßenbau suchen sie Leute.«

Der Fremde lächelt spöttisch.

»Zur Not vielleicht auch da. Aber ich glaube, ich weiß mir was Besseres. Sag einmal, wenn du von Follnstein bist, was macht denn die Hanniter Verona?«

»Ach, die kennst du?«

»Ich war ja einmal auf dem Fontanohof als Praktikant.«

»Wann wär denn das gewesen?«

»Ach, das kann jetzt sieben oder auch schon acht Jahre her sein. Genau weiß ich es nicht mehr.«

»Vor so einer Zeit ungefähr muss auch die Hanniter Verona geheiratet haben.«

Der Fremde zieht wie in strengem Nachdenken die Stirne hoch.

»Wen denn?«

»Einen großen Bauern. Den Waliser von Maria-Eck. Er ist um zwanzig Jahre älter als sie, aber man hört überall, dass es eine gute Ehe geworden ist.«

»Schenk noch mal ein. Maria-Eck? Maria-Eck? Wo liegt das gleich?«

»Von hier aus geht man am besten über das Klostergut Maria-Stern und dann durch den Wald vielleicht noch eine Stunde Fußmarsch, dann ist man in Maria-Eck.«

Der Fremde scheint über etwas angestrengt nachzudenken. Plötzlich sagt er:

»Kann man bei euch übernachten?«

»Ein Zimmer ist frei, droben unterm Dach.«

»Gut, das nehme ich.«

Später geht er nach Kronach, kleidet sich dort neu ein und kommt mit einem kleinen Handkoffer am Abend wieder. Als er den Fremdenzettel ausfüllen muss, trägt er sich unter dem Namen: »Horst Martin, Steuermann« ein. So lautet auch sein Pass, den er zur Ausfüllung seines Fremdenzettels neben sich liegen hat. Geboren ist er demnach in Reichenhall. Beim Ziel der Reise, trägt er ein: »Unbekannt.«

Als die Dunkelheit hereinbricht, zieht er sich in das Dachstübchen zurück und zählt bei einer matten Glühbirne das wenige Bargeld, das er noch besitzt. Dann zündet er sich eine Zigarette an und stellt sich an das offene Fenster.

Die Nacht ist sternenklar, und der Mond am blanken Himmel macht sie schon empfindlich kalt. Linker Hand blinken die Lichter von Kronach. Aber der Fremde schaut nicht in diese Richtung, sondern in die Ferne, dorthin, wo Follnstein liegt und der Erlenwinkel.

»Ja, ja«, sagt er in spöttischem Selbstgespräch vor sich hin. »Da bist du also nun wieder, Philipp Fontano, jüngstgeborener Sohn des Thomas Fontano und seiner Gemahlin Helene. Da bist du also wieder, mit einem falschen Pass, weil es nach dem Ausbruch aus dem Zuchthaus doch ein wenig gefährlich war, unter dem richtigen Namen unterzutauchen.«

Aber man sucht ihn gar nicht. Er hätte ja nur noch ein Vierteljahr gehabt, und man war gerade daran gewesen, ihm den Rest der Strafe zu erlassen, als er einen günstigen Augenblick zur Flucht ausnützte.

Drunten in der Gaststube lärmen die Straßenarbeiter, deren Welt er ja nun auch ganz genau kennt, seit ihn das Schicksal in die Tiefe gezogen hat. Ihm ist nichts mehr fremd. Die Höhen nicht und auch nicht der Abschaum. Aber die Zeiten sind ja jetzt vorbei. Er wird wieder nach oben steigen. Der Vater, vor dem er am meisten Angst gehabt hat, ist gestorben. Das schmeckt zwar bitter, denn im Grunde genommen war er doch ein prächtiger Mensch, der ihm Vorbild hätte sein können mit seiner Unbestechlichkeit.

Die Herren Brüder werden nicht schlecht staunen, wenn er wieder aufkreuzt und ihnen klarmachen wird, dass sie schon noch mit einigen Moneten herausrücken müssen. Die fünfzigtausend Mark, die die Mutter dem Rechtsanwalt nach Brindisi geschickt hat, dürften nicht sein ganzes Erbteil gewesen sein. Außerdem ist auch der Hof noch da. Zu schade, dass Verona nicht hat warten können. Jetzt wäre er soweit, endgültig Anker zu werfen.

Das beschäftigt ihn in dieser Nacht am meisten. Sie muss kurz nach seiner Abreise geheiratet haben. Na ja, so weit ist es also auch nicht hergewesen mit ihrer angeblich großen Liebe.

Diese Stunden mit ihr! Nie wieder in seinem abenteuerlichen Leben ist ihm eine Frau begegnet wie sie. Sie ist ihm nie ganz aus dem Sinn gegangen, und gerade dann, wenn es ihm am schlechtesten gegangen ist, hat er sich ihrer erinnert, sich ausgemalt, wie ganz anders alles gekommen wäre, wenn er standhaft gewesen wäre.

Ja, das hat er sich nun verpatzt. Aber der Gedanke, sie wiederzusehen, ist so verlockend, dass er morgen zuerst den Weg nach Maria-Eck nehmen wird, bevor er denen im Erlenwinkel den großen Schrecken einjagt. Dort wird er zuerst Regina aufsuchen, denn sie ist damals die Einzige gewesen, die ihn nicht so erbarmungslos hat fallenlassen.

In der Gaststube ist es jetzt endlich ruhig geworden. Ein paar Mal werden noch recht laut Türen geschlagen, dann wird es still, und Philipp Fontano kann endlich Schlaf finden.

– 17 –

Über dem Kloster Maria-Stern liegt der Glanz eines schönen Spätherbsttages. Es ist Freitag, und die Glocken, die wie jeden Freitag die Todesstunde des Herrn einläuten, haben einen schönen Klang.

Der Tag ist hell, die Luft rein, der Wind fährt in die Bäume und lässt ganze Büschel von Blättern niederflattern. Ein Teil der Laubbäume, vor allem die Ahorne, sind schon ganz kahl. Die Glocken schwingen und lassen den Wanderer aufhorchen. Die Straße, auf der er geht, ist handhoch mit Laub übersät, und sein Schritt raschelt, als ginge er durch Stroh.

In diesem Augenblick geschieht es. In schneller Fahrt nähert sich ein Lastwagen, der Kies zum Klosterhof gebracht hat, der Abzweigung und biegt schon in die Hauptstraße. Ein weißer Kleinbus mit ein paar Nonnen nähert sich.

Da steht plötzlich ein Mann auf der Straße und winkt wie verrückt. Das Gefährt kommt immer näher auf ihn zu, der Fahrer versucht mit aller Gewalt zu bremsen, der LKW streift ihn noch und kommt endlich am Rande einer steilen Böschung zum Stehen. Der Fremde liegt blutüberströmt auf der Straße. Er stöhnt auf, als sie ihn behutsam in den Wagen betten. Er stöhnt zum zweiten Mal, als man ihn in einer leeren Knechtskammer des Klostergutes sorgsam hinbettet.

Als die Äbtissin vom Kloster herüberkommt, liegt er blass und still in den Kissen. Sie lässt sich den Vorfall berichten, gibt dann Auftrag, sofort einen Arzt zu rufen, und ordnet sorgsamste Pflege an.

Diese ruhige, dunkle Stimme der Oberin hört Philipp Fontano wie aus weiter Ferne in sein dämmerndes Bewusstsein klingen. Aber als er dann ganz zu sich kommt, ist niemand um ihn. Langsam beginnt er sich abzutasten, spürt da und dort eine schmerzhafte Stelle. Er versucht, sich aufzurichten, stößt aber einen Schmerzensschrei aus und lässt sich zurückfallen.

Anscheinend ist mit der Wirbelsäule etwas nicht in Ordnung. Nun auch noch krank, nach all dem, was er durchgemacht hat. Was passierte ihm alles in der letzten Zeit?

Eine ganz schöne Strecke ist er gewandert, ist da und dort einmal von einem Lastwagen mitgenommen worden, hat in Scheunen geschlafen und ist ungeschoren über zwei Grenzen gekommen, weil sein Pass einem echten so täuschend ähnlich sieht, dass niemand es gemerkt hat.

Erst in Reichenhall ist ihm dann seine miserable Lage so recht zum Bewusstsein gekommen. Nun kehrst du heim, hatte er gedacht, heruntergekommen, ohne Halt, ohne Geld, in einem abgetragenen Anzug.

Zwanzig Mark etwa sind sein ganzes Vermögen gewesen. Lange ist er dann vor dem Spielkasino gestanden.

Er weiß, dass er im Spiel kein Glück hat. Aber, hat er gedacht, es ist gehupft wie gesprungen, ob ich jetzt die zwanzig Mark noch habe oder nicht. Dann ist er eingetreten und eine Stunde später mit fünfhundert Mark herausgekommen. Die Welt ist gleich wieder anders gewesen, und sein Mut ist gestiegen. Er kann sich jetzt wenigstens neu einkleiden und braucht nicht wie ein zerlumpter Handwerksbursche vor die Seinen hintreten.

So ist er dann bis Kronach gekommen und in die Wirtschaft, wo er vom Tod des Vaters gehört hat, und dass man ihn selber auch für tot hält. Er hat sich gedacht, dass er ruhig noch ein paar Tage für tot gelten könnte, besonders als er hörte, dass Verona geheiratet hat, und zwar einen Mann, der um zwanzig Jahre älter ist.

Das muss ich mir doch anschaun, hat er sich gedacht. Das ist ihm wichtiger erschienen als alles andere. Es ist früh genug, wenn er morgen erst heimkommt. Zuerst will er Verona sehen, und vielleicht auch ihre Verzeihung erlangen, damit er etwas unbeschwerter sein kann. Er ist diesen Weg über Maria-Stern gegangen, um nach Maria-Eck zu kommen. Dann kann er sich an nichts mehr erinnern. Offenbar hat das Schicksal es doch wieder einmal anders bestimmt. Hier liegt er nun und kann durch das kleine Fenster hinüberblicken auf das weiße Klostergebäude und die Kirche.

Da öffnet sich leise die Tür, und in Begleitung eines Arztes erscheint wiederum die Mutter Oberin.

»Wie geht es Ihnen? Brauchen Sie etwas?«

»Nein, danke, ich brauche nichts.«

»Sie haben durch Ihr Eingreifen ein großes Unglück verhindert. Wie ist, bitte, Ihr Name?«

»Ich heiße – Horst – Martin.«

»Haben Sie Angehörige? Sollen wir jemanden benachrichtigen?«

»Nein, nein – niemand. Ich habe auch niemanden.«

Daraufhin wendet sich die Oberin an den Arzt, der aus dem Kreiskrankenhaus Kronach gekommen ist.

»So, bitte, Herr Doktor, walten Sie nun Ihres Amtes. Wenn es irgendwie möglich ist, möchten wir ihn hier gesund pflegen. Schwester Seraphin ist ausgebildete Krankenpflegerin, und wir könnten uns auf diese Weise dankbar erweisen.«

Der Arzt stellt eine schwere Rückgratverletzung fest. Der Patient muss in Gips gelegt werden.

»Und wie lange muss ich da stilliegen?«, fragt Philipp.

Der Arzt zuckt die Schultern.

»Ein Vierteljahr, vier Monate, je nachdem. Wir müssten Sie zur Durchleuchtung doch ins Krankenhaus bringen. Auch können wir hier den Gips nicht gut anbringen.«

So geschieht es, dass der Mann, der sich Horst Martin nennt, mit dem Krankenauto nach Kronach gebracht, dort geröntgt und in Gips verpackt und am anderen Tag wieder in das Kloster Maria-Stern zurückgebracht wird.

Am Abend dieses Tages kommt die Mutter Oberin in Begleitung des Mannes, der Verwalter des Klostergutes ist.

Sie gibt ihm Anweisung, dass in diesem Flur völlige Ruhe herrschen soll, und dass die Wünsche des Patienten tunlichst zu berücksichtigen seien. Über besondere Wünsche sei ihr Bericht zu erstatten. Sie beugt sich über den Kranken. »Soll ich Ihnen Pater Gregor schicken, unsern Klostergeistlichen?«

Philipp wendet mit leichtem Verwundern die Augen. Den Kopf selber kann er nicht rühren.

»Steht es denn so schlimm mit mir?«

Kaum merklich lächelt die Oberin, und dieses Lächeln macht ihr Gesicht schön.

»So war es nicht gemeint. Immerhin, wir werden für Sie beten. Und nun versuchen Sie zu schlafen, ja. Gute Nacht! Gelobt sei Jesus Christus.«

Dann schließt sich die Türe hinter ihrer hohen Gestalt. Sie kommt auch nie mehr herüber in das Gesindehaus des Klostergutes, das etwas abseits liegt.

Schwester Seraphin ist alt und betreut den kranken wie eine wirkliche Mutter. Unter ihren Händen erholt sich Philipp sehr schnell, der nur am Anfang immer etwas erschrickt, wenn sie ihn »Herr Martin« nennt.

Der Winter kommt. Philipp sieht die Flocken vor seinem Fenster vorbeitanzen. Er hört die Glocken der Klosterkirche läuten und hat viel Zeit, nachzudenken über sein Leben und über die Dummheiten, die er in diesem Leben gemacht hat.

Er denkt auch darüber nach, wie anders sein Leben wohl verlaufen wäre, wenn er damals nach Brasilien gegangen wäre. Nein, in Monte Carlo hat er im Casino sein Glück versuchen wollen statt mit anständiger Arbeit. Das Schicksal hat ihn dann zu anständiger Arbeit zwingen wollen. Aber das hat er nicht gelernt, und es war auch nicht viel zu verdienen dabei. Viel leichter ist das dann schon mit den illegalen Geschäften gewesen. Tausende hat er verdient mit dem Waffenschmuggel, Tausende leichtsinnig ausgegeben – bis sie ihn dann verhafteten.

Ach ja, bei diesem untätigen Daliegen möchte ihn manchmal bittere Reue überkommen. Wenn er nur endlich aufstehen könnte! In diesem Zustand kann er nicht einmal heim in den Erlenwinkel. Manchmal ist er versucht, Regina heimlich ein Schreiben zukommen zu lassen, mit der Bitte, die anderen auf seine Rückkehr vorzubereiten. Aber in diesem Zustand braucht auch sie ihn nicht zu sehen.

Und so vergeht die Zeit. Die Eisblumen an den Fenstern verschwinden wieder. Der Lindenbaum im Klosterhof setzt Knospen an, treibt aus und grünt bereits, als ihm endlich der Gips abgenommen wird und er mit Hilfe der Schwester Seraphin wieder gehen lernt wie ein Kind.

Dann probiert er es mit zwei Krücken. Es geht langsam, aber es geht, und als Ostern auch vorbei ist, kann er sich bereits mit einem Stock fortbewegen.

Zur Not hätte er nun eigentlich weiterziehen können und die Hilfe des Klosters nicht mehr in Anspruch zu nehmen brauchen. Aber er wird hier so umsorgt, die Mutter Oberin lässt ihn zu sich kommen und bietet ihm das Bleiben bis zur vollständigen Genesung an, wenn er nicht überhaupt für immer bleiben wolle.

So friedsam habe ich eigentlich noch nie gelebt, denkt er. Er hat soviel versucht in seinem Leben, warum soll er nicht einmal Klosterknecht werden?

An einem Abend, als er zum ersten Mal schon etwas weiter über den Klosterhof hinausgegangen ist, lässt die Äbtissin ihn zu sich rufen.

Jetzt wird sie mich vor die Wahl stellen, ob ich bleiben oder gehen will, denkt er. Merkwürdigerweise empfindet er bei diesem Gedanken eine Traurigkeit, so, als ob er erst jetzt begreife, wie umsorgt und behütet er hier fast ein halbes Jahr gelebt hat. Ohne dass er es sich recht bewusst gewesen ist, ist er hier in einen Frieden eingemündet, in ein Leben, das ohne jede Aufregung ist und ganz ohne Sturm. Ein kleines Paradies, aus dem man ihn nun vertreiben will.

Mit diesem Gefühl tritt er der Äbtissin gegenüber. Sie ist am Fenster des großen, hellen Raumes gestanden und dreht sich jetzt um. Ihre Hand liegt auf dem silbernen Kreuz, das an einer schmalen Kette um ihren Hals hängt. Es sieht wie eine Verlegenheitsgeste aus, obwohl diese Frau alles andere als verlegen ist. Selbstsicher steht sie da, hochaufgerichtet und schmal. Das Kinn wirkt durch die enge weiße Halskrause ein wenig vorgestreckt. Ihre schmale, weiße Hand deutet auf einen der Sessel.

»Bitte, nehmen Sie Platz, Herr Martin. Wie fühlen Sie sich?«

»Danke! Durch Ihre gütige Fürsorge bin ich wieder ganz gut beisammen.«

»Das freut mich, Herr Martin. In letzter Zeit haben Sie überraschend gute Fortschritte gemacht.«

Philipp legt seinen Zeigefinger auf den Nasenrücken, als überlege er, was darauf zu sagen sei. Dann hebt er den Kopf.

»Ich begreife, Sie meinen, dass ich jetzt gehen soll.«

»Aber nein, wo denken Sie hin! Nach Meinung des Arztes, mit dem ich gestern sprach, sind Sie noch lange nicht so weit, dass Sie schwerere Arbeit leisten können. Ich habe Ihnen nun einen Vorschlag zu machen. In der Buchhaltung gäbe es viel Arbeit, und die große Bibliothek müsste auch in Ordnung gebracht werden. Ich weiß nicht, ob Ihnen das liegt. Steuermann ist immerhin ein ganz anderer Beruf. Aber versuchen Sie es ruhig einmal, sagen wir auf ein Vierteljahr. Bis dahin sind Sie dann sicher ganz über den Berg und haben keinerlei Nachwehen mehr von dem bedauerlichen Unfall.«

Philipp hat das Gefühl, als müsse er nach ihren Händen fassen und ihr danken, dass ihm das Weiterleben auf so einfache und leichte Weise geboten wird. Kaum merklich nickt er.

»Ich danke Ihnen sehr.«

»Sie brauchen sich nicht als Angestellter des Klosters zu fühlen«, spricht die Äbtissin weiter. »Sie können kommen und gehen, wann Sie wollen. Ich habe Ihnen im Nebentrakt ein Zimmer herrichten lassen. Nur wenn Sie abends ausgehen wollen, müssen Sie den Schlüssel verlangen, oder, wenn Sie spät zurückkommen, die Schwester Pförtnerin herausläuten. Das wäre eigentlich alles, Herr Martin. Überlegen Sie es sich, und sagen Sie mir in den nächsten Tagen Bescheid.«

»Danke, ich werde mir's überlegen.«

Als er schon bei der Türe ist, ruft sie ihn nochmals zurück.

»Einen Augenblick noch. In Ihrem Pass steht Steuermann, stimmt das?«

Er spürt, wie ihm das Blut ins Gesicht springt.

»Warum sollte es nicht stimmen?«

»Das war bloß so ein Gedanke von mir. Vielleicht, weil ich mir einen Steuermann anders vorgestellt habe. Mir kam die Idee, als hätten Sie schon einmal bessere Tage gesehen.«

Langsam schüttelt er den Kopf.

»Bessere Tage? Kann sein, aber noch nie so friedvolle Tage wie hier.«

»Das freut mich. Und nun – gute Nacht.«

– 18 –

Auf dem Waliserhof ist das erste Heu gemäht. Schwer steigt am Abend der Duft von den Wiesen auf. Der Waliser hatte am Vormittag seine Jacke auf der Wiese liegen lassen und geht nun, die Angela an der Hand, langsam den Hang hinauf, um sie zu holen, als er einen Menschen am Abhang sitzen sieht, der so in Gedanken vertieft zu sein scheint, dass er ihn gar nicht kommen hört. Erst als der Waliser schon ganz nahe ist, fährt er auf.

»'n Abend«, sagt der Waliser und mustert den Fremden etwas misstrauisch, der nun aufsteht und seine Jacke zuknöpft.

»Guten Abend. Ein herrlicher Ausblick von hier.«

»Ja, einer der schönsten«, antwortet der Waliser stolz. Dann mustert er den Fremden wieder. »Wohin denn heut noch?«

»Bloß wieder zurück zum Kloster Maria-Stern.«

»Ach so.«

»Ich bin dort beschäftigt. Das heißt, ich war lange krank und jetzt –«

Das Misstrauen schwindet aus dem Gesicht des Walisers.

»Jetzt weiß ich es! Die Frau Oberin hat mir davon erzählt. Sie sind damals verunglückt, als der Lastwagen beinahe in den Kleinbus vom Kloster fuhr.«

Philipp Fontano nickt.

»Und wer sind Sie?«

Der Waliser beugt sich zu dem Kind nieder, das den Fremden mit großen Augen betrachtet.

»Angela, sag es ihm, wer ich bin.«

»Mein Vater.«

»Und wer noch?«

»Der Waliserbauer von Maria-Eck.«

Philipp hat einen Schreck, der ihm bis in die Kniekehlen fährt. Das also ist der Waliser, der Mann der Verona!

»Ich hab dich schon öfter gesehn, Mann«, plappert jetzt Angela weiter. »Wenn du in der Sonn an der Klostermauer gesessen bist.«

»Sie geht nämlich nach Maria-Stern in die Schul«, erklärt der Waliser.

Philipp beugt sich jetzt nieder und sieht sich das Mädchen näher an, richtet sich auf und sieht den Mann an. Dabei bemerkt er auch das Glasauge. Wieder schaut er auf das Mädchen nieder, ganz tief in ihre Augen, die den seinen nicht ausweichen. Er starrt auf das Grübchen am Kinn und auf ihr dunkelblondes Haar.

Gerade als ob der Waliser seine Gedanken erraten hätte, sagt er:

»Sie kommt auf meine Frau heraus. Die Buben geraten mehr mir nach.«

Sie schlägt auch nicht nach deiner Frau, denkt Philipp, der seine Erregung kaum verbergen kann. »Wie alt ist sie denn?«, fragt er und, seine Stimme klingt dabei wie belegt.

»Na, sag's schon«, ermuntert der Waliser das Mädchen.

»Im Mai bin ich sieben gewesen«, antwortet Angela.

Aus dem Tal herauf kommt das helle Läuten des Aveglöckleins.

Der Waliser nimmt seinen Hut ab.

»D' Mutter tut betläuten«, sagt Angela und faltet die Händchen.

Philipp Fontano steht starr wie eine Säule. Ein ungeheurer Gedanke nimmt von ihm Besitz. Ihm ist, als stürze etwas auf ihn ein und möchte ihn erdrücken. Ein Schuldgefühl überfällt ihn wie eine Woge.

Das Läuten verstummt. Der Waliser setzt seinen Hut auf und fasst Angela bei der Hand.

»Jetzt müssen wir aber heimgehn, Angela. Die Nacht steigt schon auf. Gute Nacht, Herr –«

»Martin«, sagt Philipp mit gedrosseltem Laut.

»Ach, Martl? Ein ganz einheimischer Name.«

»Nein, Martin mit dem Schreibnamen.«

»Ach so. Gute Nacht also. Und wenn Sie einmal Lust

haben und Zeit, dann schaun Sie ruhig einmal zu uns rein.«

»Gern«, will Philipp sagen, aber er bringt es nicht heraus, starrt hinter den beiden her, die in der Dämmerung verschwinden. Dann wendet er sich langsam um und geht in entgegengesetzter Richtung davon. Der Halbmond steht am Himmel und lässt die aufsteigende Nacht nicht ganz finster werden. Nur im Wald ist es düster.

Immer wieder muss er stehenbleiben. Aber nicht, weil er etwa müde wäre, sondern weil er diesen furchtbaren Gedanken nicht fassen kann.

Hat die Welt plötzlich ihr Gesicht verändert? Hört denn nicht alles auf: der Atem des Windes, das Blinken der Sterne, der Mond in seinem ewigen Kreislauf?

Nein, alles geht weiter, wie es seit Jahrtausenden dahingegangen ist, ohne Rücksicht auf Schuld und Irrtum des Menschen.

Schuld? Wer ist schuld? Wenn sein Verdacht sich bestätigt, ist dann nicht auch Verona schuldig geworden?

Er kommt gerade noch rechtzeitig in Maria-Stern an. Die Schwester Pförtnerin will soeben das große eiserne Gittertor abschließen.

»Danke«, sagt Philipp, als sie ihn noch einlässt, und geht über den Klosterhof zum Nebenhaus und steigt die zwei Stiegen hinauf in seine Kammer, in der über dem einfachen Bett ein großes Kruzifix hängt wie in allen Räumen dieses Hauses.

Philipp tritt an das kleine Fenster. Das Hauptgebäude drüben, wo auch der Schulsaal ist, in dem die Kinder der umliegenden Einöden von Schwester Claudia unterrichtet werden, liegt völlig dunkel da. Das Mondlicht fällt wie Silber auf das Dach und auf das Pflaster des Hofgevierts. Hinter den Bogenfenstern der Kirche schimmert das rötliche Licht der ewigen Lampe.

Sieben Jahre ist sie im Mai geworden, sinniert er und rechnet die Monate vorher noch durch. Da stimmt etwas nicht. Ich muss unbedingt rausbringen, wann sie geheiratet hat. Hat er bisher mit dem Gedanken mehr oder weniger gespielt, ihr eines Tages gegenüberzutreten, jetzt weiß er, dass er weder Ruhe noch Rast finden wird, bis er sie gesprochen hat.

Der Schlaf will und will nicht kommen. Immer wieder wälzt er sich von einer Seite auf die andere, will bis hundert zählen und wieder zurück, aber bei vierzig denkt er schon wieder an Verona und schüttelt den Kopf.

Um zwanzig Jahre älter ist der Mann, und ein Glasauge hat er obendrein. Es kann unmöglich sein, dass sie in dieser Ehe glücklich geworden ist. Und das ist dann seine Schuld.

Um drei Uhr schläft er noch nicht, als das Kloster drüben schon erwacht. Wie ein leises Summen hört sich das Beten der Nonnen an, die um diese Stunde bereits ihren Tag in der halbdunklen Kirche beginnen.

Etwas später hört er einen Traktor brummen, der aufs Feld hinausfährt, um Klee zu holen. Dann läutet eine Glocke, um das kleine Fenster spielt schon das Sonnenlicht. Der neue Tag ist angebrochen.

An diesem Vormittag ist er in der Bibliothek beschäftigt, die im gleichen Flur liegt wie der Schulsaal, aus dem um zehn Uhr etwa zwei Dutzend Buben und Mädeln zur kurzen Pause ins Freie strömen.

Vom Fenster aus beobachtet er Angela genau, ihre Bewegungen, wie sie lacht und dabei den Kopf zurückwirft. Als sie zufällig einmal heraufschaut, hebt er die Hand und winkt ihr zu. Sie erkennt ihn sofort und winkt zurück.

Nach dem Mittagessen sitzt er wieder auf der Bank außerhalb der Klostermauer. Die Schule ist um ein Uhr aus, und die Kinder strömen, wie die Kinder aller Schulen, lärmend ins Freie. Als eine der ersten rennt Angela aus dem Tor. Sie sieht den Mann auf der Bank sitzen, bleibt stehen und lächelt ihn an wie einen alten Bekannten.

»Angela«, sagt Philipp ungewöhnlich weich, »setz dich ein bisschen zu mir.«

Angela, sonst Fremden gegenüber so scheu, hat zu diesem Mann sofort Vertrauen. Sie geht zu ihm und gibt ihm die Hand. Lange sieht er dem Kind in die Augen und fragt dann:

»Wie geht's dir denn in der Schule, Angela?«

Sofort zerrt sie den Schulranzen von den Schultern, nimmt ein blaues Heft heraus und schlägt es auf.

»Schau, das haben wir heut schreiben müssen.«

»Schön«, lobt er, und da legt Angela kichernd ihren Zeigefinger an sein Kinn.

»Warum hast du auch so ein Grüberl im Kinn?«

»Warum?« Er streichelt ihr über das Haar. »Das wär vielleicht gar nicht so schwer zu erraten. Aber das verstehst du noch nicht.« Dann zieht er sie mit einer jähen Gebärde an sich, und sie hält ganz still, als er seine Wange an die ihre legt. Ganz kurz nur, dann schiebt er sie weg. »Du musst jetzt heimgehn, Angela. Die Mutter wird sicher schon mit dem Essen auf dich warten.«

»Ja«, sagt sie gehorsam. »Aber bist du morgen auch wieder da? Oder kommst du bald einmal zu uns? Vater hat doch gesagt, du sollst einmal kommen.«

»Stimmt«, antwortet er nachdenklich. »Ob es aber auch deiner Mutter recht sein wird?«

»Der Mutter ist alles recht, was der Vater sagt.«

»So? Du bist ja ein ganz kluges Kind. Wie viele Geschwister hast du denn?«

»Zwei Brüder, den Lukas und den Martin. Und noch ein Schwesterl, die Rosl. Aber die ist noch klein und kann noch nicht einmal ›Teufl‹ sagen.«

»Schau einmal an«, lächelt Philipp. Dann sieht er dem Mädchen nach, das nun hurtig davonrennt, als möchte es die versäumte Zeit wieder einholen.

Es ist schon fast dunkel, als die Waliserin vom Haus zur Kapelle hinübergeht, um den Abendgruß zu läuten. Sie hat die Kinder noch zu Bett gebracht und ist darum heute ein wenig später daran. Im Glockenhaus ist es kühl wie immer, kühl und dunkel. Aber Verona weiß ja, wo das Seil hängt. Das Glöcklein bimmelt hell und eilig, als möchten die Tonwellen schnell hinauf zu den Sternen, die am hohen Himmel flimmern.

Hernach kniet Verona noch eine Weile vor der Grotte, in der eine rote Ampel brennt. Als sie dann aus der Kapelle tritt und die Türe hinter sich zugezogen hat, erschrickt sie so sehr, dass ihr der Schrei in der Kehle steckenbleibt, den sie ausstoßen will.

Philipp Fontano steht vor ihr. Das Mondlicht liegt auf seinem Gesicht und lässt es bleich erscheinen.

»Du?«, stößt sie , wie von Fieber geschüttelt, heraus.

Beschwichtigend hebt er die Hand und will sie auf ihren Arm legen. Sie weicht zurück wie von einem Natternbiss.

»Du brauchst doch keine Angst zu haben, Verona.«

»Angst? Vor dir? Ich bin nur erschrocken, weil ich gemeint hab, ein Gespenst steht vor mir.«

»Nein, ich bin es wirklich, Verona.«

Sie muss die Augen schließen. Es ist noch die gleiche Stimme, denkt sie. Dieser weiche, zärtliche Klang, auf den sie einmal hereingefallen ist. In Erinnerung daran versteift sich alles in ihr. Sie wird hart zu sich selbst und zu ihm.

»Ja, ich sehe, dass du es bist. Ein anderer besäße ja diese Frechheit gar nicht, mir hier aufzulauern.«

»Entschuldige, Verona, was hätte ich denn tun sollen? Ich musste dich sehen.«

»Du fragst, was du tun hättest sollen? So kann bloß einer wie du fragen! Ich habe nämlich kein Bedürfnis, dich zu sehen. So – und nun gib mir den Weg frei.«

Zorn wallt in ihm auf, und mit hartem Griff fasst er sie am Arm.

»Laß mich sofort aus, oder ich schrei!«

»Schrei doch, wenn du den Mut hast! Dann wird er kommen, dein Einäugiger, und wird sich wundern über das, was ich ihm dann ins Gesicht sagen werde!«

Sie reißt sich los, rennt aber nicht zum Haus hinüber, sondern lehnt sich an die weiße Mauer der Kapelle. Ihr Atem geht heftig. Sie weiß, dass der Waliser nicht käme, weil er am Nachmittag weggefahren ist, ins Unterland hinaus, um Vieh zu kaufen. Er wird erst morgen abend zurückkommen. Und darüber ist sie jetzt eigentlich froh, denn was es mit Philipp Fontano auszureden gibt, das geschieht am besten gleich jetzt, und wenn es die halbe Nacht dauern sollte!

Höher steigt der Mond und macht die Nacht immer heller. Die Sterne glühen in der warmen Sommernacht, die voll ist vom Duft des Flieders, der hinter der Kapelle wuchert.

Im Haus drüben erlischt jetzt das letzte Licht. Es ist das Licht in der Knechtkammer.

Verona betrachtet den Mann mit harten Augen. Sie horcht in sich hinein und freut sich, dass sie nicht mehr das Leiseste für ihn empfindet, dass das Bild ihres Mannes Emmeran so fest und verlässlich in ihr ruht, wie sie es bisher gar nicht gewusst hat. Das gibt ihr Kraft und gibt ihr Macht über den Mann, der vor ihr steht.

In diesem Augenblick sagt Philipp:

»Es wird auffallen, wenn du so lange nicht zurückkommst. Aber ich muss ausführlich mit dir sprechen, Verona. Sag mir Tag und Stunde, wo ich dich treffen kann.«

Ihre Unterlippe schiebt sich verächtlich vor.

»Du bist noch viel schlechter, als ich es gewusst hab! Dir käme es nicht einmal auf einen Ehebruch an. Bloß eigne ich mich dazu nicht. Und damit du es weißt, Philipp Fontano: ich hab meinen Mann lieb. Wenn du ihn auch den Einäugigen nennst, so steckt in ihm doch mehr Charakter als in dir! Im Grunde genommen weiß ich eigentlich gar nicht, was du mir so Wichtiges zu sagen hättest. Aber weil du nun schon einmal da bist, rede nur. Wir haben Zeit, mein Mann ist über Land und kommt erst morgen. – Woher kennst du ihn eigentlich?«

»Ich traf ihn gestern droben auf der Wiese mit der kleinen Angela.«

Verona starrt ihn eine ganze Weile an. Dann senkt sie den Kopf.

»Also doch. Ich hatte so das Gefühl, dass du in der Nähe wärst, und dass du es gewesen sein könntest gestern.«

Philipp fühlt etwas Oberwasser, zündet sich eine Zigarette an und schaut auf die Frau, die an der Wand lehnt. Jetzt sieht er erst, wie schön sie immer noch ist. Schöner und reifer als früher.

»Siehst du«, sagt er, »dass dein Gefühl dich nicht betrogen hat, ist ein Beweis dafür, dass doch immer noch Verbindung zwischen uns besteht.«

Ihr Mund krümmt sich in Spott.

»Was du dir nicht einbildest! Ich möchte dir was sagen jetzt: Du warst für mich vergessen und tot von dem Augenblick an, wo ich erfahren musste, dass du grundschlecht und feige allem aus dem Weg gegangen bist, was das Schicksal von dir forderte.«

Die Zigarette glüht ein paarmal hastig auf, dann wirft er sie zu Boden und tritt darauf.

»Du hast nicht Unrecht, wenn du mich feige schimpfst. Aber ich versichere dir, Verona, ich hatte damals wirklich die Absicht, zurückzukommen. Ich dachte viel an dich und –«

Mit harter Stimme unterbricht sie ihn:

»Es kommt jetzt gar nicht darauf an, was du gedacht hast, sondern was du getan hast.«

»Was hab ich denn getan?«

»Da fragst du noch? Du hast mich sitzen lassen! Du hast mich immer zum Narren gehalten! Du hast mein bedingungsloses Vertrauen zu dir mit Füßen getreten! Und da fragt so ein Mensch, was er getan hat! Du hast ja gar nicht einmal den Versuch unternommen, ernstlich zu mir zu stehen. Wenn du mannhaft eingestanden wärst für uns beide – wir hätten es durchgesetzt! Heute weiß ich, dass dein Vater sogar nachgegeben hätte, weil es sich ja vor seinem Sterben auch mit meiner Mutter noch ausgesöhnt hat.«

»Ist das wahr?«, fragt er verblüfft.

»Das musst du doch wissen! Aber du traust dich ja nicht heimzugehen, hältst dich lieber im Kloster verborgen …«

»Jetzt bist du ungerecht, Verona.«

»Nenn mich nicht immer Verona! Die Zeiten sind vorbei. Heute bin ich die Waliserin.«

»Die du ja merkwürdig schnell geworden bist!«, fährt er zornig auf. »Es muss mit deiner angeblich so großen Liebe nicht recht weit hergewesen sein, weil du ja schon vier Wochen, nachdem ich fort war, den Waliser geheiratet hast!«

»Hätte ich vielleicht auf einen warten sollen, der keinen Funken Ehr im Leib hat? Warten bis heute? Hast du mir jemals auch nur das kleinste Lebenszeichen gegeben? Deine Leute haben dich für tot gehalten. Ich habe nie daran geglaubt. Ich habe aber auch nicht geglaubt, dass es sich lohne, auf einen zu warten, von dem ich wusste, dass er ja doch mit allem nur spielt und ihm nichts im Leben heilig ist! Darum habe ich so schnell geheiratet.«

Ehe sie es hindern kann, legt er ihr seine Hände auf die Schultern. Sie steht dadurch wie festgenagelt an der weißen Wand.

»Jetzt hast du gelogen! Der Grund, warum du so schnell geheiratet hast, ist ein anderer.«

Zum ersten Mal blickt sie ihn jetzt länger an. Sie will etwas fragen, bringt aber lange keinen Ton über die Lippen. Sie ahnt, was er jetzt sagen will. Ihr Herz fliegt vor Angst.

»Warum sollte ich lügen?«, fragt sie sinnloserweise.

Er weidet sich an ihrer Angst, und der ganze Leichtsinn seines Wesens geht wieder einmal mit ihm durch. Sie kann doch gar nicht glücklich sein, denkt er. Sie will mir da nur etwas vorspielen, und es müsste doch mit dem Teufel zugehen, wenn ich schon alle Gewalt über sie verloren hätte. Schöner und begehrenswerter denn je dünkt sie ihm, und ehe sie sich's recht versieht, hat er sie in seine Arme gerissen und küsst sie.

Ganz steif steht sie, den Mund fest zusammengepresst, bis er sie loslässt.

»Lass mich gehn«, sagt sie mit einer Stimme, vor der er erschrickt.

»Das könnte dir so passen!«, zischt er zornig und in

seiner Eitelkeit tief verletzt, dass ein Mensch, der ihm einmal hörig gewesen ist, ihn jetzt zurückstößt.

»Was willst du eigentlich?«, fragt sie nach einer Weile kläglich, als sie merkt, dass sie ohne Gewalt hier nicht loskommt.

»Ich will, dass du mir die Wahrheit sagst, warum du so schnell nach meinem Weggehen geheiratet hast.«

Sie schweigt und schaut über ihn hinweg zu den Sternen hinauf.

»Das ist meine Sache«, antwortet sie endlich.

»Dann will ich es dir sagen! Der Waliser ist nicht der Vater von Angela. Ich hab das Kind gesehen, gestern und heute. Alles hab ich gesehen, den Mund, die hohe Stirn, das Grübchen im Kinn. Es müsste noch ein Bild von mir geben im Erlenwinkel. In ihrem Alter hab ich genauso ausgeschaut.«

Verona ist blass geworden. Tausend Ängste flattern ihr durch die Seele. Und wenn sie ihm auch trotzig erwidern will, ihn fortweisen von hier, so löst diesen Wunsch doch schnell die Furcht davor ab, dass er es dem Waliser erzählen wird. Und das hätte sie nicht ertragen. Und doch, und doch! Er weiß es nicht genau, vermutet es bloß, will es ihr nur entlocken. Noch einmal steilt sich ihr Wille empor, und höhnend sagt sie:

»Wie gescheit du bist!«

»Da braucht man gar nicht besonders gescheit zu sein. Man muss bloß rechnen können und in den Gesichtern zu lesen verstehen. Du musst dir doch selber sagen, dass das Kind weder ihm noch dir gleichsieht. Aber die Ähnlichkeit allein macht es ja gar nicht. Es ist eine blutsmäßige Empfindung. Ich habe mich nie um Kinder groß gekümmert, aber zu Angela hat es mich sofort hingezogen. Und umgekehrt ist es genauso. Heute Vormittag ist sie bei mir gesessen auf der Bank an der Klostermauer und hat gefragt, warum ich genauso ein Grübchen im Kinn hätte wie sie!«

Verona weiß, wie recht er hat mit seiner Behauptung. Die Kleine hat in ihrer kindlichen Weise fast überschwenglich von dem fremden Onkel geschwärmt.

Sie sieht ihn aus schmalen Augen an.

»Und wenn es so wäre?«

»Also doch!«

»Ich habe nur gesagt, wenn es so wäre! Es könnte an der Sache ja doch nichts mehr ändern.«

»Dann ist es also so?«

Sie gibt keine Antwort, schaut nur mit großem Blick zum Himmelsgewölbe auf.

»Weiß er es?«

»Nein.«

»Dann bist du also mit einer Lüge vor den Altar getreten?«

»Es gibt ärgere Sünden, die schon mehr ein Verbrechen sind«, sagt sie und sieht ihn dabei voller Verachtung an.

»Warum hast du mir das damals nicht gesagt?«

Hart und hohnvoll lacht sie ihm ins Gesicht.

»Du hast es ja vorgezogen, zu verschwinden, bevor ich die Gewissheit selber in mir gespürt habe. Es kann vier oder fünf Jahre dauern, bis du zurückkommst, hast du mir damals geschrieben. Jetzt sind fast acht Jahre daraus geworden. Hätte ich acht Jahre auf dich warten sollen und mit meiner Schande herumlaufen?«

Er senkt den Kopf. Seine Hand greift nach der ihren, und sie entzieht sie ihm nicht.

»Du hast Recht, Verona. Ich bin immer haltlos gewesen und – es ist mir alles missglückt. Zuletzt war ich sogar fast drei Jahre eingesperrt. Meine Familie hat mich abgeschrieben, das weiß ich. Und doch hat es mich mit tausend Fäden zurückgezogen in die Heimat. Nach allen Stürmen, die mich hin und her gerissen haben, habe ich mich nach der Stille gesehnt, nach der Stille der Heimat – und vielleicht war es auch die Hoffnung – bitte, lach nicht – ich weiß, es war eine törichte Hoffnung – du könntest doch auf mich gewartet haben. Ich kann es dir ruhig sagen, du warst in meinem Leben der einzige Mensch, der mich doch ein bisschen in der Hand gehabt hat. Ich weiß, ich habe mir mein Leben selber verpatzt, bin selber an allem schuld. Ich hätte dir folgen sollen damals. Klein anfangen und ein großes Glück daraus werden lassen. Du hattest den Willen dazu. Ich aber nicht. Und jetzt ist es zu spät, umzukehren.«

»Es ist dafür nie zu spät, Philipp.«

Zum ersten Mal nennt sie ihn jetzt bei seinem Vornamen.

»Daheim haben sie mich enterbt. Was soll ich denn tun? Ich will nicht ewig in Maria-Eck bleiben unter diesem falschen Namen. Also wieder hinaus in die Welt und irgendwo untertauchen?«

»Warum unter falschem Namen?«, fragt sie.

Er erklärt ihr, warum er das hat tun müssen, und dass niemand im Kloster weiß, wer er wirklich ist.

Lange hat sie darüber nachzudenken. Für sie wäre es wohl am besten, wenn er wieder fortginge, ganz weit fort, denn solange er hier ist, muss sie immer in der Gefahr leben, dass ihm einmal in einer leichtfertigen Stunde ein unbedachtes Wort entschlüpft und ihr Geheimnis, von dem er nun weiß, in die Öffentlichkeit kommt. Niemals aber darf Emmeran es erfahren. Sie könnte nicht ertragen, wenn er sie verachtete.

»Weißt mir auch keinen Rat?«, trifft seine bittende Stimme ihr Ohr.

»Doch, ich weiß einen«, antwortet sie, sich aufraffend. »Du musst fortgehen, Philipp. Ich kann nicht in der Angst leben, dass es dich drängen wird, das Kind immer wieder einmal zu sehen. Immer öfter würde das sein, und dann entschlüpft dir vielleicht ein unbedachtes Wort. Der Waliser ist hellhörig, und es kann doch nicht dein Wille sein, Philipp, dass du mich jetzt ein zweites Mal unglücklich machst.«

»Nein, das will ich nicht.«

»Geh fort, Philipp. Bitte, bitte, geh fort. Lass mir meinen Frieden und die Stille, in der ich lebe.«

Unschlüssig, mit hängenden Armen, steht er da. Dann hebt er entschlossen den schmalen Kopf.

»Du hast Recht, Verona. Hier kann ich doch keine Wurzeln mehr schlagen. Morgen werde ich Maria-Stern verlassen und in den Erlenwinkel gehen. Meine Brüder haben ein Millionenerbe angetreten, und sie können mich nicht mit den vierzigtausend Mark abfinden, die sie für mich jetzt bezahlt haben. Ich werde um das streiten, was mir rechtlich zusteht, und das dürften immerhin noch hunderttausend Mark sein. Davon werde ich die Hälfte bei einer Bank für Angela hinterlegen. Nein, widersprich mir jetzt nicht! Ich werde es schon so machen, dass dein Mann nichts davon erfährt, und dass es Angela erst zu ihrem fünfundzwanzigsten Lebensjahr ausbezahlt erhält. Da ist sie längst volljährig und kann darüber bestimmen.«

»Ich weiß nicht, ob du es tun sollst!«, gibt Verona zu bedenken.

»Doch, doch«, spricht er eifrig weiter. »Irgendwie muss ich ja meine Schuld abtragen. Ich werde den falschen Namen morgen ablegen und wieder Philipp Fontano sein, der irgendwo draußen in der Welt sein Glück ein zweites Mal versucht. Diesmal mit ehrlichem Willen und mit keinen trüben Geschäften. Bevor ich aber gehe, möchte ich mich noch von dir verabschieden, Verona. Angela sehe ich ja morgen nach der Schule nochmals. Auf dich aber warte ich morgen abend, wenn es dunkel geworden ist, nochmals hier.«

»Morgen ist Emmeran zurück«, antwortet sie und ist zugleich fest entschlossen, morgen und auch für die nächste Zeit einer der Mägde das Abendläuten zu überlassen, bis sie Gewissheit hat, dass Philipp wieder in der Ferne ist.

»Also gut, Verona. Dann lass uns jetzt einander Lebewohl sagen. Ich möchte alles vermeiden, was dein familiäres Glück stören könnte. Das liegt mir fern. Dein Geheimnis soll Geheimnis bleiben, solange du lebst. Um deines Friedens und um des Kindes willen. Lebe wohl, Verona.«

Veronas Hand ist eiskalt, als sie sie ihm reicht. Genauso kalt sind ihre Lippen, mit denen sie ganz leise seine Stirn berührt.

»Lebe wohl, Philipp – leb ewig wohl. Reiß dich zusammen, Philipp, und werde ein Mann, der ins Leben passt. Auch dir wird Glück beschieden, wenn du es ernsthaft willst!«

Und noch ehe er etwas darauf erwidern und ihr sagen kann, wie er ihr dankt für diese Aufmunterung, und dass er ihren Ratschlag mit festem Willen befolgen werde, ist sie weggeglitten und geht hinüber ins Haus. Leise fällt die Türe ins Schloss. Ein Riegel wird vorgeschoben. Dann ist es still.

Erst drinnen überkommt Verona ein tiefer Jammer. Sie tritt leise an das Bett der kleinen Angela, betrachtet lange dieses liebe Gesicht und wird sich erst jetzt selber ganz bewusst, wie sehr es dem Gesicht gleicht, das nach vielen Jahren eben wieder vor ihr gewesen ist. Sie setzt sich auf den Bettrand und weint bitterlich. Alles zieht wieder an ihr vorüber, ihre Kindheit, die Jugend, ihr erstes Liebeserleben, die Not der Enttäuschung. Dann die Hochzeit mit dem Waliser, die bitterschwere Not der ersten Zeit, in der sich erst langsam ihr Herz für den Mann hat öffnen müssen, bis es in einer stillen, verlässlichen Liebe zu ihm zu glühen begonnen hat. Dann die Kinder, das Glück der Mutterschaft – die große Stille nach allem Sturm.

Sie trocknet die Tränen. Dankbarkeit will sich in ihr Herz schleichen, weil Philipp wieder fortgeht. Wenn er nur nicht wieder schwankend wird! Doch sie glaubt seinen Worten und denkt: immer wird dann meine Schuld dem Emmeran verborgen bleiben.

In Gedanken versunken, geht Philipp Fontano den Weg durch den Wald nach dem Kloster Maria-Stern. Die Begegnung mit Verona hat ihn doch tiefer berührt, als er es sich vorgestellt hat. Heute wie damals – es ist stets so, dass ihr Zureden den Willen in ihm weckt, sein Leben fest in die Hand zu nehmen. Das Leben hat ihm übel mitgespielt seit jener Zeit, es hat ihn hart herumgewirbelt, und vielleicht ist dies ganz gut gewesen, um endlich geläutert zu werden.

»Auch dir wird das Glück lächeln, wenn du es ernsthaft willst«, hat sie gesagt. Und ob er es will! Ein ganz ruhiges, verlässliches Glück, ein Geborgensein am häuslichen Herd mit einer lieben Frau und Kindern. Dieses Ziel hat etwas Verlockendes, es leuchtet ihm schon in der Ferne.

Das Eisentor ist verschlossen. Er müsste nun auf den Klingelknopf drücken und die Schwester Pförtnerin, die Nachtdienst hat, herausläuten. Gestern musste er das und heute schon wieder. Was würden sie von ihm denken? Ob er nicht versuchen soll, über die Mauer zu klettern?

Es ist nicht schwer. Mit einem kaum hörbaren Sprung setzt er drüben auf. Die Pforte ist matt erleuchtet. Er sieht den Schatten der Schwester hinter dem verhängten Fenster, macht schon den Finger krumm, um daran zu klopfen. Da räuspert sich die Turmuhr und schickt langsam und tönend ihre Schläge in die warme Sommernacht. Zwölf Schläge sind es.

Dann ist es wieder ganz still. Nur einmal hört man vom Gutshof herüber das Rasseln einer Rinderkette.

Er steht vor dem Nebentrakt, in dem er sein Zimmer hat. Wenn ich am Blitzableiter hochklettere und dann durch eines der offenen Mansardenfenster in den Speicher steige, überlegt er, komme ich ganz ungesehen ins Haus und ins dritte Stockwerk zu meinem Zimmer. Niemand weiß dann, wann ich nach Hause gekommen bin.

Es ist eine falsche Scham, die ihn so denken lässt. Die Schwester Pförtnerin würde ihn höchstens verwundert ansehen und der Mutter Oberin Meldung machen. Er hat längst gemerkt, dass ihr über alles berichtet wird, was in diesem Haus nicht in die Ordnung hineinpassen will. Es könnte immerhin sein, dass sie ihn rufen und ihm Vorhaltungen machen würde.

Schon hat er den Blitzableiterstrang gefasst. Die Füße gegen die Mauer gestemmt, zieht er sich hoch. Er denkt gar nicht daran, dass einer der Haken aus der Wand brechen könnte. Es bricht auch keiner heraus und er bekommt glücklich die Dachrinne zu fassen.

Dann geschieht es. Die Dachrinne ist morsch und verrostet. In dem Augenblick, als er sein Gewicht daranhängt, um sich auf das Dach zu ziehen, bricht es unter seinen Händen.

Ein Schrei, dann stürzt er an die zwanzig Meter herunter, schlägt hart auf den Pflasterboden des Klosterinnenhofes und bleibt regungslos liegen.

So finden sie ihn am anderen Morgen um die sechste Stunde. Sie stehen um einen Toten, die Bauhofknechte und die Nonnen. Niemand kann sich erklären, wie das Entsetzliche hat geschehen können. Ein dumpfes Durcheinander von Stimmen, ein Wehklagen und Beten bis zu dem Augenblick, wo die Äbtissin erscheint und alles zum Verstummen bringt. In ihren hellen Augen zeichnet sich Erstaunen ab. Sie sieht den Toten und die zerbrochene Dachrinne neben ihm. Ihr Blick geht hinauf zum Dach.

»Was geht hier vor? Wie hat das geschehen können?«, fragt sie mit metallener Stimme, deretwegen sie besonders von den jungen Schwestern gefürchtet wird.

Niemand weiß es, und alle sehen nun auf die hohe Gestalt im weißen Habit. Nur von ihr ganz allein kann jetzt kommen, was zu geschehen hat.

Man trägt den Toten zunächst in den Flur und ruft den Arzt, der bestätigen soll, dass hier nichts mehr zu helfen ist. Bei diesem Sturz hat Horst Martin sich zwei Nackenwirbel gebrochen.

So wird Philipp Fontano in der kleinen Kapelle aufgebahrt. Zwei Kerzen brennen neben seinem bleichen Gesicht und Schwester Claudia, die die Kinder zu unterrichten hat, erzählt ihnen in bewegten Worten, dass der Tod im Hause eingekehrt sei. Sie führt die Kinder in der Pause in die Kapelle hinüber. Auf Zehenspitzen treten sie leise heran und ebenso wieder weg. Nur eine stößt einen hellen, klagenden Schrei aus, Angela Reindl, die Tochter des Waliserbauern.

Behutsam nimmt Schwester Claudia die Kleine an der Hand und führt sie weg.

Sie kann sich auch hernach nicht recht beruhigen und ist noch nie so schnell nach Hause gerannt wie an diesem Mittag. Sie muss doch der Mutter diese ungeheure Nachricht übermitteln, sprudelt in ihrer Aufregung alles durcheinander, und es dauert ziemlich lange, bis Verona weiß, was sie meint, und wer da in der Klosterkapelle auf dem kalten Schragen liegt.

Als sie es ganz erfasst hat, steht sie wie zu einer Bildsäule erstarrt mit geschlossenen Augen, schneeweiß im Gesicht. Dann nimmt sie Angela auf den Arm und drückt ihr Gesicht wie schutzsuchend an den Hals des Kindes. Sie kann es einfach nicht fassen und meint, dass es kein Unfall gewesen wäre, so wie es Schwester Claudia den Kindern berichtet hat.

Den ganzen Nachmittag geht sie mit diesem weißen Gesicht umher, keine Arbeit will ihr geraten, immer wieder rasten ihre Hände, immer wieder geht ihr Blick den Hang hinunter zur Straße, von der doch der Waliser nun bald kommen muss. Noch nie hat sie sich so gesehnt nach ihm, nach seiner allumfassenden Geborgenheit, wie in dieser Stunde.

Endlich sieht sie ihn bei der Wegbiegung auftauchen und geht ihm entgegen.

Den Hut weit aus der Stirn geschoben, die Jacke über dem Arm, kommt er mit zügigem Schritt herauf, die Schultern immer noch straff, nur an den Schläfen merkt man jetzt seine Jahre. Dort ist das Haar silbern geworden. Sein Blick umfasst mit aller Wärme die Kommende, er streckt ihr beide Hände entgegen, und es wundert ihn, dass Verona sogleich ihren Kopf an seiner Schulter birgt.

»Ach, Emmeran, weil du nur wieder da bist.«

»Geh, geh«, lacht er. »Bin doch bloß zwei Tag weg gewesen.«

»Es ist einfach nichts, wenn du nicht da bist.«

»Dafür hab ich dir was Schönes mitgebracht.« Er greift in seine Jackentasche und bringt ein kleines Schächtelchen zum Vorschein, in dem ein silbernes Kettchen mit einem Anhänger auf rotem Samt liegt.

»Ist das schön!«

»Gelt? Und wirst schaun, was ich für schöne Küh hab kaufen können. Drei Stück, eine schöner als die andere. Die Kaiberl sind grad vorige Woch erst weggekommen.«

»Wieviel Milch?«, fragt sie.

»So um die achtzehn bis zwanzig Liter. Ist jemand dagewesen in der Zwischenzeit?«

»Ja, der Schorermetzger.«

»Hättest ihm gleich die Bless und die Muckl anbieten können. Die müssen sowieso raus, wenn die andern drei Küh morgen kommen. Ist sonst noch jemand dagewesen?«

Eine jähe Angst befällt sie. Sie spürt die Röte auf ihrer Stirne. Warum die Frage zwei Mal, ob jemand hiergewesen sei? Ahnt er etwas? Sie schaut ihn unsicher an.

»Wer soll denn dagewesen sein?«

»Das weiß ich nicht. War doch bloß eine Frag.«

Er klemmt die Jacke wieder unter den Arm. Mit der anderen Hand fasst er Verona unter. »Sonst gibt es nichts Neues?«

»Ja, doch – der Fremde« – berichtet sie mit engem Atem – »von dem du mir erzählt hast, dass er vor einigen Tagen am Abhang droben gesessen hat. – Weißt es nimmer?«

»Doch. Was ist mit ihm?«

»Tot ist er. Er soll im Kloster drüben vom Dach gestürzt sein.«

»Ach, das tut mir leid. War ein netter Bursch. Ich hab

ihn eingeladen, dass er einmal zu uns kommen soll. Ja, daraus wird nun nichts mehr. Wie schnell es doch oft mit einem Menschen gehn kann.«

»Ja, sehr schnell«, sagt sie und kämpft mit den Tränen. »Die Angela jammert recht um ihn. Weiß nicht, warum. Er hat sich ein paar Mal mit ihr unterhalten, nach der Schul, weißt. Und sie meint, ich soll mit ihr gehn, wenn er übermorgen beerdigt wird.«

»Gehst halt mit.«

Zu Veronas Erleichterung kommen jetzt die Kinder vom Hof gerannt. Die Angela und die zwei Buben. Die Kleine ziehen sie in einem Leiterwägelchen mit. Sie umringen den Vater und hängen sich an ihn, als sei er nicht bloß zwei Tage, sondern zwei Monate fort gewesen.

Langsam und bedächtig zieht er eine Tüte mit Zuckerln aus der Tasche und verteilt sie gleichmäßig. Auf jedes treffen sechs Stück, und weil die Waliserkinder in dieser Hinsicht noch nie verwöhnt worden sind, können sie sich über diese Kleinigkeit so freuen, dass sie aus dem Häuschen geraten.

Es sind viele Trauergäste, die hinter dem Sarg hergehen, dazu die Leute vom Klosterhof und die Nonnen, die nun von der Kapelle aus langsam über den Klosterhof, dann durch den Kreuzgang zu dem Klosterfriedhof schreiten, der an der Südseite außerhalb der Mauer liegt, von wo aus man die ganze Bergkette mit ihrem strahlenden Glanz zum Greifen nahe vor sich liegen sieht.

Im Friedhof hat Schwester Claudia mit den Schulkindern Aufstellung genommen. Die Kinder stehen mit Blumensträußchen in den Händen, und das Wunderliche dabei ist, dass unter den Kindern auch die Waliserin steht im strengen, schwarzen Gewand einer Bergbäuerin, die nun mit umschatteten Augen auf den Kondukt hinsieht, der langsam näher kommt. An ihrer Hand hängt ein kleines Mädchen, das bitterlich zu weinen beginnt, so dass die Frau sich einmal niederbeugen und es trösten muss.

»Sei still, Angela. Er hat den Frieden, den er auf der Welt vergebens gesucht hat.«

Nun sind sie angekommen mit dem einfachen Sarg aus Fichtenholz, auf dem ein einfaches Kreuz aus Messing in der Sonne glänzt, und die Klosterknechte lassen ihn in die Grube hinab. Als der Priester das letzte Amen gesprochen hat, treten die Kinder eins nach dem anderen heran und werfen ihre Blumensträuße auf den Sarg hinunter. Kleine Sträuße aus Wiesenblumen. Nur Angela hat acht dunkelrote Rosen in der Hand, die von ihrer Mutter vor Tau und Tag schon geschnitten worden sind. Ausgerechnet acht Stück, und nur die Waliserin allein weiß, warum es nicht mehr und nicht weniger sein dürfen. Acht Jahre sind es her, seit dieser Tote zum ersten Mal in ihr Leben getreten ist.

Acht Jahre zwischen Sturm und Stille.

Als Angela die Rosen auf den Sarg hinuntergeworfen hat, legt Verona den Arm um die Schultern des Kindes und presst es an sich, und in ihrer Kehle staut sich ein Schrei. Aber sie darf ja ihren Schmerz nicht hinausschreien, muss weiterhin schweigen, denn niemals darf sie ihrer Tochter sagen, wem dieser letzte Blumengruß in Wirklichkeit gegolten hat.

Während die Knechte schon anfangen, Erde auf den Sarg hinunterzuschaufeln, läutet in der Klosterkirche die Glocke zum Totenamt. Weil die Messe um zehn Uhr schon vorbei ist und Angela folglich noch zwei Stunden in der Schule zu sitzen hat, geht Verona allein den Weg zurück. Ein Wind ist aufgekommen und spielt mit den langen, schwarzen Bändern ihres Hutes. Heuduft kommt von den Wiesen, und die Vögel jubilieren.

Sie merkt nicht, wie ihr unterm Gehen die Tränen über die Wangen laufen. Erst als sie aus dem Wald hinauskommt, wird ihr freier ums Herz. Sie sieht den Waliserhof vor sich liegen, umschmeichelt von der warmen Sonne. Da bleibt sie stehen, wischt sich die Tränen fort und atmet glücklich auf.

»Meine Heimat«, flüstern ihre Lippen. »Du wunderschöne, gesegnete Heimat ...«

Noch nie vorher ist es ihr so bewusst gewesen, wie sehr ihr Herz an diesem Hof, der Heimat ihrer Kinder, hängt.

– 19 –

Und die Jahre eilen dahin. Auf dem Waliserhof werden aus den Kindern schon junge Menschen. Angela geht bereits ins achtzehnte Jahr, und ihre Schönheit reißt den Burschen die Köpfe herum, wenn sie neben ihrer immer noch schönen Mutter sonntags zur Kirche kommt.

Verona geht jetzt auf den Vierziger zu, aber jedermann möchte ihr zehn Jahre davon abrechnen, so straff und jugendlich sieht sie noch aus trotz der vier Kinder, die sie geboren hat. Der Lukas ersetzt nun bereits den Jungknecht und der Martin den Stallbuben, und das Roserl ist der Mutter schon tatkräftige Hilfe im Haus.

Ja, die Zeit läuft, berührt die Landschaft und die Menschen. Dort ist ein Jungwald gewachsen und dort eine Lärchenschonung, sie ändern das Bild der Gegend, durch die jetzt eine neue, breite Teerstraße von Follnstein nach Kronach läuft. Die Zeit hat auch den Waliser nicht verschont und seinen Kopf jetzt kitzgrau gemacht. Ganz in der Stille ist er gealtert, hinter dem Pflug und in seinem ländlichen Tagwerk. Sein Schritt ist bedächtiger geworden, die Arme haben nicht mehr ganz die stählerne Kraft. Aber sein Geist ist hell und wach geblieben, hat sein Wesen nur mehr in die Stille geleitet. Gleichgeblieben ist auch die Liebe zu seiner Frau, um deren Liebe er erst ganz sicher weiß, seit er einmal schwer krank gewesen und ihre Sorge gespürt hat. Ja, damals hatte er einmal ganz ernsthaft mit ihr gesprochen:

»Wenn ich jetzt schon sterben sollte – ich kann es, denn mein Leben hat sich so wunderbar erfüllt mit dir und den Kindern – dann versprich mir, Verona, dass du wieder heiratest. Du bist noch viel zu jung, um schon allein zu bleiben.«

Damals hatte sie ihm geantwortet:

»Nein, Emmeran. Die Kinder sind bald erwachsen, und es gibt für mich keinen Mann mehr, wie du es bist, mit so viel Güte im Herzen, und auf den ich so stolz sein kann. Ganz abgesehen davon, stirbst du noch nicht. Du musst nur fest daran glauben, dass du wieder gesund wirst, wir brauchen dich doch so notwendig.«

Gesundet ist er, aber dann sind die Haare grau geworden.

Die Zeit ist auch auf Hanniten nicht stillgestanden und hat die Menschen im Erlenwinkel bös durcheinandergewirbelt, als Regina Fontano den jungen Andreas Steinbrecher auf Hanniten kurz nach Vollendung ihres einundzwanzigsten Lebensjahres ohne Einwilligung ihrer Eltern geheiratet hat.

Aber sie haben keine Macht gehabt, es zu verhindern. Die Macht ist in den Händen der jungen Regina gelegen. Sie hat Trotz gegen Trotz gesetzt und hat zu verstehen gegeben, dass doch ihre vom Großvater vererbten hunderttausend Mark bisher für die Firma gearbeitet hätten, und dass dies weiterhin nicht mehr sein müsse, wenn man es darauf ankommen lasse.

Das schien Dr. Robert Fontano zu riskant.

»Ich werde wohl in den saueren Apfel beißen müssen«, hat er seiner Frau erklärt, »weil ich doch das Geld jetzt nicht aus der Firma herausziehen kann.«

»Du hättest die neuen Maschinen nicht kaufen sollen«, hat ihm Frau Sophie darauf erwidert. »Und so sauer ist der Apfel wieder nicht. Regina hätte auch einem weniger ansehnlichen Menschen verfallen können. Seien wir froh, dass es Andreas Steinbrecher ist.«

Daraufhin hat Dr. Fontano seine Brille geputzt und stirnrunzelnd zum Fenster hinausgeschaut, wo gerade Markus, der spätgeborene Sohn des Anton Fontano, über das Fabrikgelände schlenderte, alles mit seinen hellen Augen betrachtend, als wolle er sagen: Das alles gehört einmal mir, weil aller Wahrscheinlichkeit außer mir kein weiterer Fontano mehr kommt. Dann hat Robert die Brille wieder aufgesetzt und geseufzt:

»Wenn das Vater noch erlebt hätte, dass unsere Regina ausgerechnet einen Hanniter heiratet! Wenn er es wüsste, er würde sich im Grabe noch umdrehen!«

Das aber war der große Irrtum, in dem Dr. Robert Fontano befangen war und der nur daher kommt, weil er sich von der Welt der einfachen Menschen so abkapselt, denn sonst hätte auch er schon einmal hören können, was andere längst schon wissen, nämlich, dass die Hanniterin am Sonntag nach der Kirche ganz langsam am Grab des Thomas Fontano vorübergeht und den Hügel betrachtet, als wolle sie prüfen, ob der Blumenschmuck auch gut genug sei für einen Menschen, der doch im Leben ihr Feind war. Der Totengräber will sogar einmal gesehen haben, dass sie an einem glutheißen

Augusttag, als sie zufällig einmal im Dorf gewesen ist, das Grab ihres Mannes mit Wasser begossen und anschließend mit der gleichen Kanne die Tag- und Nachtschatten auf dem Grabhügel des Thomas Fontano begossen hat, weil sie schon zu verwelken drohten.

Ja, das hat sie getan, und dabei ängstlich um sich geblickt, ob niemand sie bei diesem Liebesdienst beobachtet. Und weil sie dann den Totengräber entdeckt hat, ist sie auch an das nächste Grab und auch an das der Schlosser-Anna gegangen und hat die Blumen mit Wasser besprengt. Ja, ein wenig wunderlich ist sie geworden, denken die Menschen und rechnen diesen Dienst an fremden Gräbern dem Reif ihrer Jahre an, der das einst so pechschwarze Haar in Schnee verwandelt hat.

Sonst aber geht sie noch ungebeugt den weiten Weg von Hanniten ins Dorf und zurück. Manchmal hat sie ihre kleine Enkelin Margret dabei, und wenn sie sich auf dem Heimweg dann am Rande des Baches niedersetzen, grübelt die alt gewordene Frau über das blühende Kindergesicht hinweg zu dem ersten Enkelkind, das auf der einsamen Höhe von Maria-Eck lebt.

Was aber Frau Helene betrifft, sie ist damals der Hochzeit ihrer Enkelin Regina mit dem Andreas ferngeblieben. Sehr ferne sogar, denn diese Aufregung hat ihr so stark zugesetzt, dass sie ihr Herz in Bad Nauheim wieder in Ordnung hat bringen wollen.

Dann kommt sie wieder und will auch weiterhin nichts wissen von dieser jungen Ehe, denn der Weg der Enkelin Regina zur Hanniterhöhe hinauf kann in ihren Augen nie etwas anderes sein als ein Abstieg. Sie begreift nicht, dass das Leben längst angefangen hat, sich über ihre altmodischen Begriffe hinwegzusetzen. Stundenlang sitzt sie im Korbstuhl vor dem großen Fenster des Wohnzimmers und späht auf die Straße hinaus, ob der eine nicht kommen will, der ihrem Herzen doch immer am nächsten gestanden ist.

Philipp, ja, das wäre der Einzige, der sie verstünde, der ihre Ansicht teilen würde, und der es gleichfalls nie verstehen könnte, dass Regina sich so tief erniedrigt hat und nun der Welt der Bauern angehört.

Aber Philipp kommt nicht. Er wird nie mehr kommen, auch wenn sie noch so viele Briefe nach Brindisi an jenen Rechtsanwalt richtet. Er weiß nichts von Philipp. Philipp ist aus dem Gefängnis geflohen, und seitdem fehlt jede Spur von ihm. Frau Helene kann noch so lange hier vor dem Fenster sitzen und warten, Philipp wird sie niemals mehr sehen, denn Philipp schläft unter einem falschen Namen tief in der Mutter Erde, die ihm eine bessere Mutter ist, als Frau Helene es ihm gewesen ist.

Die Welt weiß nichts mehr von Philipp Fontano. Das Einzige, was von ihm noch weiterlebt, die blutjunge Angela, wird von ihrer Mutter Verona Reindl, geborene Steinbrecher von der Hanniterhöhe, nie das tiefe Geheimnis ihrer Geburt erfahren.

Zuweilen, wenn Angela nach Maria-Stern kommt, sucht sie das Grab des Mannes auf, betet ein Vaterunser für ihn und legt ein paar Blumen auf sein Grab, ohne zu wissen, für wen und warum sie das tun muss. Aus Mitleid vielleicht oder Erbarmen, sie weiß es nicht.

Viel besser weiß das ihre Mutter, die jedes Jahr am Abend vor Allerheiligen, wenn es schon dunkel geworden ist, mit einem großen Strauß Astern in den Klosterfriedhof geht und sie auf den Hügel legt, an dessen Stirnseite ein kleines Holzkreuz steht mit dem Namen »Horst Martin« und seinem Geburtsdatum und dem Todestag. Das Geburtsdatum stimmt so wenig wie der Name. Aber niemand außer Verona weiß das, und sie denkt, dass auch ein Horst Martin diese Astern wert sei, das stille Gedenken in Erinnerung an eine Zeit, in der der Verstorbene versucht hat, ihr Leben in seine Hände zu nehmen, und nicht die Kraft gehabt hat, es zu halten.

Dann geht sie wieder heim. Verziehen und vergessen ist alles. Nur mehr das Gegenwärtige ist groß und stark und hat das Geheimnis in sich aufgenommen. Das Geheimnis der Verona Steinbrecher, jetzt Waliserbäuerin von Maria-Eck.